2018

滴江年选 ∩ 品质阅读 ∩ 恒久珍藏

2018中国年度精短散文

葛一敏　乔叶　选编

漓江出版社

图书在版编目（CIP）数据

2018 中国年度精短散文 / 葛一敏，乔叶选编 .
—桂林：漓江出版社，2019.1
ISBN 978-7-5407-8565-9
Ⅰ. ① 2… Ⅱ. ①葛… ②乔… Ⅲ. ①散文集—中国—当代
Ⅳ. ① I267
中国版本图书馆 CIP 数据核字（2018）第 262634 号

2018 ZHONGGUO NIANDU JINGDUAN SANWEN
2018 中国年度精短散文
选编者：葛一敏　乔叶

出版人：刘迪才
出品人：张谦
责任编辑：张谦
助理编辑：刘红果
书籍设计：石绍康
责任监印：杨东

漓江出版社有限公司出版发行
广西桂林市南环路 22 号　邮政编码：541002
发行电话：010-85893190　0773-2583322
传真：010-85890870-814　0773-2582200
邮购热线：0773-2583322
电子信箱：ljcbs@163.com
网址：http://www.lijiangbook.com
三河市西华印务有限公司印刷
［河北省三河市洵阳镇化甲屯小学东　邮政编码：065299］
开本：690 mm × 1000 mm　1/16
印张：16.5　字数：226 千字
2019 年 1 月第 1 版　2019 年 1 月第 1 次印刷
书号：ISBN 978-7-5407-8565-9
定价：42.00 元

目 录

contents

人 间

踏雪寻梅

一茎一叶总关情

人间

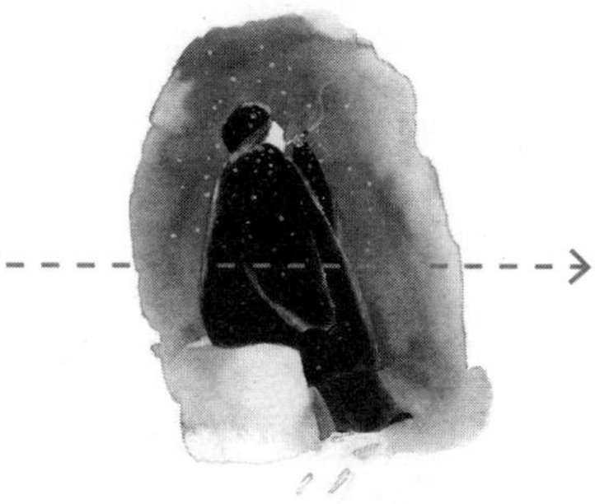

又一位可爱的老头儿走了

陈四益

方成先生去世了。不久前刚走完100岁的人生历程，满指望他再创一个高峰，没料想他竟急于到老朋友们那里团聚了。在那里，丁聪、沈峻、苗子、郁风、舒展、牧惠、詹同……一大群朋友在等着他。

丁聪的《我画你写——文化人肖像集》中，有一段方成的自我介绍：“方成，不知何许人也。原籍广东，诞生在北京，说一口北京话。自谓姓方，但其父其子都是姓孙的。非学画者，而以画为业，乃中国美术家协会会员，但宣读论文是在中国化学学会。终身从事政治讽刺画，因不关心政治屡受批评。”

妙文一段，令人解颐。原来，他本姓孙，名顺潮，广东中山人，毕业于武汉大学化学系。但朋友们不管熟悉还是陌生，都管他叫“方先生”。他的本姓本名，极少人知。就是知道，也仍称“方先生”。这也是人以才称——他的才华见识都在方成漫画里搁着呢。

朋友戴敦邦评说他：“多才多艺，平易近人，青春不老，幽默补膏。”到底有多“补”？照他老朋友侯宝林的说法：笑一笑，十年少。不知有多少七八十岁的人被他逗得大笑七次——回到了童年。但他不笑。所以，他寿数常在——一直活了整整一个世纪。不信，你看丁聪画他的肖像：眉关紧锁，一脸的忧愁幽思。或许，正因为满腹忧愁，所以希望用笑来驱赶，在笑声中同那些忧愁说声“拜拜”！屈大夫“忧愁幽思，乃赋离骚”。方成先生是：忧愁幽思，乃作漫画。

20世纪50年代初，我在北京读中学，对报纸上的新闻、评论并不太关心——因为不懂，但对漫画却兴致勃勃。那时，号召学苏联，什么都学。苏联漫画界有一个“库克雷尼克塞”，是库勃里亚诺夫、克雷洛夫和索科洛夫三位漫画家共用的笔名。不久，《人民日报》也有了“方成、钟灵”。除了华君武、米谷、丁聪，他们两位应算我最早记得的漫画家了。

我问方先生：您学的是化学，听说，当时已被几家大公司（好像是侯德榜的公司）聘请，待遇很好，怎么就丢了专业，改行漫画了？他说，我不想去，就想画漫画。问他漫画是哪儿学的，答曰：在武汉大学当学生时，画壁报练出来的。就这样，他几经辗转，到了北京，居然进了《人民日报》，成了中华第一报的专职漫画家，开始了职业的漫画生涯。

我同方先生相识，已是“新时期”了。那时我正同丁聪先生合作，在《读书》杂志发表文画相生的《新百喻》，后来又开了《诗话画》专栏。因为《新百喻》是用浅近文言写作，被几位老先生误认为是哪里冒出来的“出土文物”。于是，因为丁先生的引见，每每得以参加前辈先生的聚会，因而得以常见方成先生。

方先生耳背，聚会中，听的时候多，常常微笑地看着大家，不大插话，大约就是所谓“聋人多笑”吧。但若有插话，常语出惊人，引得哄堂开怀。他引人发笑的话，每每是一本正经地说出，自己从来不笑，甚至还以严肃的语气说出。哄堂大笑之际，他仍旧蹙眉不语，好像还有疑问：你们笑什么？有什么可笑吗？

那时，他已七八十岁，聚会往返，还是常常骑着自行车。餐后回家，也不拒“打包”。他们那一代老人家，才气之高，令人难望项背，而平易亲和，又如邻家大爷。

方先生一幅为人历久难忘的漫画是《武大郎开店》——一家餐馆，掌柜人矮，伙计一个个更矮——画上题词是：“我们掌柜的有个脾气：比他高的都不用。”直到今天，过了几十年，一提方成，许多人还是忍俊不禁地想到他笔下的“武大郎”：文学艺术的典型，历久弥新。

方先生在众多漫画家中，可以说是最富理论兴趣的。他研究“笑”，研究“幽默”，不仅从理论上研究，还研究创造幽默的大师。我在大学读书时，蒋孔阳先生讲授西方美学，讲到柏格森时只有短短一个课时。课后我问蒋先生：对柏格森的《笑之研究》怎么看？蒋先生说：没有看到书，不好讲。其实，我之所以问，只是因为我刚从旧书店淘到一册柏格森的《笑之研究》，是张闻天早年翻译的。蒋先生听后马上说，你给我看看，或许可以多讲一课。

那时，中国关于“笑”“幽默”的专门著作鲜见。从事“笑”之艺术表演的人不少，研究“笑”之产生的书少见。或许有鉴于此，方成先生从20世纪80年代起，便孜孜不倦于幽默的研究，出版了《幽默·讽刺·漫画》《滑稽与幽默》《侯宝林的幽默》《方成谈幽默》《英国人的幽默》，以及《笑的艺术》等著作。这些著作出版后，方先生说，怎么我在书店里一本都没看到过？或许，人们只是喜欢听点逗乐的，而从来没有想过“笑”是怎么产生的。对这样一个艺术创造中不能回避的问题，艺术教育中实在不可缺少。在哀悼方成先生时，希望他的这份关于笑与幽默的理论研究，也能得以研究、继承。“笑”不仅是逗乐，还是揭露、批判，是促进社会改良、人性向善的力量。

还有一个有趣的现象。在我认识的老一辈漫画艺术家中，如华君武，如丁聪，如方成，都曾是吸烟者。这不难理解。因为在他们年轻的时代，正是卷烟大量输入之时。

吸烟成为一种时髦，连点烟使用打火机也是时髦。记得父亲讲过一个笑话：一位先生掏出烟卷递人一支，划着火柴为他点烟，但那位赶紧掏出打火机，道：“我有打火机。”打了几下没有打着，人家又划了一根火柴递过去，但他依然拒绝：“我有打火机。”结果又没有打着。如此几经往复，才点着了烟卷。在一种时尚流行时，许多人都不免为之裹挟，但等到吸烟危害被充分揭露时，再吸食卷烟就无异于自戕了。我认识的几位老漫画家，华君武先生戒烟了，丁聪先生戒烟了，方成先生起先虽未戒烟，但看得出在尽力控制。我注意到每次聚会时，方先生总是克制着不吸。实在不行，就掏出一个小小的烟盒，大概只能装四五支烟，还不好意思地解释道：我在尽量控制。这个小盒是我一天的量，绝不超过。他们还都是控烟理念的积极传播者，都有大量的漫画传播控烟的理念。

赠人玫瑰，手染余香。听到方成先生仙逝，不仅漫画界、新闻界、艺术界同声哀悼，从事健康理念传播的朋友也都伤感地说：“又一位可爱的老头走了。”

（选自 2018 年 9 月 3 日《文汇读书周报》）

一枝清高的荷叶

汗　漫

孙犁先生在散文《书信》中写道："书与信相连，可知这一文体的严肃性。"

一九七〇年，孙先生丧妻后，经魏巍介绍，与远在江西一女子通信两年。"发信频繁，一天一封，或两天一封或一天两封。"孙犁把这些信装订成册，像装订一部书。之后再婚。冲突。离异。孙犁就把这些信用来生火炉了。天津的冬天很冷。

之前孙犁已长时期终止写作。"从与她通信，才又开始了我的文字生活，这是可以纪念的。这些信，训练了我久已放下的笔，使我后来写文章时，手和脑并没有完全生疏、迟钝。"

读到这里，我苦笑。不知道先生写到此处苦笑否。

情书写作使孙犁终于有了一个读者，成为隐秘的作家。有一个倾听者、对话者，怎样的时光都可以熬下去，况且，这抒情对象还是一个美貌的、北京大学毕业的女子——像火炉，需要有热量的句子去引燃，复来温暖这一个火炉边的人了。尽管短暂，也好。

马克·吐温有一句话："为什么你坐在那儿，看上去就像一个没写地址的信封？"没有爱和被爱的人，丧失来历和前途，搁浅在旧椅子上、破沙发里，到不了远方、到不了他人的心头里去。孙犁不再写情书、不再想把自己寄托给某个女子，埋头读书、读历史书——这也是历朝历代陌生前贤寄给后人的一封封信札。

二〇〇二年孙犁去世，那一天，白洋淀人连夜划船采来带露水的荷花，送天津，环绕遗体周围，像白洋淀的夏天环绕一个赤子。

二〇一七年秋，我和朋友们来到河北安平参加《散文选刊》首届“孙犁散文奖”（2015—2016）颁奖典礼。自然去看了莫言题字的“孙犁故居”。那显然是一个根据回忆重建起来的新院落。墙角种了荷花，小规模象征着荷花淀？院子里有一棵石榴树、一棵枣树。李敬泽、张锐锋、陆梅、葛一敏、冯杰等朋友欢喜地摘枣吃。枣很青，很甜。没看见孙犁走出门来责备。

孙犁不会责备他人，会自责，比如对亡妻。“在夫妻情分上，我做得很差。正因为如此，她对我们之间的恩爱，记忆很深。我在北平当小职员时，曾经买过两丈花布，直接寄至她家。临终之前，她还向我提起这一件小事，问道：‘你那时为什么把布寄到我娘家去啊？’我说：‘为的是叫你做衣服方便呀！’她闭上眼睛，久病的脸上，展现了一丝幸福的笑容。”这是他《亡人逸事》一文中的叙述。

在夫妻情分上，后辈作家做得如何呢？最激烈的情诗，往往献给虚无而模糊的人。日常夫妻生活，似乎丧失了被言说的价值。或许连孙犁“寄布”一类的细节也没有吧。

安平县城很繁华，大概已不是孙犁眼中的模样了。我和朋友们在街上晃荡，猜测那一个“临街的门洞”在哪里——孙犁妻子十九岁那年，夏季的一个雨天：“她父亲在临街的门洞里闲坐，从东面来了两个妇女，是说媒为业的，被雨淋湿了衣服。她父亲认识其中的一个，就让她们到梢门下避避雨再走，随便问道：‘给谁家说亲去来？’媒人简单介绍了一下，就笑着问：‘你家二姑娘怎样？不愿意寻吧？’‘怎么不愿意。你们就去给说说吧，我也打听打听。’她父亲回答得很爽快。”一场雨，让一个女子与一个未来的文学大师成了夫妻。

一场重要的雨，一块布，被一个农家女子回味、珍惜了一生。

在安平，看到了孙犁中学时期母校的校训：“不作弊，不敷衍。”或许，这校训也时时回响于先生心头，成为其做人作文的准则，诚恳、认真地对待这个世界。

“月亮升起来，院子里凉爽得很，干净得很，白天破好的苇眉子潮润润的，正好编席。女人坐在小院当中，手指上缠绞着柔滑修长的苇眉子。苇眉子又薄又细，在她怀里跳跃着。”这是《荷花淀》开端的句子，安静，美好。即便是其中写到伏击日本人的情节，孙犁也是远远地、隐隐地侧面描述了枪声和硝烟，接着就是民兵们划着船回来了，船舱里是缴获的敌人的枪。避开了血肉横飞的激烈，凝神于荷花淀里的静美。

只有凉爽而干净的人，才会开创一个“荷花淀派”——孙犁先生站在荷花的立场上，像月亮孤高的夜晚。

一个人死去后，依旧有文字与这个世界藕断丝连，在纸上恢复一个荷塘，真好。

（选自 2018 年 6 月 14 日《文学报》）

先生本姓朱

王祥夫

我的父亲好客也好酒，那时候总是有人找上门来和父亲喝酒，总是已经很晚了，父亲和他的朋友还在喝，朦朦胧胧中都是些东北口音，所以我这个东北人到了后来对东北人没什么太好的印象，嫌他们话多，夸夸其谈。而我父亲的朋友中有一位很瘦，北京口音，后来成了我的老师，便是朱可梅先生。朱可梅画花鸟草虫。那时候的朱先生穿着中山装，衣服口袋里总好像装着什么，鼓鼓囊囊的。有一次，他从口袋里掏出两个果子，我以为他要吃，或给我吃，但他看了看，又放回口袋。有一次，他口袋里放着一个玉米棒子，那时候鲜玉米刚刚下来。

我跟朱先生学画的时候已经十三岁。去了，也只是看他画画而已，不画素描，也不画速写，我可以翻翻书，都是些老画谱。窗台上，还有两个衣柜上都放着些书，衣柜上还有个青花的胆瓶，里边插着一把掸子。朱先生对我说，我画画儿，你看就行。我就站在那里看。朱先生画画儿一般都站着，但画草虫就必坐下。他用生纸画草虫，一边画一边说，第一遍勾线要淡，笔上的水分要最少。我就站在那里看朱先生勾线。朱先生勾很细很淡的线，很快。然后是施色，用一支小号羊毫，一手使笔，一手拿着一块叠成小方块的宣纸，火柴盒那么大一块，一边施色，一边马上就用这小纸块在纸上轻轻按一下，不让颜色跑出去。朱先生画虫很快，但颜色总是要上好几遍，一只虫子就在纸上了，然后再用深一点的颜色把线勾出来。如画蚂蚱，须子是最后画，从须子的根部朝外挑。朱先生的这两条线勾得很好，他自己得意，说：你看看这线。又说：你看看这线。

后来，朱先生让我给他磨墨，我磨好，他试一下，用墨铤再磨一下，说还不行。我就再磨。朱砂也要研，先把水兑进去再不停地研，研得差不多了，先生说别研了，再研就坏了，然后先生再把胶兑进去。一边兑一边用笔在朱砂里蘸一蘸，说好了，或说你看这就不行。用朱砂画雁来红，画完朱先生就会把纸马上反扣过来，说这样颜色就不会往后边跑。有时候画干了，朱先生会在纸的背后再用笔一跳一跳地补些朱砂。朱先生的雁来红很好看，颜色好，但不是一大片，通透。朱先生对我说，别画得让人喘不过气来。朱先生把叶子与叶子的空隙留白处叫“气眼”。

朱先生画桃子，先在纸的背后用藤黄和赭石调好的颜色打一下底，然后再用胭脂从正面画，一笔，两笔，三笔就成。朱先生的桃子很饱满。朱先生反对学中国画画素描，朱先生自己就不画素描。朱先生画葫芦，总是从葫芦屁股那边画，画蝈蝈从不画绿蝈蝈，只用赭石画麦秆儿颜色的蝈蝈，朱先生说绿蝈蝈红肚皮不好看。朱先生的小小画案上放着一个火柴盒子，火柴盒子上用大头针扎着一个蝈蝈，这个蝈蝈在朱先生的画案上放了许多年。朱先生画画总是先看纸，把白纸挂在立柜旁边墙上的那根铁丝上，一看就是老半天，嘴一动一动。朱先生对我说，要把纸上的画看出来再画。画完这张画，还要把它再挂在那根铁丝上再看。朱先生说画平放着看有时候是虎，挂起来却是一只猫。

我跟朱先生学画，是从帮着裁纸，磨墨，兑颜色开始，朱先生最喜欢的画家是齐白石，他不怎么喜欢王雪涛，他说吴昌硕太灰，任伯年笔好但没意境。徐渭是个疯子，容易让人学坏。八大的鸟是漫画，总是在那里瞪人也不好。而朱先生说自己画了一辈子没着落，我不知道朱先生要着落到什么地方去。

朱先生画紫藤的老秆用一种笔，画紫藤的花又是一种笔，朱先生用大笔画很细的线，很小的叶片，而落款却是用小衣纹。小笔写比较大的字，写两三个字，墨就没了，再蘸墨写，朱先生的题款总是浓浓淡淡直至枯干，很好看。朱先生画画儿，工作却在邮电局。朱先生没事拉京胡，嘴跟上动。忽然他不拉了，过来看我，说：“这地方交代清，这些叶子是这根上的呢，还是那一根上的？画画儿别复笔，别描，一描就臭了。”“写字不能描，画画也不能描。”朱先生的单位正月十五出灯，单位要他给灯笼上画些东西，他也照画，很认真，灯笼挂出去，有人说不好，先生说：你懂个屁！

后来，我已经大了，但还是经常去朱先生那里看他画画儿，给他磨墨兑颜色。朱先生用的时候总是说："合适。"有一次，朱先生忽然很高兴，说花鸟能行了。我不知道朱先生这话什么意思，后来就看到了那张《毛竹丰收》，朱先生很兴奋，说还是竹子好看。

朱先生教我画画，从来没什么理论。朱先生说，中国画就是这样一代一代传下来的，说："齐白石就不画素描！"又说："学中国画就要先学会磨墨兑颜色裁纸。"朱先生把蜜蜂叫作"眼睛"。画紫藤，总是说："眼睛在哪儿？眼睛在哪儿？"朱先生把蚂蚱也叫"眼睛"，说："怎么'眼睛'在那儿啊，不对！瞎了。"记得有一次朱先生把父亲的人参酒拿起来对着光看，看来看去看那根酒瓶里的人参。父亲说你又不画人参你看什么，喝酒吧。朱先生不高兴了，说不画就不能看了？朱先生的口袋里，总放着些七七八八的东西。有一次他一手掏手绢，一手从另一个口袋里掏出个树上结的柿子，黄黄的很好看。他把柿子擦了又擦，我以为朱先生要吃或者给我吃。他把柿子擦完看了好一会儿，又把它放回了口袋。

我们那地方不长柿子树，不太好活，活了也不会结柿子。

怀念朱先生。

（选自2018年6月14日《文学报》）

踮起脚尖

袁 伟

除了要紧的事情，我们很少主动联系彼此，虽然我们感情好得可以以“哥们儿”相称。这使我不得不思考这样的“疏远”感：它会不会是普天之下所有父子都要跋涉的情感历程？

一

清明的前一天晚上，我从图书馆回宿舍已经十点半了。等我打开微信时，才发现父亲发来的几条消息，要我帮他拟一份修房子的承包合同，这样他回老家上坟的时候就和工人把合同签了。

都一把年纪了，还是那么性急，一排排的感叹号，恨不得让我一挥而就。一同发来的还有推土机推倒毛坯砖房的小视频，透过手机屏幕，我似乎看到了这间我们全家人蜗居十余年的陋室轰然坍塌时，父亲长舒一口气的得意神情。

没想到他动作这么快。

过年回家时，他说过年后要把老房子拆了重建，这是他人生的最后一件大事，得在天命之年抓紧落实。我当时以为他只是说说而已，因为仅是他肩上的担子，就够他好好儿喝一壶了：我和弟弟同时上大学，一南一北，每人每月得要一千左右生活费，他和母亲在城里生活，柴米油盐酱醋茶，还有远亲近邻的各种人情债……仅靠他和母亲经营的小铺子的微薄收入，刨去种种支出，我实在想不出他哪儿来余钱。

可他还真就干了，而且如此迅速。

草拟完合同，发给他，我躺在床上，辗转反侧。想起父亲的小半辈子，我的脑子里忽闪过一个短句——踮起脚尖。就是这个言简意赅的句子，触动了我某处潜伏已久的疼痛神经，让我久久不能入眠。

二

父亲小时候在学习方面天赋异禀，爷爷见他成绩好，就安排他跳级，直接从三年级跳到五年级毕业班（五年制）。这样一来，原本该四年级学的数学，他愣是一点儿没学，所以后来成绩一落千丈。勉强到了初中，数学成绩差，直接影响了物理和化学的学习。连同其他科目一起，学习成了一座大山，压在他的心上。他终于没能考上高中。

初中毕业后，他跟着村里远近闻名的阴阳先生当了一段时间学徒。十里八乡，谁家有了丧事，他就跟着师傅前去做法事。但没过多久，他就不干了，也许是过不惯神神鬼鬼哭哭啼啼的生活。我常想，作为当时村里屈指可数的初中生，在他的内心深处一定有某种不甘的情愫悄悄萌芽，催促他离开大山。四周的大山，像一座可以移动的牢笼，囚禁了一代又一代。他不想再继承祖祖辈辈面朝黄土背朝天的职业，他渴望书里那些他未曾涉足过的生活。

20 世纪 90 年代初的广东，是一块强有力的巨型磁铁。父亲初到惠州，人生地不熟，身上带的钱很快被物价榨干，火车站和天桥，成为收留他的住所。好在还有一把被锄头锻炼出来的力气，他很快就在一个石粉厂找到一份工作——磨石粉。

烈日灼烤着他的光膀子，汗珠滴落时，发出瞬间蒸发的声音。大小不一的石头，需要他手提肩扛，磨破的皮肤变成老茧，热浪拂过时，粉尘飘溢。我仿佛看到了十九岁时的父亲，穿着牛仔衣、喇叭裤，蓄着长发，腰间别着 BB 机，从银行汇完款出来，脸上的笑容青涩、甜蜜，写着内敛的自豪。

三

老家在一个山坳里，名叫小坨。

村子里居住有二十多户人家，但大多数是老年人。前些年，父亲这一辈人争相在城里买房定居。明眼人都知道，他们所争的，仅仅是一口气。

我在广东读小学五年级时，他受邀到一个同乡工友的家里喝小酒。酒酣耳热后，工友跟他炫耀自己的孩子会滑冰，会打桌球，会玩电脑云云，接着问他我和弟弟都会些什么？他尴尬地说，什么也不会。

从此以后，他隔三岔五地带我和弟弟去滑冰，打桌球，给我们报班学书法……只要是他觉得不错的，都要求我和弟弟学会，甚至不惜和母亲大吵一架，也要给我们买一台电脑。有人夸他舍得下血本培养孩子，他笑着说，自己是在两支股票上下注豪赌呢。那时我和弟弟只知道满心欢喜，却不知这豪爽的背后，是他黑白两班倒，省吃俭用，用自己的青春抵押换来的。

四

清明过后，父亲发来的照片上，地基粗具模型，就等钢材到位，准备浇筑柱子了。传来的语音消息里，他的声音饱满，声线动人，语调里残留着普通话的影子。他原本会用拼音打字，只是食指的第一节在干活时被电锯误伤锯掉了，从此他就习惯发语音消息了。

他的食指，与其说是被锯掉的，不如说是被他自己切掉的。

2014 年秋天，他在四叔的木门加工厂里打工，食指不小心被电锯伤到，当时还有一半像蔫儿了的瓜苗，耷拉着。他索性狠下心来，把仅留的皮肉一刀切掉。四叔闻讯赶来后，气哭了，把父亲狠狠骂了一顿，父亲却像被茅草割了一下似的，连说没事儿。后来我和四叔谈到这件事，他说都怪自己，当时厂里效益不好，父亲一心为兄弟着想，生怕做接合手术会花一大笔钱，他可没工夫让伤口养尊处优，还有太多的事情等着他去做呢。

那段时间是父亲最艰难的日子。每月还房贷，偿还搞养殖亏欠的债，按时给我和弟弟打生活费，还有他和母亲的吃喝用度，以及各种各样的人情债……可即使这样，父亲还是照样走街串巷，给厂里的顾客安装门和柜子，照样在夜里起来骑车去店里卸货，照样有说有笑地过着紧巴巴的日子。

每每想到这些，我不禁为他感到如山的压力，可自己又什么都做不了，无力、愧疚萦绕着我。“你们不要想家里的事，各忙各的，谁也不为谁担心，把各自的事情做好了，就是在给对方减负。”在上大学后有限的几次通话中，他不止一次这样结束交谈，语气坚定，不容分说。

权当是一粒定心丸吧。父亲现在正当壮年，他想要的，只要踮起脚尖就总能够到。只不过，他得多踮一会儿，直到四肢发酸。只有这样，他才能从无形的墙壁下探出头，伸出手去拥抱阳光，也只有这样，他才能把两个儿子高高地举起来，免遭命运的洪流卷进旋涡……

（选自 2018 年 8 月 30 日《新华日报》）

临终记

李修文

抵达之时，天色已近黄昏，我在昏暝中上山，满山都是飘飞的纸钱，在纷散的纸钱之间，夹杂着一簇一簇的小小火焰，此行我是来上坟，此行却是两个人的尘世终点。当我在祖父的坟前站定，往山下看：磷肥厂的滚滚浓烟掠过青葱田野奔入天际，大小矿洞里的挖掘机轰鸣作响，近在眼前的地方，每一座坟墓上都在响着欢快的儿歌——满山的往生者都需要原谅：这些年，做纸活的艺人已不多见，亲人们再也送不来纸糊的灯笼，只好用玩具店里的塑料灯笼代替。实在是：人生如寄，山东山西。

亲爱的祖父，去年此时，你我二人，推杯换盏，把酒言欢；今年再来，山顶徒增青坟一座，坟前已有野花几朵，此中情境，恰似我过去听过的边地山曲：“山在水在石头在，人家都在你不在。”此次前来，我有两事向你禀告，一件是：大河改道，涌入我们镇子的小河中，这条早已干涸的河流，竟死灰复燃，日夜咆哮，远远看去，像是一头暴怒的狮子。这第二件，说来也简单：我还是老样子，原地踏步，且越来越不以为耻，哪里像你，在临终之前的半个月里，不分昼夜地给自己备下好菜好酒，端的是大快朵颐，我问你是为何，你告诉我，从来只欠一吃，从来不欠一死。

只是看起来，指日之间，我仍然无法成为你希望的那个人，若是你来问我所为何故，我也恐怕只好用来时车上听到的歌回答：“天才不够天才，坏又不够坏，天天都想离开，却不知道到哪里才能换骨脱胎。”

只说当初，紧赶慢赶，我还是未能赶上你的临终时刻，但是，既然在场的人已经再三描述，我也自当烂熟于心。是夜三更时分，你从一场昏迷中苏醒过来，知道大限已近，既没有眼泪，也没有叫喊，只是平静地告诉大家：“我看到了好多鬼。”天知道你是不是真的看见了好多鬼，真实也好，幻觉也罢，总之在场的人爱莫能助，只能眼睁睁地看着你自己承担自己的最后命运。“好多鬼啊，有的在拎我的包，有的在拽我的衣服。”你继续说着，突然，你对床前众人吼叫起来，微弱，却是一如既往地说一不二，“都走，你们都走！我来对付它们！”

仅仅只为不违拂你的旨意而非其他，床前众人诺诺而退，退出房间，只在门口站了两三分钟，立即推门而入，而你已驾鹤西去，那句突然喊出的命令，成了你在人间说过所有话中的最后一句。如果在天有灵，你大概已经知道，你临终前的棒喝，一直在亲朋故交中间流传，几乎成为一个小传奇，却在莫名其妙地压迫着我。如你所知，活着并不比死去容易，这些年，我读了那么多的书，写了那么多的字，眼见得的形迹可疑，日复一日顾左右而言他，并且笃信那些想象中的“真理”：“在他们中间，即使有一位把我拥到他胸前，我也将在他那更强大的存在的力量中消失。”

这是里尔克的诗歌，还有更多人的更多诗，对于他们，我心服口服，可是，我为什么会心服口服？为什么在他们开口之前我便闭上了嘴巴？在许多时刻，它们其实是魔障，鳞次栉比，横亘于前，阻断了我用遭遇通往它们的道路，而《碧岩录》上却记载着这么一段——释迦老子，初生下来，一手指天，一手指地，目顾四方云：“天上天下，唯我独尊。”云门道：“我当时若见，一棒打杀与狗子吃却，贵图天下太平。”

亲爱的祖父，话说到此，你该大致明白我的意思，我其实是想说：幻觉里的鬼，还有现实中的死，当他们前后到来，你不是别人，先是远在天边近在眼前的里尔克，将消失视为前提，而后变作手执打狗棒的云门和尚，发了金刚之怒，生出来的，却是伸手可及的慈悲，我妄自揣测：定有一种物事，它在指引你，抬头见喜，出门遇佛，即使只剩下垂危的肉身，也照样不被魔障笼罩，我在找它，你能否告诉我，它在哪里，又到底是谁？

天色已然黑定，你我二人，别不多叙，你自然知道，我还要继续往前，下了这座山，步行数里，上得另一座山去，不到山顶，就在山脚底下绵延开去的灌木丛边，那里便有姑妈的坟。在姑妈的坟前念诗是多么矫情啊，可我还是想起了伊丽莎白·毕肖普的句子："秋分时节的眼泪，还有打在屋顶上的雨珠，两样东西都被历书所预言，但只有做祖母的才明白。"不为别的，因为父亲跟着她长大，她是他的姐姐和母亲，我也跟着她长大，她是我的姑妈和祖母。父亲和我，一生中，我们要爱上许多人，譬如我们对方，譬如他的孙女，我的女儿。可是有一件事情，早已命中注定：我们最初的爱，都源自埋葬在眼前这座坟墓里的女人。

坟墓里的这个女人，五岁丧父，九岁丧母，东家做牛，西家做马，在被祖父收养之前，她已经赤着双脚度过了好几个冬天。年岁稍长，早早婚配，生下大堆儿女，各自苦度艰难，如此岁岁年年。四十多岁，她便有了自己的长孙，几年之后，这个长孙触上高压线，总算挽回一条命，但也被迫截了肢，一夜之间，她的头发，全都白了，也就是在那天，我自从懂事以来，看到了她的第一次哭泣。

说起她的一生，无非是几件对襟蓝褂、一身做菜的好手艺和周边村镇人尽皆知的菩萨心肠：那些修伞的补锅的外乡人，凡是遇见她，有谁没吃过她烧的饭菜？然而，与这菩萨心肠匹配的，并不是十里八乡的熟络，却是巨大的、终其一生的沉默。不管是我，还是众多乡邻，只要想起她，扑面的印象，便是她的几乎从不说话。几十年中，她的脸上总是有笑意，除了这笑意，就连哭泣，她也全都放在身体里，从不拿出来。所以，在她弥留之际，我冒着弥天大雪回乡，走到她床边，当她开口，仅仅一句，我便如遭电击。

当她看清眼前站着的人是我，竟然放声大哭，她哭着说："我的儿啊，你回来看我了！"

她这一生，从未用过这样的口气说话，原来，她也能够这么说话！当她说完，闭上眼睛喘气，不光只有我，屋子里的所有人，全都惊呆了，一阵短暂的慌乱与沉默之后，所有的人都哭了。

在过去的光阴里，人人都知道她心里藏着苦，不止一点一点，而是一片一片乃至一座一座的苦，为了她好，我们都忘了，只道是，此恨人人有，贫贱百事哀；全然不曾料想，那一片一片，一座一座，全都还在，她只是为了我们好，便当作自己忘了，唯有到了与人世告别的此刻，她才不小心露出了破绽。在破绽的背后，是她赤脚的少年和寡居的中年，是再三的难产和多少言语的无用，是笃信各路菩萨，却没有菩萨能回报她一朵莲花；这些，这一切，有一个共同的名字，它们的名字叫姑妈。

那天下午，我的姑妈，接连哭泣，到了晚上，她突然说想吃葡萄——为什么，这个世界上的姑妈，都是行将离开人世才说自己想吃葡萄？我和堂兄，骑着摩托车，马不停蹄，连夜赶往县城买葡萄，我知道，她若是能见到外面的弥天大雪，定然又会缄口不言。谢天谢地，我们在县城里买到了葡萄，回来的路上，雪越来越大，山路泥泞，几乎中断，我们只好推着摩托车，一步步朝前行。

雪花扑面的夜里，我怀揣葡萄，跌跌撞撞，却也只好如此安慰自己：如果我不是走在此刻，而是走在姑妈的生涯中，你看这满目大雪，还有陷塌的山路，最后，它们都要归于沉默，非得要撕开它们，度过去，才能从心肺里掏出忍耐与美德。要等到后半夜，等我回到她的床前，才会知道：就在我们出门不久，姑妈就连带她的沉默一起作别了人世。而在山路上的我还浑然不知，只是埋着头做如此想：定有一种物事，它在指引着我们，让我们止于伤心，免于崩溃，即使只剩下垂危的肉身，尚能哭出声来，我一直在找它，姑妈，你能否告诉我，它在哪里，又到底是谁？

（选自湖南文艺出版社 2017 年 1 月《山河袈裟》）

军大衣哥

——找不到的人之一

王秀云

1989年冬天，时兴假裘皮半大衣，我也买了一件。那时我在沧州市五金公司上班，年少轻狂。现在想起来自己那时候真不懂事，上班都不知道主动打扫卫生，连喝水都是老主任和一位丛姓姐姐提着壶去打水。我后来见到过丛姓姐姐，但那时我正处于人生低谷，举目暗淡，身心冷漠，没有多余的心情交流，竟如陌生人一般幽幽别去。当我的孩子到了我当年上班的年龄，忍不住把我当年的糗事细说与他，让他不要重蹈我当年的懵懂。我甚至专门写了几篇公众文，希望让年轻人，尤其是没有人教导自己如何与人相处的年轻人，知道最初走向社会起码的礼仪和规矩，比如主动打扫卫生，尊重老同志，对别人给予的帮助和关照知道感恩等。

这些年，我经常会想起自己做过的不周之事，希望能有机会有所补救。我想给当年的老办公室主任斟杯水，想对那位丛姓姐姐说声：你好，姐姐。在我想有所弥补的人中，有一位穿军大衣的老兄，快三十年了，我很想跟他当面说一声：谢谢。

我与军大衣哥只有一面之缘。那天中午下班，我穿着那件假裘皮半大衣，骑着一辆蓝色变速自行车，从五金公司往南走，在大转盘右拐弯，进入解放路，一直往西。我已经顺利骑过了东体育场、清真北大寺和一家家五金店铺，甚至闻到了家常点心的味道。因为那条路上有家回民糕点铺，我就要像往常一样，顺着这条路，回到当年我位于小孙庄的家。那一天，由于身穿一件那年代貌似时髦的假裘皮上衣，我自我感觉良好，骑在路上的时候，颇有青春作伴好还乡的轻盈之感。

就在边骑自行车边放飞心情的时候，一辆电动三轮车突然撞上了我。我摇晃了一下就摔倒在地上。等我爬起来，三轮车已经扬长而去。一个瘦瘦的女人坐在车斗里看着我，那表情甚至还有笑意。我太生气了，扶起自行车就追了过去。正是下班时间，路上人多，他们在红绿灯前堵住了。我趁机追上去，拍打着车帮对那个女人说："你撞了我。"

毫无疑问，我追上去是想要他们说一句对不起，表达一点歉意。但我没想到的是，女人从车上跳下来，一把抓住了我，甚至做出要打我的架势。

我压根儿没有想过打架，没有打架的心理准备。而且那时候我只有九十三斤，也不敢打架。我一时有些慌乱。那男人也从前面下了车，帮着他女人对我指指点点，俩人围着我，推推搡搡骂骂咧咧。一些人围了过来，多是看客。我大声喊，你们撞了我，我越喊那女人就越放肆。她已经看出我实际上没有任何战斗力，没有面对这种事情的斗争经验。她理直气壮，气势汹汹。我觉得事态已经完全超出了我的想象，我被他们推来搡去，手足无措，绝望竟让我哽咽起来。

这时候，一个男人站在了我的身边护住了我。他个子很高，起码在当时困境中的我看来，他很高大。端正的脸，麦芽色的肤质，厚实又有力的胳膊。他穿着一件军大衣，是那个年代很多年轻人都穿的。他把我护在身后，阻挡着那对男女对我的推搡。那对男女不依不饶，这男人就帮我据理力争，抵制着他们试图伤害我的举动和言行。周围人也开始指责那对男女，那对男女看出没有可能再欺负我，就上车开走了。委屈和无力感已经让我丧失了语言能力，我骑上自行车头都没回，回家进门就哭起来。

这么多年过去，那个穿军大衣的男人一直留在我心里。他周正的脸，健硕的体态，挡住女人拳头时那长长的手臂，总是在某一瞬间出现在我眼前。印象中，他看起来比我大一点，现在也是人到中年，他应该不会记得这一幕。而我从未忘记，我很想知道，他是谁，叫什么名字。

想告诉他，我已经懂得了人世艰难，我知道仗义之心多么难能可贵。我想对他说，当年我懵懂促狭，辜负了他的义举。今天，请他接受一份珍藏了将近三十年的谢意！

（选自 2018 年 3 月 2 日《沧州日报》）

人　间

李　娟

回城之后，有时会在街上偶遇一两个葵花地边的旧识。那时大家都显得很激动。

要说彼此有多大的交情，倒也没有。但是，在岑寂荒野中相识的人又在城市的滚滚人流中相遇，自有一番特别的情谊。似乎，此时的热情安慰的是过去的孤独。

除了和巴合提见面那一次。

那天，我刚走过市场后面的拐角处，一眼就看到垃圾箱旁有个男人正面朝围墙背对马路窸窸窣窣地小便。

我正想扭头匆匆过去，这时他正好扭过头来，正好看到了我。

我想装作没看到已经来不及了。我认出他是巴合提的同时，他也认出了我。

他已经冲我笑了起来……

我也只好冲他笑……

他便笑得更加诚恳了。赶紧抖抖小鸡鸡，塞进裤子，一边系皮带一边向我走来。

还要和我握手！

……我便与他大力寒暄，说这说那，极力装作没看到他已经伸过来的手。

其实我并没有怪罪巴合提的意思。他也完全没有冒犯我的想法。并且，他不会觉得这件事有多尴尬。相比之下，我那点尴尬就太小家子气了。

好吧，全怪自己。走路就走路嘛，干吗东张西望。

巴合提家住在离水库最近的村子里，大约和水电站有一些劳动方面的合作，常常会过来。

每次办完正事，都会特意绕到职工宿舍后面的林子里，拜访我家蒙古包。

他欠了我叔叔五十块钱，快二十年了。每次见面，互相问候之后，我叔叔都会催一次债。他诚恳地说："没有。"然后双方这才步入正式闲谈。

好像天下所有的债务人都是避着债权人走路的，可在我们这边，双方绝对平等。

——借钱就是借钱，还不起就是还不起。光明正大，没有谁对不起谁。

虽然欠钱不还这事令我叔叔生气，但他不得不承认："巴合提是个老实人。"

这个老实人，每次来我家问候完毕，再喝完一碗黑茶，便合碗恭敬告辞。他的恭敬并不是因为欠了我家钱，而是出于深刻的类似于教养的习惯。他来我家，也并非有什么事，只是觉得既然经过，出于礼貌应该过来打个招呼。这种礼貌也不是因为欠了我家的钱。

南下的牧业大军过河了，回到村子的人越来越多。我妈杂货店里的生意也越来越好，每天回家的时间越来越晚。

之前，除了个别水电站职工以及巴合提，我们葵花地边整天都看不到一个人。现在时不时能遇到一两个牧人。

每到那时，我和他们打完招呼后，就开始指责他们不好好看管自己的牛，整天跑到我家地里糟蹋葵花。

他们总是说："不是我的牛！"

我很无奈。这会儿牛又不在旁边，不好指证。

接下来，大家一起顺道去我家蒙古包喝茶。

渐渐地，羊群也过河了。那时我们的葵花也收获完毕，一袋一袋码在地头。

偶尔有牧羊人把羊群驱入只剩光秆的葵花地里，让它们啃食撒落地下的零星葵花子。自己则离开羊群，前来我们蒙古包讨茶喝。

那时，我们的蒙古包和所有荒野中的家庭一样，热情又好客。

那时我已经知道了，喝茶这种事，不只是为了解渴，还意味着交流和友谊。

但是，在这种场合，除了报上自己父母的名字，以及自己家住哪里，我实在没法提供更多的信息，也找不到任何共同话题。他们仍然非常满意，也自我介绍一番，喝完茶告辞。

那几天，我们蒙古包里还来了几位女性客人。我至今不知她们是来干什么的。

水电站是一处死角，除了放羊和找牛，永远不可能顺路经过。而她们显然都极力修饰过门脸，装扮正式极了，实在不像是出来放羊或找牛。

要说特意来水电站办事，也实在看不出这些妇女和电站有什么业务来往。

唯一的可能性就是过来串门子，找我妈嗑闲话。

在此住了不到两个月，我们的蒙古包就已经成为此地理所应当的存在了。我们一家人也被正式纳入本地社交圈，什么重大新闻小道消息本土八卦都不会落下我妈。

别看我妈平时的哈语水平不咋样，说得磕磕巴巴，可一旦和村里的妇女们捣鼓是非的时候，水平就一下子上去了。无论表达得再艰难，也不急不躁。几个女人围坐一圈绞尽脑汁地组织语言，哈汉双语并驾齐驱，死也不愿意放弃当前会议主题。

等人走了，我妈便给我传达会议精神，听得我大开眼界。

同时特诧异。我觉得和她们在一起住半年可能都没有我妈和她们闲聊十分钟获得的信息多。

更诧异的是，这么小的村庄，就这么几个村民，位于这么偏远安静的大地角落里，居然也会发生这么多奇闻异事。

不只是我们的葵花顺利收获，牛羊买卖的季节也到来了。不只是我们松弛下来，眼下所见的人们，无不富裕又轻松。

在我们搬离此处之前，最后一拨访客是前来收葵花的葵花老板。

在闲谈中，他得知我一把年纪了居然还没有结婚，表示震惊，并一连确认了好几遍。

他回去后不知和人商议了什么。当天晚上，天都已经黑透了，他又打着手电走老远的夜路，跑来我家蒙古包敲门。

然后开门见山，要给我做媒……

他要介绍的人在吐鲁番的托克逊县。唯一的条件是女方迁过去生活。

好吧。我开始想象其中的来龙去脉——

在遥远的托克逊县，有一个男青年，由于各种没法说的坎坷，渐渐混成了大龄男青年。然后，又由于各种没法说的原因，在当地实在找不着合适的对象了。

但是所有的人，包括他自己，都坚信“缘分”这个东西。

于是有一张网以他为中心撒开。目前，网的半径最远已达八百公里。

嗯，这个八百公里是从托克逊到我们葵花地的大致距离。

我仍生活在人间。至少，在这么偏僻的地方，仍有人间的姻缘逐迹而来，蜜蜂般执着而灵敏。陷落于辛忙劳动中的人们，仍有花期般准时降临的情感与情欲。

时间到了，总会有姻缘成熟。

唉，假如我不是我就好了。假如我是另一个同样热切渴望婚姻的女性……

真想试一试八百公里之外的另一场人生。

但我常常有幻觉，觉得自己和这片葵花地正渐渐退向梦境和虚构之中。越来越多的访客都拉不住我们了，连沉甸甸的收获和真实的姻缘都拉不住我们了。

又想起被我们放弃的南面荒野中那块地，它已经完全失陷梦境。我好几次催促我妈抽时间去那边看看。她那犹豫的样子，像是在思索是否真的存在着这样一块地。

（选自花城出版社 2017 年 11 月《遥远的向日葵地》）

想起母亲就想哭

韩石山

我小时候，不怎么看得起我的母亲。她的漂亮，当年没有察觉；她的贤惠，更没有体会。只觉得她太糊涂，甚至可以说是愚蠢。再就是，嘴太笨。不说跟外人说话了，就是跟我说话，也像是理短似的，嗫嗫嚅嚅，没个痛快的时候。晚年她得了失语症，我一面心疼，一面又想，若她像我这样伶牙俐齿，虚说白道，什么病都可以得，也不会得这么个病。

我家有些特殊，父亲在外省工作，每年只有短短的十几天假期，平日，家里是祖父祖母当家。母亲 15 岁嫁到我家，直到祖父母过世，一直是个小媳妇。祖父也有工作，在镇上的百货公司，家里实际当家的是祖母。祖母是继室，只比她大 10 岁，很严厉，说一不二，偶尔也会问我想吃什么，就让做顿什么，从来不会问她。她呢，只有做饭的份儿。这也是让我看不起的一个原因。

上小学时，学校要个什么费用，多是跟祖父要，有时祖父不在家，也会跟母亲要。记得有次要买什么，三毛钱吧，我说五毛。母亲一面掏钱一面问：够吗？那一刻，一面后悔没有多说些，一面又暗暗埋怨母亲太糊涂，这么个小把戏也识不破。后来多次都是这样，不问别的，只说：够吗？

大学毕业，迷上写作，有次在老家，要写篇散文，想写些小时候的事。便问母亲，当年我那样骗她，她就没一点感觉吗？我希望她说，她是感觉到了的，只是太爱我这个儿子，也就不点破。不料母亲瞪着那双美丽而略显痴愣的大眼，反问我：你那么小，就骗你妈吗？！弄得我一点情绪也没有，文章，只好不写了。

上了中学离开家，每年只有假期才会回去。假期满了，临走的时候，不管给带什么好吃食，叮嘱的话只有一句：学好，甭惹事！晋南话，“甭惹事”读音如“baorasi”，听起来要多土有多土。这个时候，我常是脖子一拧，一脸的不屑。心想，“听党的话，报效祖国”这样的话你不会说，“听老师的话，好好念书”这样的话也不会说吗？

直到我经历种种磨难，一事无成而身心疲惫，有时间回味自己大半生得失的时候，才悟出母亲那“学好，甭惹事”的教诲，是多么地简要，多么地贤明。“学好”等于指明了一条开阔而自律的前行之路，“甭惹事”等于避开了任何意外的伤害，平安地成长。前有引导，后有护佑，怎么能成不了一个好人，成就一番事业呢？淳朴而真挚的情感，是与神明相通的。可惜我只记住了前面两个字，而忽略了后面三个字，就是前面两个字，也只理解为学习好，落得蹭蹬大半生而无所作为。

六十大几，母亲失语，每年我都要回去看望。她已说不成完整的话，只能说几个简单的词。一见面，冲我笑笑，眼里就溢出了泪水，然后呜呜地叫着，低头往我怀里撞。这个时候，我也忍不住流下泪来。撞上几下，抬起头，仰起脸，瞪着那双依然美丽却更显痴愣的大眼，撇撇嘴角，突兀地就是一句：好！明明该是一句问话，说出来却是感叹，只有我能听出，这是她那句贤明的教诲的缩略，说全了该是：你学好了吗，惹事了吗？这时我只有重重地说：妈，好着哩！她明白了我的意思，点点头。扶她在沙发上坐下，此后一句话也不说，只是静静地听我和父亲谈话。隔上一会儿，她指指厨房，示意父亲，该给我做饭了。

想想自己这一生，妻子儿女都没什么对不起的地方，最最对不起的，该是我那贤明而略显糊涂的母亲。

如今我也老了，一想起母亲就想哭。

（选自2018年9月10日《文艺报》）

一捆带露的白菜

杨风军

至今，我内疚不安，只要一看到白菜，我的眼前就会浮现出一张纯朴俊秀的脸来……

这是我初为人师时犯的一次无法更改的错误。

1983 年初秋，我从固原师范毕业分配到三营中学任教。那年，我 19 岁。报到上班，学校安排我接任初二（3）班班主任工作，代初一、初二两个年级的美术课兼初二（3）班的数学课。

在繁重的教育教学工作中，我实在感到当老师太苦了。每天除了备课、上课、辅导学生、批改作业、家访外，属于自己的时间的确太少了。那忙碌而单调的生活曾一度使我感到十分疲倦，看到学生气就不打一处来，对班里的差生更是苛刻。曾立下的两条悬挂于我办公桌前墙上的为人师的信条早已忘到脑后。就这样，我所带的班里的学生见到我就像老鼠看到猫一样，可我不在时，自习课却是另外的样子：吵闹、戏耍，满教室被搞得乌烟瘴气。校领导找我谈话要到我的班蹲点，协助我工作，于是，我的自尊好像被马蜂蜇了一下，我拒绝了，当即向校领导表示保证要在短时间内搞好班级工作。

为了不失面子，更为了我那被虚荣包裹起来的自尊，我采用了紧盯不放的办法，所有的自习课我都到班里去，班级纪律有了很大的转变。然而，令我担心的是学习成绩的评比，怎么办？思来想去，我断然决定：期中考试前，我设法把班里学习差的几个学生偷偷从班里开除，其中就有纯朴俊秀的白如雪。期中考试成绩评比，我班名列年级第一，受到学校的表扬。那一刻，我既高兴又深感不安。

又一个和风习习的夏日，一个阳光格外灿烂的周末，我提着菜篮走到一辆装载着带露白菜的架子车边驻足。这时听见有人问：“杨老师，你想买这菜吗？”我应声抬头，眼前站着被我开除的女孩子白如雪！我有点不好意思，随口答应：“想买一捆菜。”接着这女孩子向车边拿秤的中年妇女说：“妈妈，这是我们杨老师。”中年妇女看了我一眼，十分热情。说话间，女孩已将一捆带露的白菜塞进我的菜篮，我要付钱，她们母女坚决不收……

返校的路上，我感到菜篮中那捆白菜的分量格外沉重，顿然，我觉得那不是一捆白菜，而是一颗宽厚纯朴的心。我无法言表当时的感受，心中仿佛被一块重石压挤，压挤出我的自私和虚伪。

后来，我去过她家。这才知道她是一个从小就失去父亲的孩子，母亲又多病，在我班读书期间，肩上挑着协助多病的母亲维持七口人生活的重担。我恍惚明白那时上课她总是打盹的缘由。我叫她回班上学，她谢绝了。她坦诚爽快地说：“谢谢你，杨老师，那时我在班上总是给你脸上抹黑，你开除我是应该的。”这纯朴、真诚的话语顷刻间把我那被虚荣包裹起来的尊严击成了粉末……

从她家出来，她送我走了一段路，我有许多话想对她说，可我又能说什么呢？只有悔恨和无限的内疚。

至今，我为自己所犯的过错感到不安……

（选自宁夏人民教育出版社《封存的记忆》）

父亲来信了

陈敏莉

这是一间我常来的屋子，因为太阳的照射，光线十分明亮。屋里的陈设很简单，除了桌椅，没有多余的东西。我面窗而坐，突然发现鹅黄色的桌面上有一只信封，似曾相识。迫不及待地撕开信封，三张红色双线条格式的信纸展现在眼前。而那遒劲又略显严谨的字体骤然使我的心跳加快起来！

父亲来信了！父亲已经好久好久没有来信了。他去的地方虚缈遥远，同我们这里无法联系。能够收到他的信，说明邮路开通了！以后他还可能回来?！想到这儿，我激动得喘不过气来。两个世界的沟通是我梦寐以求的，我不会是在梦中吧？突然一个寒战，我的意识开始清醒，我担心地睁开眼睛，果然只是一个梦！窗外已经晨曦微露，而梦中的心理细纹也是如此清晰，不由人不沮丧。我重新闭上眼睛，任眼泪顺着枕檐汩汩淌下。

同一般家庭相比，我同父亲生活在一起的时间不算长。小时候我在老家同奶奶住，到了该上学的年龄，奶奶又不愿意放我回上海读书了。回想起来，此生此世，父亲同我通信的岁月比父亲同我一起生活的岁月长得多。父亲一般一年回家乡一次，回来以前，先来信告诉我们日期。我们收到信如获至宝，天天倒计时地掐算时间，商议父母和弟弟回来之后我们要烧些什么菜。有一次，我们事先买回来的一只鸡引颈打嗝时很不顺畅，奶奶说看来它活不到你父亲他们来的日子了，我们还是先把它吃了吧。但我却固执地不同意，因为那时正值灾害时期，买鸡是很奢侈的事。况且有了钱也不一定买得到鸡。后来这只鸡还是在父母亲来之前死了。奶奶就将此事告诉父亲，说这孩子心地好。父亲听了也有些动容。后来看到父亲的日记，父亲说他对我特别爱惜，是因为奶奶对我特别疼爱。

我是因奶奶病故才回到上海父母身边的。但一年后就被选拔考入了住读的上海外国语学校。同家人见面一星期只有一天。当时我读三年级，只有9岁，但回家的次数却是全校最少的。我们家的人并不知道我母亲在生我小弟弟时得了精神分裂症。那是多年以后才被专家确诊的。我们只知道母亲喜怒无常，感情冷漠。外表儒雅的父亲对母亲十分忍让。有几个星期天，空荡荡的校园里只有我一个人，我就上街买些东西，坐在操场上一边吃一边想念对我百依百顺的奶奶。为自己心中的孤独默默垂泪。一次我有三个星期没有回家，收到父亲的一封信，信封是白色的，右下角有一朵烫金白玉兰，我只记得其中一句：你难道不想回来看看爸爸吗？这时候，我才惦记起下一次回家的日子。

父亲在国外工作的几年中，母亲的病时常发作。但她的思维基本清晰。与父亲通信有时候是她讲我写。她病重的时候，就大概讲个意思，由我组织文字。母亲住医院，则由我同父亲通信。那时候已是“文革”时期，我们外语学校的小学部被迫停课，回到家中，杂事繁多，看书只能是见缝插针，唯有给父亲回信，母亲将此看作一件大事，我才能对照父亲的来信，从从容容逐条回复，觉得既练了字，又完成了一篇文章，同时也向父亲表现了自己。

父亲从国外回来的时候，我已经进了初中。虽然学校里打倒一切的口号换成了要复课闹革命的横幅，其实学习知识还是有名无实。我很希望能早点上山下乡。父亲见学校家庭的环境对我都不利，就托人为我联系去黄海农场。那里的盐碱地十分辽阔，我们平均一人要种八亩地的棉花。繁重的劳动之余，我无事可做，除了读毛主席的著作，就是抄父亲的来信。父亲给我来信很勤，最多的时候一个星期有三封。他虽然是工程师，但一直喜爱文学。写的信不仅知识面广，而且颇有文采。夜深人静，我坐在木板钉就的小板凳上，在床上小心地放上一盏瓶子做的小煤油灯，将父亲的信边看边抄。父女间的亲情通过一笔一画浸润着我的心田，胸中就少了寂寞。班里的知青见我整天抄抄写写，有时开会就叫我记录，记录的材料送到连里，连长让写成稿件，送到团部，多数被采用。团里的广播站向全团三十个连队广播。几次过后，我就成了连里的通讯报道员。

这期间，父亲又出国工作了一段时间。因为各种原因，当时信件来往的时间很长，父亲的来信就更显珍贵。父亲来信总是说你还非常非常年轻，有许多美好的事物会在前面等待着你。于是朦朦胧胧就有一道彩虹横亘在远方的蓝天上，平淡的日子在心底被涂上了幻想的色彩。

十七岁那年，我调入农场的纺织厂，同父亲居然成同行了。父亲也从国外回到上海。他不仅来信，而且还将自己喜欢看的书寄给我。在国外期间，父亲为我亲手抄了许多古诗文，并且细心地在上面做了注释，有《留侯论》《滕王阁序》，等等。我除了抄信，有时还背背古诗，抄抄书。印象最深的是老子的《道德经》，把译文也抄了下来。反反复复地看，还是知其然而不知其所以然。但却就此增进了古文水平。还有一本赫胥黎的《天演论》，因为深奥，又是父亲推荐的，所以总觉得有名堂，闲时看来看去，不知不觉之中有了文化。

恢复高考的时候父亲来信告诉我两个弟弟准备考大学，父亲说你也试试吧。但那时工厂无法请假，连星期天加班也不得不去。我只得割了扁桃体，用十五天的病假去了姑妈下放的县中。姑妈让我同几个高中毕业班的尖子生一起复习，还特地让辅导数学的老师多关照我一些。我向数学老师请教的时候，他惊讶地望着我，那目光在说：这是小学的数学呀！

我沮丧地给父亲写了信，我在信中告诉他，我看出老师的意思了，这样的水平不必再浪费时间了。发出信后，我特别地软弱，天天盼着父亲来信。

父亲来信了。信很短。里面有一张两个月的请假条。原因是母亲病重住医院。

他在信中说，也有人两个月能学会别人六年学的东西。虽然知道这或许仅仅是安慰我的话，但我的心情却平静了下来。八年来，这是父亲第一次为我请假，他不愿意让我错过这个机会。

上海的家中静悄悄。母亲住在医院里。我和弟弟每天都做习题。记得当时父亲生了一种叫火丹的病，腿非常疼。一向特别有修养的他显得少有的急躁。总是觉得进度慢。两个月后我回到工厂，不久就参加了高考。大弟弟最早拿到录取通知书，他考取了上外。两天后小弟弟也拿到了，上海华东师范大学。远在外地的我却迟迟没有消息。父亲来信安慰我，说你读的书最少，这原也该是意料中的事，能参加考试就是胜利了。

我拿到南师大的本科录取通知书是在半个月以后。这意外的惊喜使我们全家欢乐了好长时间。大家不免有些奇怪。其实我明白，我得益最多的是父亲的来信，父亲手抄的古文，它们等于是我初中高中的语文教材。

父亲的最后一封来信讲的是如何面对死亡。他在信中说："一个人只有自觉地直面死亡、认识死亡、接受死亡，才能真正取得生命的自由，并通过对死亡的深刻认识，给生存注入最强劲的生命力。否则他就只能永远陷于对死亡的恐惧与焦虑之中，而销蚀掉生命的全部意义。"

我捧着这封信，想到三个月前父亲突然查出身患绝症，已是晚期。我带着药从南方一座城市飞回上海，在医院里见到已经知道病情的父亲，他正在和前来看望他的一大帮人谈话。他同往常一样谈笑风生，还说自己得这个病是中了头彩。接着他又向单位的同事交代了以后的工作和要注意的事项。当时我被他的风采和风度震动，怀疑诊断有误，立刻和弟弟一起去找医生表达了我们的怀疑。

父亲还是离开了我们。有很长时间，我还是在等待着父亲的来信。直到很久以后，我的私心里还会偶尔产生对父亲来信的企盼。我几乎不能相信我的生命中会没有这种等待，会没有父亲的来信。我准备在许多年以后，等我的心情平静下来以后，再细读父亲多年的来信。那时候，或许我更能够体会信中的情理。

（选自 2017 年第 12 期《青春》）

视觉里的爱情

程　青

爱情在视觉里经常会呈现出唯美的效果，那种缠绵悱恻，那种如痴如醉，让人觉得世界上没有比这更美好动人的了，为了这样的一刻真的可以付出一切。银幕和屏幕总是不遗余力地把爱情浪漫感人的效果渲染到极致。可是，我看到的最打动我的几个爱情场面却不是影像，而是来自真实的世界，就在普普通通的马路上，真真切切地发生在平平凡凡的人之间，那些人我甚至素不相识，却被他们人生中也许连他们自己都没有特别留意的某个瞬间深深感动。

有两件事给我的印象非常深刻，甚至令我改变了对一些事情的看法。我也是由此知道了有些看法是会刹那改变的，就像是一种感悟，或者说是一种顿悟。

几年前的一天，我开车经过正义路，红灯亮起来，我无意间扭头看见停在旁边的一辆公共汽车上，两个五十来岁的中年人，一男一女，突然露出笑容，他们笑得欣悦、畅快、甜蜜，甚至还带点羞涩，就好像一腔的幸福像山泉水一样从心底里汩汩流出。笑容在他们脸上绽露，整整三两分钟没有消失，而且一直是处在一种由衷而饱满的情绪里。那一刻，我相信他们是彻底忘记了人生的烦恼，甚至忘记了自己半生的经历和酸甜苦辣。我看着他们，感觉公共汽车就像舞台一样在他俩欢笑的瞬间变得异常明亮起来，他们就像《廊桥遗梦》里的男女主人公，或者别的爱情影片里的男女主角，然而他们自己却浑然不觉，沉浸在那个悠长的笑容当中。

他们这个笑容极富感染力，让我心里暗暗感叹，同时也让我直觉他们不会是在一起过了大半辈子的老夫老妻。我不是说在一起过了大半辈子的老夫老妻就一定不快乐，就一定没有如此欢畅的笑容，而是熟稔之后的默契和陌生的心灵触碰带来的喜悦明显是不一样的，是完全不一样的。他们笑容里透出的那种韵致分明是男女之间才有的，是隐含着激情和吸引的，甚至饱含着冲动。我这样想：或许这是他们之间第一次绽露这样的笑容，或许这是他们之间唯一一次有这样的笑容——我不知道他们是不是久别重逢，也不知道他们是不是幽期密会，但我感觉这个时刻在他们之间极有可能是超越日常的。他们的这个笑容在我看来就像一朵绽放的花朵，它绚烂地开放在他们的后半生里，也许仅仅就是昙花一现，但却让一个匆匆而过的人通过视觉感知到了它的存在，于无意间欣赏到了它的美丽。

又有一次，同样是开车在路上，我去驾校接孩子，沿着六里桥一路往西，在快到张仪村路的辅路上，看见一辆很小的人力三轮车突然停了下来，骑车的中年男人从车上下来，扭身向后，坐在车斗里的女人迅速探出身。手里拿着一块辨不出颜色的旧毛巾，抓住他的一条胳膊往他脖子和脸上擦起汗来——我蓦然发现她是一个残疾人，她的身体十分短小，只有普通人的一半不到，而且她分明是站不起来的，因此她尽力伸长手臂，整个身体都扑了上去。她擦得非常使劲，不像是替人擦汗，简直就像是在用力擦去顽渍。她的动作实实在在，没有一丝温柔，甚至带着粗鲁和野蛮，而她看他的眼神是热切的，是那种至爱的人之间才有的直接和赤裸——我觉得用“至爱”来形容似乎都不贴切，那是望着生命中真正的唯一、真正的一切的眼神，就像迷失在海上的航船看见了航标，就像寒夜里饥寒交迫的远行人望见了前方闪现的一星灯火……我以四十迈的车速和他们擦身而过，她的那种眼神就像一颗子弹一样瞬间击中了我，让我在零点零几秒之间迅速懂得了什么是真正的生死相依。

我的心顿时被一股滚烫的热流包裹，这个场景让我想到她可能就他这么一个亲密的人，此外再没有另一个肯对她这样和会对她这样的人，她也没有再找得到这样一个人的可能。在这样的唯一性下，她一颗心都是属于他的，没有一点点是留给自己的。我这样想，这一切发生在任意一个女人身上，真说不上是幸运呢还是不幸运，但对她而言无疑是幸运的。她的那份专注，甚至让我觉得有时候有机会也是诱惑，没有机会反而会让情感变得更加纯粹和无私。

她的那种情感我想我自己可能是永远不会有的——紧紧地、拼了命地抓住一个人，就像溺水时抓住一根救命稻草，那样谦卑，又那样真挚，心甘情愿到忘我，感激里却又有着一种至死不渝的霸权。而他，是那样贴切地去配合她，同样令我感动。那一路上我不时想着这两个素昧平生的人，那一路上我只看见了这两个人。

（选自 2017 年第 11 期《雨花》）

无核的苹果

何　弘

临近年终，大树空间和《大河报》合作，约一批作家写些有关故乡记忆和童年难忘吃食的文章，我一来杂事繁多，二来也确实想不起有什么让我至今念念不忘的美食，所以就一直没能动笔。

我的家乡新野是南阳盆地中的一个平原小县，最有名的吃食大约要算新野板面了。新野板面也叫新野臊子面，面是由反复揉搓发酵后的面坯在案板上摔拉而成。板面的制作过程与郑州烩面相似，但烩面纯靠手拉，板面却多了在案板上摔拉的程序，口感要更筋道些。臊子则主要用肥瘦适中的羊肉或牛肉加辣椒等调味料炒制，制作的要点是炒干肉中的水分，冷却凝固后使油脂完全将肉丁包裹起来，这样在干燥的环境中存放，经年不坏。吃时将臊子兑水加热，浇在煮好的面上即可。新野的物产传说，大抵都与三国有关，这板面也是如此，据说是张飞所制，具体是与不是则无可考究。

其实“新野板面”在我的童年记忆中并没有多少痕迹。那时，私营的饭店不让存在，掌握制作臊子秘方的师傅到了新野县服务楼工作，而小孩子基本没有到那里吃饭的机会。因此，关于“新野板面”“新野臊子”的印象，都是在成年之后形成的。

现在细细回想，童年记忆中的美好的吃食，其实都与亲人紧紧连在一起。比如外婆从床头摸出的“兰花根”，这种油炸的棒状面食，想起来就感觉非常香甜，其中充满着外婆对我的疼爱。而我最难忘记的则是童年过春节时母亲拿出的苹果。

新野处在从亚热带到暖温带的过渡区域，这里基本是柑橘种植的最北端，也是苹果在平原地区种植的最南端。受气候影响，新野一带苹果虽能生长，但品质却难如人意，所以现在已经很少有人种植。但我小的时候，商品经济不发达，水果种植主要不是用来向外地销售，而是在本地消化，所以苹果在新野还有些种植。

“唐河弯，白河滩。”这是我老家一带的谚语，意思是唐河的弯多，白河的滩大。我外婆家就在和新野县城一河之隔的白河岸边，我童年和少年的很多时光都是在这里度过的。

那时的白河，河水清澈见底，站在水边静静观察，会看到水下的沙子里有一种圆圆的小鱼钻出，表弟说这是“沙轱辘”。而在干燥而平整的沙滩上，会看到一种比蜘蛛还小的动物快速从沙面掠过，受惊时迅速钻进沙里，在沙面留上一个漏斗形的痕迹。双手从两边挖下去，将一大捧沙子捧起，让沙子从指缝间慢慢漏掉，就会捉到这种小动物。表弟说这是“沙兔”。我求助“度娘”，找到的却是各种各样的兔子，至今不知道这个“沙兔”到底是什么动物。

白沙滩向外靠近大堤处，就有了沙土，于是外婆家的大堤下，就有了一处苹果园。苹果园是集体的财产，四周扎着篱笆。我的暑假大多是在外婆家过的，常常和表弟及他的伙伴们在白河里游泳，或者在沙滩上探寻，听他们讲大沙洲的故事，讲在沙滩上扒鳖蛋的趣事。有时，表弟会忽然消失，一会儿拿出几个苹果来，说这个是“国光”，味道好，那个是“微津”疙瘩，不好吃。我总是为表弟丰富的知识而震惊。时至今日，“国光”我是知道的，但“微津”疙瘩到底是什么苹果，却不得而知。问了“度娘”，只有个叫“津轻”的品种沾点儿边，但表弟说的是不是“微津”这两个字也说不清。

我老家的门前有几株梅子树，大多要等果实黄了才好吃，但也有一株的果实熟透了还是青的，据说叫“竹叶青”。梨树也有几株，“落花甜”不等成熟就可以吃，花一落果实就甜了，这大约是它得名的由来；“大青梨”则不行，未成熟的果实吃起来又酸又涩。

那时，苹果在新野算是稀罕物，一年难得吃上几次。表弟从果园摘来的苹果，大多并未成熟，啃起来硬，嚼起来酸，但那时我们都吃得津津有味。

一到冬天，水果基本就很难吃到，别说没钱，即使有钱也没处去买。因此，在大雪弥漫的冬夜，一家人坐在一起，能吃上些水果，绝对是一件非常幸福的事。而我在每年春节的时候，总可以体验到这样的幸福。

除夕的晚上，母亲变戏法似的不知从哪里拿出一个苹果来，又大又红，用刀子切成薄薄几牙儿，我们兄弟几个每人分到一牙儿，拿到手里，小心地用舌头舔一舔，面面的果肉就会沾到舌头上一些，感觉非常的香甜。再大胆一些，整牙儿苹果含在嘴里，用牙咬是舍不得的，嘴唇微闭，苹果就会迅速化掉。担心一下子化完，我们会赶快把苹果拿出来，再轻轻地嘬，慢慢地一点点让苹果在口中融化。

母亲拿出的这些苹果，切开来是看不到果核的，只是中间有几粒苹果籽。多年来，我一直固执地认为，只有吃起来很面，果核小到几近于无的苹果才是好的，所谓脆苹果不过是表弟从果园摘来的酸疙瘩。成年后离开家乡，吃到了烟台的苹果、灵宝的苹果、美国的蛇果，发现多汁的脆苹果也很好吃，只是怎么也吃不出母亲保存的面苹果的味道来。

母亲是一个非常勤俭的人。父亲被错划为“右派”，我们弟兄四人，全家都靠她一个人的工资养活。而她，还要在自己有限的工资中，拿出一部分来尽可能地照顾舅舅、叔叔几家人。直到成年后，我才理解了母亲那时的艰辛。在那样的情况下，她把一个苹果保存大半年，只为在春节时让我们能吃上口水果，体验到过节的幸福。母亲的一生是辛劳、勤俭的一生，她对自己近于苛刻，却把能给予我们的完全无私地奉献了出来。

两年前的这个时候，病危的母亲想早点回到新野。腊月十八，母亲到了弥留之际，我们决定送她回到新野。得知我们真的同意送她回去，母亲露出充满期待的眼神。表弟也专门赶过来，和我们一起陪母亲回家。在救护车上，我一路搂着母亲，她几次问到了哪里。车到南阳，她又问，我告诉她已到南阳，很快就到新野了。她听后静静地睡着了。车到新野，下了收费站不久，母亲在我的怀中安详地走了。

自从长大成人离开家乡，每次看到苹果就会想起母亲。现在家中的苹果，多放些时间不是坏掉就是失水后蔫掉。这让我常常想起母亲保存的苹果，外表新鲜，果肉面甜，而果核已融化近无。这无核的苹果，除在母亲这里，在别处我从未见过。

现在，母亲离去已经两年了，不知她在天国是否一切可好，不知她能否再保存一只这样的苹果，让我重温童年的幸福，哪怕是在梦里。

（选自 2018 年 2 月 3 日《大河报》）

山路弯弯

周志华

从虎头山向东是一条绵延十里的山路，沟壑纵横不见一户人家。坟茔较多，大都长满荒草，或许是山野过于寂静之故吧，路过时总会屏住呼吸，心惊肉跳。

十七岁那年我要到十里外的乡镇小学教书，报到那天正值三月，寒冷的风卷起阵阵扬沙打在脸上，火辣辣地疼。

父亲寡言，我沉默地跟在后面，始终保持着一段距离，这或许是多年来养成的习惯。有时他也会停下脚步回转身看我几眼，但大多时只弓着身子向前，粗布青棉袄很宽大，脊背像鼓起的帆。除了脚抬起时扬起的尘烟，我和父亲之间没有更多的语言。

约莫五里处，十几座坟茔静静守在路边，我素来胆小，顿觉呼吸急促，神色慌张地加快了脚步，紧紧靠着父亲的臂膊。父亲瞅瞅我，停下来悠悠地坐在坟间，掏出烟袋点燃。风依旧猛烈，早春凉薄的日光无遮拦地倾泻，似乎要把这禁锢一冬的寒气吸光。父亲眯着眼睛静静望向远方，神情淡定，瘦削而又棱角分明的轮廓投射到我的眼波里，感觉眼底有无数的酸涩漫涨。一袋烟工夫，父亲站起来拍拍身上的泥土，头也不回地继续赶路，我悄悄窥那坟茔，除了父亲坐过的地方当风抖着几根折断的荒草，并没有出现我臆想中的景象，才长长舒了口气。

安顿好我的事宜，一向寡言木讷的父亲话突然多起来，朝这个鞠躬，向那个问候，再三叮嘱我工作用心，不可耍滑偷懒。看着他低声下气的样子，觉得极丢脸面，甚是难堪，但又不好说什么。总算挨到他迈出校门，我心里暗呼万岁，他没有挥手只是不时地停下脚步回望，身影越来越小，直到如拳如豆，我定定地站着目送他远去，青棉袄黄球鞋是他一生留给我最清晰的影像。

此后的日子我便一个人走在这条山路上，遇到赶毛驴车的老乡，总要捎上我一段距离。我素来以为做教师是天底下最没出息的行当，整天哄着一群孩子，教一些我闭着眼睛都会的东西。然而在这些粗布衣服包裹着的躯体里，我却得到了意想不到的尊重。他们用笨拙的语言夸我有出息，鼓励自家孩子向我学习，这一刻短暂的得意将中断高考提前工作的怨恨消弭。

这条路泥泞颠簸，行人不多，来往的车辆少之又少。天气不好的时候同村的张大爷就会准时出现在这条山路上，一句“丫头上车”，温暖着孤单寂寞的我。我知道他爱抽旱烟，就把学生用过的本子成摞地拿回来，放到他的土炕上，他从不说谢谢，只是咧嘴笑。时常也慷慨地送一些给邻居，一再强调是周家当教师的丫头拿回来的，仿佛这句话里带着无上的荣耀。后来他上山拉石头，摔断了腿，我去看他，他满脸歉意。这次他消瘦了很多，脸色灰黄，眼窝深陷，腮边的皱纹折叠到耳际，依旧爱抽纸烟，只是不停地咳嗽。我给他买了一包香烟，他摩挲着，眼里有泪光闪现。

夏季来临，庄稼疯了似的猛长，一晃已是齐腰深。一阵风过，绿浪起伏着涌来，发出窸窸窣窣的响声。我并不害怕，反倒放慢脚步很悠闲地环顾着四周，远山被一层薄薄的雾气笼罩着，隐着淡青色，坚硬的轮廓把蓝天简笔勾勒，天空邈远而空阔。路边杂草丛生，蒲公英居多，淡黄色的小花隐现在草丛里，采上几朵插在发间，别有一番情趣。有时我也割些猪草回去，一大捆扛在肩上，汗涔涔的，一路伴随着草的清芳。

一日，夕阳尚未落山，粉红的霞光在田间流荡，像是给碧绿的叶子涂了淡淡的胭脂，我停下脚步出神地向远处张望。突然从地里蹿出几个十五六岁的少年，向我围过来，我愣住了，刚刚割到的一捆青草掉在地上。无助地前后望望，这里正好是路途的中央，除了那几座坟茔和两头吃草的毛驴，几乎看不到一个人影。冷汗顺着额头滑下来，湿透了脊背，黏黏地贴在身上，我不知该如何对付眼前的窘况，只是拉开架势攥紧拳头。忽然，一个黑影横冲过来，手里挥舞着一根长长的木棒，这几个少年纷纷后退瞬间消失在万顷碧波中。我才看清来人是父亲，父亲没说话，摸摸我的头，捡起地上的青草夹在腋下，我和父亲依旧一前一后，保持着惯有的距离。后来从母亲那里获悉，父亲天天在半路上等我，暗中护送我回家。

第二年春天，父亲卖了火烟，托人从五金公司买回一辆白山牌自行车，不锈钢车把，黑漆弯梁，闪着耀眼的光芒。骑着它走在路上，能吸引很多人的眼球。早晨，我不再起那么早了，傍晚回来亦不用那么慌张，但母亲依旧不放心，总是早早起来，领着最小的弟弟，牵着狼青把我送到山那头的路口。在母亲温暖的目光里，我度过了三个春秋。

工作第三年，终于等来了报考师范的机会，我决定不再骑车，每日步行上下班。初春的田野满眼都是新绿，透着勃勃生机，轻柔的风拂过脸颊，暖暖地仿佛浸润到骨子里。

这次父亲破天荒地支持我学习，请来当地有名的大潘老师为我辅导数学，我并不心存感激，倘若不是他的武断，此刻，我应该坐在高等学府里，所从事的专业指定不是我所厌恶的教学。我恨他，所谓的考学无非是为了置气，证明自己有能力罢了。

我格外珍惜这来之不易的机会，抓紧一切时间复习。一路上捧着书，嘴里默念着政治题，时常被石头绊倒，或撞到树上。也曾剐坏过衣服，沾得满身是泥，但这些都是最美好的记忆。

时隔多年后，我再次回去，这条弯弯的山路早已铺了沥青，栽上齐整的道旁树，山坡上成片的谷子吐着金黄的穗，把头深深地低垂。我沿着弯弯的山路看去，虎头山上只剩下父亲的坟茔孤零零地守望着家乡的四季。

（选自 2018 年第 4 期《草原》）

看　戏

吴梅英

这一晚看什么戏我已经忘了。

女主角在台上哭了一晚，我在台下哭了一晚。

“你坐在这里不要动，我先回去吃饭！”姐姐叮嘱了我一声，甩着两条长辫子，穿过长短不一、高低不平的长条凳，出了大会堂，穿过小学校天井，消失在大门外面。

我守着我家窄窄的长条凳，已经一天了。

摆在我前面的，是进伟家的两条凳子。进伟姐姐绷着个脸坐着其中一条，脚搁在另一条上，唯恐被人换了位置。后面，是站在凳子旁寻思着往前挪动的大人或孩子。大会堂门口，早早吃了晚饭的人正陆续进来。

唱戏人是下午到的。这天一大早，戏班子装服装道具的大箱小箱就被村里健壮青年从邻村抢了来。龙井不抢，自有别村去抢，反正演员得跟着服装道具走，哪村先抢到，戏班子就先去哪村唱戏。

肩挑的箱子一进村，“今晚做戏”的消息便长了翅膀飞遍全村，孩子和大人搬着家里八仙桌旁吃饭用的长条凳匆匆跑向小学校，跑进大会堂，争先恐后地抢占最好的位置。

走进龙井的戏班子都是一些地方越剧团，唱一些乡亲们熟悉的越剧，《碧玉簪》《秦香莲》《五女拜寿》《孟丽君》……那跌宕婉转的唱腔、细腻传神的表演、唯美典雅的造型，深深吸引着村里的大人和孩子。戏尚未开演，戏台下抢占位置的硝烟已经四起。

“谁把我家凳子移后面了？”

我转过头，在我的左后方，阿花姐找到了她家凳子，正生气地质问着，她的眼睛望向我右边她家凳子原来摆放的位置，白皙的瓜子脸涨得通红。

那个她紧盯着的位置上，已摆上了阿荣家的凳子，阿荣他哥脸朝戏台坐在凳子上，试图让身后的质问消隐于逐渐下拉的夜幕里。

阿花姐生气了！她双手拿起凳子，气哄哄地走上前去，将凳子重重放在阿伟哥的前面。

“干什么呢？我原来就摆这里的！”阿伟哥猛地站起来，将阿花姐的凳子推倒在地上，阿花姐的凳子又撞倒前面的凳子。一阵凳子碰撞倒地之声，吓得我心怦怦直跳。

阿伟哥个子很高，声音很大，他气哄哄地逼视着阿花姐，整个身子向前倾着，随时要动手打人的样子。阿花姐也不示弱，她尖尖的下巴上扬着，两眼怒视阿伟哥，嘴里噼里啪啦地骂出一连串的话，像一只张开了颈毛和翅膀勇斗恶狗的小母鸡。

“原来谁摆这里的？你倒问问看。”阿花姐愤怒地说着，她的眼睛突然望向我。我连忙垂下眼帘，没有说话。我姐还没来呢，我不敢说话。即使我姐来了，我也还是不敢说。我怕被人打。

他俩越吵越凶。会堂里的人都停止了说话，一齐望向他俩，胆大的高个的走拢了来，围着他俩，试图分出对错。两家大人也赶来了，阿花妈妈的脸刷白刷白的，阿荣妈妈的脸铁青着。她俩的声音高而尖，你一句我一句，在这一圈人的头顶上汇聚、碰撞、击打。两个孩子的争吵演变成了两个妈妈的争吵。孩子们都往外退了，有几个大人过来劝架。

台上的戏还没开场，台下的戏就火辣辣上演了。

我姐来了，她端来了我的饭。我一边吃着，一边看着大人们劝住两位妈妈。在我右边硬生生地挤进了阿花家的凳子。

夜幕降临，去各家吃饭的演员一个个低着头走进后台，我们伸头朝外看着，议论着今天的“小姐”“小生”的长相和扮相，争论着明天请谁到家里吃饭。自然，谁都想请“小姐”和“梅香”来家里吃饭。我深深遗憾来家里吃饭的经常是“老爷、夫人”，有时甚至是后台老迈的敲锣人。

渐渐地，大会堂里坐满了人，会堂门口也挤满了。一时间，孩子们说笑的声音，刚入场的大人呼喊自家孩子的声音，会堂外卖米炮筒的声音，哄哄响起在头顶上方的空间里，仿佛整个会堂屋顶都要被拱起了。

“米炮筒！”我的左前方，丽媛四姐抓着一把雪白的米炮筒跑了过来，丽媛和她五姐各拿了一根，丽媛一边咬着米炮筒一边和我说话。

我的口袋里有奶奶早上特意炒了让我晚上看戏吃的黄豆，可我想吃这白色的米炮筒。米炮筒是外村人拿来卖的，一根 5 分钱，半根 3 分钱。我和姐姐都没有带钱。

“梅英！梅英！”一片嘈杂里，突然传来我爸呼唤我的声音。我循声望去，只见我爸站在会堂大门一角，向我高高扬起手，挥着他刚买的白色米炮筒。

我开心地离开凳子，从凳子与凳子间的膝盖和后背间挤过，挨到门口，接过我爸手里的米炮筒。爸低头朝我笑着，看我拿了米炮筒，慢慢挨着一张张凳子上的人腿往回挤。

锣鼓敲响，二胡悠扬的声音传出，戏要开场了。棕红色的幕布紧紧拉着，会堂里一下子静了下来。一双双眼睛紧盯着幕布，等待着，整个会堂瞬间屏住了呼吸。

突然，那幕布动了一下，又动了一下。缓缓地，徐徐地，戏台内场景慢慢呈现。一声清幽婉丽的演唱响起，一个背朝观众的有着柔美站姿的小旦立在戏台一角。缠绵悱恻的唱词一句句传出戏台，在会堂内紧紧挨着的人们中间穿梭，会堂内一时寂静无声，连膝盖上的孩子也睁大了双眼，一声不吭地朝前看。

慢慢地，那美丽的人儿变换了站姿，举在头上的那只手放下来了，原本垂在身边的手也动了起来，白色水袖轻舞，歌声轻扬，俊俏的脸庞朝向观众，身子也跟着轻柔地转动。人们仿佛舒了口气，纷纷点头，微笑。

“真好！”有人忍不住夸赞。

“唱得好！”

“英芝一样！”

英芝是我同堂屋的丽媛她大姐，在《秦香莲》中饰演秦香莲。我们龙井村也有自己的戏班子，《秦香莲》是龙井戏班子的压台戏，丽媛她爸饰演包公，季珍与美花饰演秦香莲两个孩子。

这一晚看什么戏我已经忘了，似乎是苦等夫君不回的戏。只记得女主人公一直哭，泪涟涟的，服装越换越素淡。我的心在她的哭腔里颤动，像一片飘在秋风中的叶子，哆嗦着，随时要被她一声悲怆的哭喊震落。女主角在台上哭了一晚，我在台下哭了一晚。结束散场时，女人们的眼睛都红红的，被泪水浸湿的手帕捏在手里。

散场的大会堂里又响起招呼孩子的声音，移动凳子的声音，妈妈怀里刚睡醒的小孩的哭声。但这时的嘈杂显然被剧情过滤了，沉淀了，像乡村夜晚田野里的虫鸣，悠远又宁静。

（选自 2018 年第 3 期《浙江散文》）

房　子

耿　翔

我在房子里想什么？你肯定猜不出来。

老实说，在毗邻陕西历史博物馆的西侧，终于安顿下漂泊了好多年的身子后，面对这座白居不易的长安城，我突然比没有房子之前，更爱想一些与房子有关的往事了。

我在房子里想房子，其实能想到的，很少和现在住着的房子有直接的关系。只是它在我的身子安静下来时，不失时机地让一根会思想的芦苇，在我的眼前飘摇起来。这或许是一座十分安静的房子，在超越物质的层面后，不仅不会隔开我们和头顶的星空，反而使人类自古就产生的这种与星空对视的景象，更凌空美丽一些，更能在接近月迹的心理上，激起一些微澜。

知道我身世的朋友说，我能在数十年里，从乾陵以北的永寿县城，到渭河边的古都咸阳，再到秦岭北麓的大唐长安，这么反复地奔波，一定与我的名字有关。叹息我这一生，不会在某一个地方长久地停留下来，像一只鸟雀的命运一样，注定要不停地在地面上飞翔。我承认朋友只感觉对了一半，他们没有感觉到的那一半，就是房子。

房子让我漂泊，这是事实。如果数十年前，在永寿县城里能拥有一套像样的房子，我绝对会安下心来，一边教书，一边写诗。熟悉的人，都知道我的心性和诗性，永远在离田园最近的那些地方活着。而只有一间窄小的房子的境况，很容易被外边的诱惑打碎我对故乡还很肤浅的热爱，最终还是让我弃它而去。当年上学时，由于多在渭河边上晨读过，痴迷古人留在这里的诗意，以为在临水的古城里安家生活，应该是一件美好的事情。然而还是房子，不能让我把心彻底停靠在咸阳的身边，又破碎地奔波到西安来了。这一路下来，不知耗去了多少精力和生命，然而，在我们生活的这个世界上，为了一个像样的家，谁又能拒绝或放弃呢？

一个人在新居里独步，想我能那么无牵无挂地，抛弃一个生活过的地方，就是因为在那里，没有一套真正属于我的，能够安全地留住心的房子。我不知道，对于一颗寻找安宁的心，这意味着怎样的悲和喜。如果现在还不拥有这个新的居室，我又会从西安漂泊到哪里去呢？

在自己的房子里想起来，第一次有些害怕。

然而，房子带给我的这些记忆，远远不只在自己身上。对于房子，父亲是用了一生的时间，在故乡的那块院子里，几起几落地兴建土木。一位作家，花几十年时间，为自己写一部可以当枕头用的大书，这是一种崇高；一位农民，用一世的挣扎，为自己盖一座可以当碑子立的大屋，也是一种崇高。记得父亲最后一次修房子，已近六十岁了。亲手拆下自己住了几十年的老屋，又把它亲手还原成一座新屋，这样的举动，不是想在他生命的后面，要给我们有什么寄托，会这么干吗？在一个多月的时间里，父亲的精神特别高涨，忙累一天，晚上一个人在院子里转悠，不是摸摸椽檩，就是数数砖瓦，像要把一生能想到的心思，都盖进房子里去。我知道，这座积攒了父亲晚年全部心血的房子，在一村人的心目中，意味着他还像房子一样，在土地上很沉稳地站立着。尽管父亲已经不在人世了，这座房子也变得空荡荡的了，但那样的一种感觉，一直在我心里装着。村上的人，只要每天看到这座房子，也会记起什么，从而生出一些感觉的。

我明白父亲，用一座房子在他走后的大地上，给我们留下一些真实的念想。

这些年，我被房子如此牵着走，或许是受了父亲的这种影响。

其实，人活在地上，就像鸟活在天空一样，房子和鸟巢，都是歇息的地方，不要抱有太多的贪婪和梦想。父亲让人羡慕的，是他用自己的手，在自己的院子里为自己盖房子。我今天没有这个条件，也没有这个能力，但什么时候能把这套房子住得，感觉就像父亲留下的那座房子一样时，就知道自己活着还是真实的，身心没有被物质所累，甚或被异化。

这样，我在房子里真得好好想想：一个人在安静的居室里，应该怎么生活？

（选自2018年1月11日《南方周末》）

先生的院子

洪忠佩

再一次去北京的院子里叩访先生，还是以文学的名义。高铁、地铁，一路呼啸，仿佛所有的速度与激情都应和着一种召唤。当站在北京文学馆路 45 号门口时，首先与先生的名字相遇了。我能够再一次到北京，机缘还是以先生的名字命名的文学殿堂——鲁迅文学院。

走进鲁院的时候已是黄昏，感受到秋季北京天空的高远。鲁院的银杏树和梨树上，已是硕果累累，而我来这里是一个崭新的开始。在鲁院大堂，我第一眼就看到了先生的肖像，那浓密的一字胡，直竖的头发，那样睿智与犀利的目光，还有一袭长衫，在梅花屏风前端坐着的塑像身影。

先生，不知您是否记得，六年前我曾来过这里。当时，我是从朝阳区八里庄南里 27 号鲁院老校区，来到这里观摩“向经典——鲁十五诗歌之夜”活动的。那是一场大型诗歌朗诵会，参加的既有中国作协领导和“鲁十五”高研班学员、鲁院江西作家班学员，也有北京文学界人士。遗憾的是，那天夜里只有短暂的逗留，来去匆匆。好在，北京的亲戚赠送了一套二十世纪五十年代人民文学出版社出版的《鲁迅全集》，以及许广平的《欣慰的纪念》与冯雪峰的《回忆鲁迅》。好长一段时间，我都沉醉在先生的情怀、信念里。回想起来，我纯正意义上认识先生，是在八里庄南里 27 号和文学馆路 45 号。

意想不到的是，六年前在心中默默种下的种子，终于发芽了——我有幸成为了鲁迅文学院第三十三届中青年作家高研班的一员，将与来自全国各地的 52 名学员一起度过四个月的学习时光。一个班的学员会在一起，可以拼出一张中国版图，周伟来自湖南，陈丹玲来自贵州，马国福来自江苏，周华诚来自浙江，于永铎来自辽宁，陈楫宝来自北京，代敦点来自新疆，才让扎西来自青海，次仁央吉来自西藏，而我的标签是江西……开学典礼上，铁凝、吉狄马加、莫言等出席，王蒙、李敬泽、刘庆邦、穆涛、梁鸿、李洱等授课。我想，人生最为幸福的事，莫过于愿望能够实现。鲁院的 605 室，成了我的新家。在鲁院学习的日子，我无疑是一个幸福的人。

先生，不知道故乡的人捎信给您没有，此前我应编辑之约，写会稽山的文化地理，专程去了一趟先生的故乡绍兴。那一天，我为了与先生相遇，特意把下榻的地方选在先生家院子斜对面的最忆城市酒店。沿着以先生名字命名的中路行走，在三味书屋和百草园，仿佛邂逅了青少年时的先生。“读经味如稻粱，读史味如肴馔，读诸子百家味如醯醢。”想想，先生读书能够读出如此“三味”，可谓极致了。百草园皂角树、石井栏杆依在，许是时节的关系，在园子里并没有看到先生记述的“紫红的桑葚”与“像小珊瑚珠”的覆盆子，只有满地的野草与“碧绿的菜畦”。那天，我在三味书屋和百草园待的时间比较长，是想避开瞻仰的人流，独自一个人待一会儿，寻找一个与先生对话的机会。最后，连咸亨酒店的绍兴老酒与茴香豆都来不及品味，乌篷船也没顾得上去体验。

熟知先生生平的人都知道，绍兴周家老台门、绍兴会馆、八道湾胡同、砖塔胡同、西三条 21 号、上海施高塔路 130 号，厦门大学、中山大学，都曾是先生居住的地方，亦是民族记忆的一个链接点。

这应是先生在人生时间上的一个排序吧。不是旅程，而是选择。然而，人们在北京能够瞻仰的，是否只有阜成门城墙边西三条 21 号的鲁迅故居呢？西三条 21 号的外围已经新建了鲁迅博物馆，而院子里，先生当年手植的两棵白丁香依然高耸繁茂。阳光透过树叶，院子里一片光影。书房门虚掩着，仿佛先生未曾走远。我曾无数次想象过与先生相遇的情景：先生一袭长衫，清瘦而冷峻。

“文艺是国民精神所发的火光，同时也是引导国民精神的前途的灯火。”在鲁院的大堂，无论读到先生的话，还是仰望先生的肖像，我都能够感觉到温暖与亲切，还有凝重深沉的爱。

清晨，或者傍晚，我都会在先生塑像边小坐片刻，享受安静闲暇的时光。即便有时倚在抑或走过回形的走廊，看到先生的肖像，常常会去想同一个问题，从当下去追忆先生的人生过往，从绍兴到北京，再辗转到上海，是否是中国近代历史与文化流变的一个背景呢？

而院子里的白玉兰、银杏、柏树、杨树、雪松、梅树，还有荷塘，想必都是先生所喜爱的吧。

喜鹊，叫醒了我在鲁院的每一个早晨。在喜鹊的叫声里，我开始了一天又一天学习与写作的时光。简约，质朴，散淡，自省，自然就疏离了庸常，促长了内心丰饶。我每天都在期待，期待在盛开白玉兰的院子里与先生相遇、对话。

（选自 2018 年 7 月 12 日《文学报》）

安　详

葛全璋

我出生在农家，年幼时父亲得了重病，只得把我交给祖父祖母抚养。我是由祖父祖母养大的。

八十年代中期，我由合浦石湾的乡下来到北海打拼，渐渐在城里立足，叔叔和家中的兄弟们，也陆续在北海安了家。我们把祖父祖母从乡下接了出来，轮番住在各自的家中。祖父去世时，祖母也已经九十六岁了。此后近十年间，除了回乡参加亲友们的入屋仪式，她都是在儿孙们家中度过的。祖母待人宽厚，轮流住过的儿孙家家家留她抢她。祖母到我家住时，每天忙完公司的事，我都尽早回家。有一次我参加餐叙回来，衣帽光鲜还来不及换下，祖母打量着我忽然笑起来：你还记得小时候我带你走亲戚借裤子的事不？借裤子的尴尬，岂能忘记？我忍不住会心大笑。

是读小学四年级那年，我被学校选为优秀学生，获得的奖励令人激动：到县城看电影。满心欢喜奔走相告之后，随之而来的通知却让我垂头丧气——学校只负责购电影票，衣、食、住、行全部自理。通知的最后一句，特别要求“穿戴整齐”。要说“食”，我可以自带红薯和一盅咸粥；要说“住”，我也可以露宿街头；要说“行”，搭不起车，前一晚就和同学们结伴出发，走那四十里路也是不成问题。令我难过的是“衣”。莫说我，就连我祖父，去赶集，也总是将和祖母共用的“中衣”搭在肩上，到街口再穿上。祖父特别教导过，这是“敬衣得衣新”。由此我也效法祖父，放学后马上脱下衣服挂好，换上裤衩才跟大人下地做工挣工分。而我小心翼翼“敬”的这“衣”，是什么“衣”啊，一年四季，都是一件百孔千疮、补丁叠补丁的“假纱布”衫。裤子是我父亲用裁缝铺捡来的碎布片拼缀成幅的“士林布”裤，它左边青色，右边蓝色，两边的裤脚还接了不青不蓝的两截，这就是我下田时都舍不得穿的衣裤呀。就穿这套衣服进县城、入电影院？急得我围在家门口转来转去，这更把我的眼泪逼出来了。祖母正好下田干完活儿回家，听我抽抽搭搭讲清了缘由，放下锄头就说：“哭什么？好事！犯什么难？我给你借去！”两千多人的大村子，像我家这样穷的不在少数。找件身量相当的好衣服，还真不是容易事。半晌过后，祖母才从一个朱姓人家借了一件半新半旧的上衣回来。回到家，她吃了两条番薯，呷了一碗米羹，又带上我一同到十几里外的白泥塘村，向表兄弟借裤子去了。姑家的表哥身量比我大，表弟又比我小，试过的裤子都没法儿穿。庆幸的是表姐的一条裤子，倒是合身。那是姑丈刚刚卖了大猪，为奖励表姐喂猪勤快而给她买的。祖母当即如释重负，笑吟吟地对表姐说，阿姐好识性啊，裤子借给阿璋用两天啊。至今我还记得表姐那眼神里的不舍，表姐却说没关系啦，阿璋拿去用呗。我忙伸出双手，接过表姐递过来的新裤，连声道谢。接着就拼命催祖母咱回家吧咱回家吧。少年心事至今想起都可笑，出了姑姑家门祖母就骂我“不识性”，说哪有借了裤子就走，连句闲话也不让说的。我捧着那裤子蹦蹦跳跳朝前跑，根本就不理会祖母的抱怨。几十年后才告诉祖母，急着走，是怕表姐转念反悔，要回借给我的新裤子呢。

祖母笑得抹眼泪，说开心啊阿璋，几十年了才知道你这鬼码心机。

……

能陪着百岁的老祖母细数少年往事，这就是人生难得的福气吧。

祖母过了一百零四岁生日，仍然精神矍铄。但忽然有一天，她说，阿璋，你把我送回石湾乡下去吧。说实在的，当时我没把这话当回事，一是因为她硬朗如前，并没有任何异样；二是我也确实在忙。过了个把月，祖母又提醒我“该把我送回石湾啦”。我这才一惊，树高千丈，落叶归根，老人家莫非有什么预感了？

把祖母护送回到家乡的老屋。她仍然清醒，只是她明显地一天天衰弱，逐渐难以离开床榻了。但她稍有精神，便与家人有说有笑，叮嘱这个叮嘱那个。到了祖母离世的前三天，该说的似乎都说完了。她忽然告诉我，她的魂已经飞走了。她说如果你们还想把魂找回来，就准备七把米、七枚硬币，到家门外的十字路口唤我吧，或许还能回来。说完慈祥地笑着，又说，舍不得你们呀，现在你们过得好了，发达了，不要欺负人家，不要做霸道的事。我们赶紧照她吩咐的，到路口唤她。回来见她说话的气力竟渐渐有一些了。一家人欢喜又吃惊。我甚至大胆地说，你回来啦，你不走啦！祖母摇头，目光凝视着屋顶，好像还有什么话要和我们说。握着祖母的手，静静地陪着，很久，祖母突然大声问："那个铲咱家那头猪的衰佬！"

"衰佬？"我一怔。

已经是五十年前的事了。那时的农村，每户只准养三只鸡和三只鸭，自家房前屋后的菜地，连个花生芝麻都不准种。壮劳力一天最多挣十二个工分，每分值五分钱，也就是说，再壮的劳力，一天最多也就是赚六角钱。为解决生存，祖父母每天凌晨三时起床，担猪屎到石康镇卖，换回些许小钱贴补家用，七点前又要赶回出集体工。祖母一年的期待就在她养的一头母猪身上，母猪已怀上猪崽，因没有猪舍圈养，只有让其自由觅食。祖母自己"有也一餐，无也一餐"，省下的食物，甚至豆种子、花生种子都拿来磨浆喂了母猪，就盼着生下猪崽，卖出好价钱。记得祖母担心母猪晚上受凉，还将自己唯一的嫁时衣——一件破棉袄，给母猪盖着。只听她早晚朝母猪叫着："要是能生十二个猪崽，也够食啦！今年我也针（缝）一件新衣服穿穿！"边说边用手轻抚着母猪的肚皮，神情陶醉得像喝了米酒。祖母的美梦没做完，就赶上乡间割"资本主义尾巴"的运动。某日，祖母放养母猪时，遭遇了率队"割尾巴"的队长。队长不管三七二十一，一铁铲像飞镖一样向猪扔过去，正中猪的后臀，祖母哭着喊着跳过去拦，被推倒在地上，动弹不得，后来才知道是跌折了左臂，眼看自家那头母猪被铁锹棍棒一通砍杀，可怜还有猪崽一起死在腹中。

我沉在往事，祖母她又睡去了，却再也没有醒来。

按照乡里的习俗，三天后，儿孙们护送祖母的灵柩，到村外山冈上的坟茔里落葬。全村父老乡亲几乎全出来了，他们一直陪着灵柩，走到村口。我家院子里摆了一天的流水席，乡亲们来来往往，都过来吃一餐饭。按老例，他们每人要从我家拿走一只碗，既为纪念，也为分享祖母一生的福气。我记得家里先是备了六百只碗，很快就发现所备不足，赶紧去买，足足有一千多只碗，全都被乡亲们拿走了。

安葬了祖母，我忽然想起祖母生前的吩咐："给他们也烧炷香吧，大家喝的，是一口井里的水……"

祖母说的他们，是祖母眼里的"衰佬"。

我去看了祖母提到的那口井。井，是一口老井，是乾隆年间木水村的乡亲们募捐而建。

同村的乡亲们仍来往那口井打水。我看着他们拽过来那根竹制的吊杆，把木桶甩下去，吊上来，挑起扁担，一扭一扭地远去。

当夜躺在老屋的床上，我梦见全村人一人拿着一个碗，就是从我家拿走的那些碗，排着长队，到那井台上舀水喝。

（选自 2018 年第 7 期《人民文学》）

萝卜灯

黛　安

夕阳快要落山时，我和二姐开始做萝卜灯。我挑的是碧绿的水萝卜，二姐挑的是橘黄的胡萝卜。用小刀把瓤一点点地挖出来，折根火柴棍样的小细树枝，裹上棉花，在煤油里浸透，插在萝卜里，再在萝卜里倒点煤油，一盏灯就做好了。

我和二姐总共做了十盏。我俩还在灯上刻了字。二姐刻的是“春”，我刻的是“福”。天完全黑下来了，月亮升起来时，家家户户开始上灯了。我以前问过二婶，为什么要在正月十五上灯呢？二婶戳着我的额头说：“你这孩子！嗯——嗯——让灯照照，霉头就消了，一年都有好运呢！”我记住了二婶的话。擦根火柴点着萝卜灯，先在奶奶屋里放了一盏，我想让奶奶长命百岁；又在爹和娘的屋里放了一盏，我想让爹和娘一年都没有烦恼；最大的那盏，我把它放在了院子正中，它和天上的月亮一起，照着院子里的槐树、枣树、香椿树、压水机、驴棚、鸡窝、猪圈……我暗暗地企盼着，每棵树都枝繁叶茂，开花的好好开花，结果的好好结果；鸡多下蛋，好让娘拿到集上卖了换块肥肉炼成油炒菜；小毛驴帮爹多干活，爹就能轻快些；猪呢，多长膘，多卖钱，给我们交学费，娘就不用进这家出那家地借钱了。这盏灯瓤挖去的多，薄壁上的“福”字每一画都油油地透着清润的光亮。真是盏好灯！正这样想着时，黄澄澄的火苗突然眨巴眼睛似的闪了闪。它一定是明白我的心思了！我不由地笑了。

我和二姐又在大门两侧各放了一盏。爹写的“院有锦绣，家藏经纶”的大红春联，在月光和灯光下，依稀可辨。记得刚写完春联时，我曾问爹：“娘总是把口酥这样好吃的东西藏起来给奶奶留着，什么时候藏过经纶？经纶是什么？”爹边蘸墨边笑着说：“你们四个丫头就是咱家的经纶！”爹说这句话的时候，好像喝过酒，微醺醺的。从此我知道，大姐，二姐，我，小妹，我们四枝花花朵朵，是爹和娘收藏的最好的珍品。娘说，日子一年到头在碾上转，别忘了在碾上放一盏。石碾在如意婶婶家的屋后头，不远，我和二姐捧着灯走到时，上面已经摆了大大小小快一圈灯了。跳跃的红艳柔软的火苗，一闪一闪地映着青白坚硬的石头，也映着如意婶婶窄小昏暗的后窗户。如意叔走了，如意婶婶一个人拉扯着立春、立夏、立秋、立冬，日子像在薄薄的冰面上匆匆赶路，小心却依然艰难。灯还有，我留在如意婶婶大门口一盏。我想让这盏刻着“春”的萝卜灯，带给如意婶婶一个春天。

池塘也要放灯的。它在村子的西南边，得穿过两条胡同才到。我和二姐没走胡同，而是顺着我家屋后的大路，拐进了田野里的小路。田野很静，小路很静，清凉的月光下，晚风泥鳅般溜溜地滑过我的指缝。我紧紧抓着二姐的手。快到池塘了，突然，有人唱起歌来：

幺妹十八九，坐在家门口。
头戴金银簪，身穿蚕丝绣。
手如红莲藕，小脚二寸九。
我的妹呀——
我恍惚忘记朝前走，
一步一个三回头——

苍凉的声音好像风里裹着沙子，我听得出这是年谷爷爷在唱。年谷爷爷七十多岁了，还是一个人。我问二姐：“年谷爷爷唱给谁听的？”二姐说：“自己呗。”“干吗唱给自己听？”二姐还没说话，年谷爷爷又唱起来：

幺妹十八九，提篮街上走。
面如桃花开，嫩如头刀韭。

头发黑如炭，腰如东风柳。

我的妹呀——

我斗胆向前拉你的手，

你可否跟我一起走……

二姐说：“不是唱给他自己的，是唱给幺妹的。”“幺妹是谁？”“好像是奶奶讲的那个叫桂花的。”

桂花我是知道的。奶奶说，年谷爷爷年轻的时候，上山拉脚，看上了山后一户人家的姑娘，叫桂花。桂花也喜欢年谷，净偷偷烙了油饼翻过山给他。可是桂花的爹嫌年谷穷，不同意，硬把桂花许给了别人。出嫁那天，桂花从家里跑出来，一脚踩空，跌在了崖下……

星星点点，池塘里已经浮动着不少灯。我和二姐把刻着“春”和“福”的灯各放了一盏。水面上风大，我一松手，一推，它们立刻像两艘小船，向着池塘中心荡去了。水里明晃晃的大月亮，一会儿散成了闪闪烁烁的碎银子，一会儿又聚成了圆圆满满的白玉盘。直到我们的灯和别的灯混在一起，再也分不出哪是狗蛋的灯哪是二孬的灯了，我和姐姐才站起来准备走。

还剩最后一盏了，我和二姐准备把它送给年谷爷爷。月光更亮了，我俩的影子清清爽爽地铺在地上，一会儿长一会儿团，像两朵被风吹动的云彩。年谷爷爷大门口，各种样的萝卜灯已经排了长长的一溜。放下灯，姐姐挨个挑了挑灯花。年谷爷爷在胡同的最南头，我家在最北头。我和姐姐牵着手往家走。长长的胡同里，每个大门口都燃着两盏萝卜灯，暖黄的灯光，和月光一起，照着我和姐姐回家的路。

（选自漓江出版社《月光下的萝卜灯》）

最坚硬的部分

毛云尔

父亲死的时候，处在悲伤之中的母亲乱了方寸，任由前来帮忙的人们将父亲潦草安葬在一个高高的山冈上。必须承认，这个地方有很多好处，可以最先沐浴到早晨的阳光，而且视野开阔。父亲读过高中，擅长书画，还是学校的学生会主席，可是这些昔日的荣光，却是父亲一生的疼痛。试想想吧，一个才华横溢的青年才俊，必须在这片近似荒野的偏远地方度过一生，心里该是怎样的憋屈与不平啊！应该是这个原因，父亲养成了一种眺望远方的习惯。

很小的时候我就发现，当父亲直起腰来时，总是有意无意地朝着远方眺望。现在好了，安葬在高高的山冈之上，父亲的视线可以称得上是毫无遮拦了。然而，母亲一点也不满意这个地方。当母亲从悲伤中短暂走出来时，她猛然醒悟似的告诉我们，父亲埋错地方了。原来，父亲和母亲早就选好了一个地方来安葬自己。我为之愕然。我不知道他们是什么时候做出这个决定的。其实，他们的年纪都不是太老，仅仅是年过半百而已。这个年龄的他们还处在生命的巅峰时期，出乎意料的是，他们却为自己的后事做好了准备。我想象不出，当时他们的心里，有没有悲伤的情感弥漫开来，像秋日漫天飞舞的白茫茫的荻花一样……

父亲和母亲共同选择的这个地方，我看不出有什么好来，它就在山脚下，四周长满了灌木与茅草。可有一天，我突然明白他们要选择这里的原因了。原来，这个地方曾经是一块庄稼地，巴掌大小。这块小小的庄稼地里，父亲和母亲栽种最多的，是花生和土豆。这块被灌木和茅草包围的狭小土地，开花时节便是另一番景象。土豆的花朵是好看的淡蓝色，而花生呢，密密匝匝的花朵，仿佛栖息着成千上万的蛾子。这些小巧的蛾子翅膀扇动，会腾起一层薄薄的白色粉末。劳作的间隙，父亲和母亲一定被这美妙的景象深深吸引过。也一定是在那一刻，他们在心里做出了这样一个十分重要的决定。

我们无法违拗父亲和母亲的这个决定。几年过去，我们将泥土里的父亲挖出来，从高高的山冈搬运到山脚下。这个时候，我们抑制不住内心的激动，都想再看父亲一眼。早在几天前，我就开始浮想联翩。我揣想，个子矮小、经常咳嗽的父亲是否还是以前那副模样呢？事实上，当我们打开棺木，出现在眼前的，仅仅是一堆泥土。那个眺望远方的父亲不见了。那个疼痛的父亲不见了。泥土里，除了散乱的骨骼外，我们还发现了排列整齐的十几颗牙齿。这些牙齿依然保持着咬合的姿势。这一定是父亲身体里最坚硬的部分，只有它们才抵挡住了漫漫时光的侵蚀。

在我的记忆中，父亲是一个喜欢抬头眺望的人，这个时候的父亲脸带微笑，似乎看见了什么令人怦然心动的风景。除此之外，留在记忆中的父亲总是咬紧牙关。这个时候的父亲一定是肩上挑着不堪重负的担子，他咬紧牙关，是为了将单薄身体里的力量全部调动起来。

这是我永远无法忘记的一幕。现在，当这一幕浮现在眼前时，我突然想起了父亲曾经扎过的稻草人。父亲在世时，每年都会重复这样一件事情。他从墙角仔细找出一根木棍，然后，将稻草捆绑在上面，穿好衣服，戴好帽子，一个稻草人诞生了。接下来，稻草人便会出现在它去年伫立过的位置，吓唬那些胆小的麻雀。蓝天白云下面，崭新的稻草人仿佛一道风景。渐渐地，时光流逝，稻草人从春站到了秋。这个时候，天气变凉，田野里没有了需要守护的庄稼，稻草人的使命算完成了。也往往是这个时候，我们才想起它来。稻草人已经东倒西歪，头顶的帽子不见了踪影，衣服被风撕扯开来，那些金黄的稻草要么脱落，要么腐烂。然而，父亲精心挑选的那根木棍完好无损，握在手里沉甸甸的，依旧一副十分结实的样子。

可以说，在这个偏远的乡村，再也没有比油茶树更坚硬的木材了。这根木棍就是油茶树的枝干削劈而成的。无疑，它是悲苦的稻草人身体里最坚硬的部分。

（选自2017年第5期《天涯》）

玉　米

肯跃辉

我四年级那年，家里把将近六分的自留地都种了玉米。一垄一垄玉米，如一列一列士兵，生机勃勃，可堪信任，足以期待。自留地往东几步，即是小娃坟。地里干活时直起腰，大山占满眼帘，低处浅绿，往上变蓝，有些山坡的树砍光了，裸露出大片鲜红殷殷的土地。山顶之上云影渺渺，天呈灰蓝色，已经许多天没下雨了。

玉米是格外壮健的。看它的根，不说那扎进土里的地下节根，且说地上茎节处长出的气根，一根一根向下，暗红，饱满，如龙王弹性十足的胡须。它们渴极了，从地底咕嘟咕嘟吸上水来，再通过强壮的主干朝上输送。我有时候会对着一株玉米发呆，想，水是如何往上走的。午后的玉米地燠热，寂静，仿佛看得见绿色汁液在匆促地流动。阳光盛大，锤金碎银。浓绿的玉米叶硬挺修长，紫红的玉米须柔顺光亮，它们在阳光里弹奏着强劲的音乐。

玉米刚长成细竹笋那样，我们便常去玉米地。

自留地太远，我们一般只会到附近的玉米地里。夏天草木疯长，走到田埂上，青草擦身，草味苦涩。草遮住了水沟，和路没什么分别。所幸我们手里捏着手电筒。电筒射出昏昏的光，照到玉米叶上，一个一个肥胖的羊虫（金龟子）正吃玉米叶呢，摸上去，大的，小的，真不少。羊虫吱吱叫着，并不飞起，抓住了，塞进玻璃瓶里，盖上盖子，摇一摇。几十上百只羊虫碰撞，发出更响亮的吱吱声。第二天，把羊虫朝地上一撒，它们蠢蠢地爬动着，来不及展翅，已被急遽奔来的鸡群啄食干净了。

大人们说，多吃羊虫，鸡就会多下蛋。

鸡蛋不知道有没有多下，羊虫是减少了，玉米也渐渐熟了。

堂屋里，我爸在刻卡子（格子门上的雕件）。刻好一个，交给我妈用砂纸抛光。我和弟弟在一旁做暑假作业。说是做作业，实在是三心二意的，电视开着呢，播的是《新白娘子传奇》。许仙一唱起来，我就低头做作业；白娘子一展法术，我就抬起头来。那是云南台呢？还是施甸台？竟然一个白天连播六集甚至七集，播完了，太阳已然西斜。我爸放下手中的活，催我们出门。可白娘子走了，大力水手可是来了！我们还想赖着看大力水手吃菠菜，我爸已经把手推车弄到院子里了。

我们不情不愿地推着手推车出门了。

夕阳把我们的影子映在小路上，影子很长，爬上夜来香拼成的篱笆，爬上粗糙的土墙。走过大水井，走过二泥浆龙，就到自留地边了。

暑热正盛，放眼所及，茫茫荡荡的，不是水稻，便是玉米。田埂上绿草茵茵，鬼针草、车前草、青葙、烟管头草、水蓼挤挤挨挨，从停放手推车的路边，走到自留地边，不知道得挡开多少杂草。玉米林密不透风。我爸拿一把镰刀，侧身进去，看看玉米包大小，撕开一点儿玉米皮再看看，确实饱满了，就连玉米秆一起砍下。不多时，我们已经拖出不少玉米秆，拖到车上堆好，捆扎好，我爸拉车，我们推车，浩浩荡荡回家了。

玉米一根一根掰下来，壳是淡绿的，须是紫红的，浅黄的玉米粒像一个个小水泡。吃玉米的方法很多，嫩的煮，老的烤，煮熟或烤熟的玉米一折两段，插在筷子两端，用手握住中间的筷子，如同抡一件武器。不老不嫩的可以蒸做玉米饼，玉米饼就用刚刚撕下的玉米壳包裹，玉米的清香一点儿不会丢失。

我最喜欢的，还数做玉米粉。和豌豆粉是差不多的做法，先把玉米粒抹下，为了省力，也可以干脆用刀削。玉米粒要么拿到磨坊去碾碎，要么用家里的杵臼舂碎，总之，弄碎就成。然后，将碎了的玉米粒泡水里，泡一段时间后倒入纱布，纱布底下接了盆，滤出的玉米浆澄清一会儿，将上面较清的倒入铁锅，慢慢加热，不停用锅铲搅，待玉米浆热了，再把之前留下的最浓稠的玉米浆倒入，再接着搅啊搅。接下来，见证奇迹的时候到了！玉米浆慢慢凝结，结成糊糊，这就可以盛到盆里或碗里了。

看我说得头头是道，可实际上，我从没做过一次玉米粉。奶奶才是做玉米粉的好手。我一次次站在灶台边，看她弓着腰，两手紧握锅铲柄搅拌。她脸上神情严肃，似乎正面对这世界的终极奥秘。我紧张地看着锅里。这世界真奇妙，让我生出多少好奇心。

习见的是豌豆粉，走村串寨的小贩、街上的豆粉铺子，卖的都是豌豆粉，玉米粉我只在家里吃到过。到后来，家里不种玉米了，我竟再也没吃到过。玉米粉可以趁热吃，或者放一放，任其凝成固体。固体可切片切丝，凉拌后即是一道爽口的好菜。小孩儿总是喜欢趁热吃的。我常回想起那热乎乎的明黄色的玉米粉。满满地盛一大碗，沉沉地端在手里，加入一勺红亮的油辣子，再撒上点儿翠绿的小葱，黄的黄红的红绿的绿，慢慢搅拌，浓稠厚重的玉米味儿蹿出来，长久地弥散在夏天里。

巨大无朋的云朵压在屋顶。雨水刚刚到来，又抽身远去。雨后的天空蓝得出奇，仿佛可以看见大地上草木的倒影。

空气潮热，泥地蒸腾着泥腥味儿，被晒得嗞嗞嗞响。蚯蚓从地底爬出，在滚烫的石板上蠕动，不时蜷曲身子，激烈地弹跳，终究逃不过被烤干的命运。蜻蜓不知道从哪儿冒出来，麇集在大院子上空，忽高忽低，忽东忽西。握一根玉米秆胡乱挥舞，总能打下不少。有个同学告诉我，蜻蜓很多瘦肉，烤熟后很好吃，但直到整个夏天过去了，我也没试一试。

白娘子都成仙了，玉米地里仍然燠热难当。草叶葳蕤，虫蚁乱飞，到地里去，身上总会留下些伤痕。不过我们去得少了，玉米老了，煮或烤都不再适合，更别说其他了。玉米壳变黄，玉米须变干——干瘪的玉米须揪下来，黏在下巴上，让我们提前做了一回老头儿，就连粗壮的玉米秆，内心也变空疏了，再找不到可以充做甘蔗嚼一嚼的。

多日不到玉米地，再要去，那便是最后的收获。

地里剩下的玉米仍然很多，这次是要无所区分地一路砍着过去了。

不记得拉了几车，自留地里的玉米才全部运回家。

只记得掰下的玉米堆满耳房墙角，玉米高几尺，手可碰屋顶，让我觉得世界变得不一样了。玉米棒滑溜溜，两脚陷进玉米堆里，半天拔不出来。

玉米去壳时，壳儿得留下两三片，好把两根玉米结在一起。梁上系一条结实的麻绳，绳子长长垂下，玉米一对一对挂上去。最后，我站到椅子上，接过奶奶递过来的玉米往上挂。屋檐左边挂一串，右边挂一串，还没完，那就左边再挂一串，右边再挂一串……村里家家户户挂满玉米，玉米黄黄的一串一串，沉默而喜庆。

玉米堆里，总有些特殊的，比如彩色玉米，比如红玉米。我总要把它们挂在显眼的位置。

秋天深了，玉米干透了，得把玉米从屋檐放下来脱粒了。那时节，若夜里去串门，总能碰到人家在抹玉米。一边聊天，一边看电视，一边抹玉米，生手一排两排地抹，熟手则用两根玉米相互抹，动作花哨，效率很高。玉米粒源源不断落下，如金黄的光阴落在两膝间的竹筐里，很快便有大半筐。两手深深插进去抓一抓，哗啦哗啦哗啦。抹干净玉米粒的玉米芯，触手松软，红红地在身后堆成小山。这时候，我更注意那些特殊的玉米了，总要把它们从玉米堆里找寻出来，想尽办法留到最后，最好能够一直留着，仍旧挂到房檐下。

让玉米红着，让过往的风吹着。

“就是那种红玉米 / 挂着，久久地 / 在屋檐底下……”

那般大规模地种玉米，家里只有过那一年。

（选自 2018 年 9 月 11 日《文汇报》）

台北，一家小杂货店

狗　子

假如你先生来自鹿港小镇

请问你是否看见我的爹娘

我家就住在妈祖庙的后面

卖着香火的那家小杂货店……

罗大佑，《鹿港小镇》，我在歌厅最常点的歌之一。

这次去台湾，除了台北哪都没去。在台北，在没有朋友召唤的日子里，我除了四处闲逛，有那么两个夜晚，我独自一人蹲坐在一家小杂货店门前打发了不少时光。当然，还有啤酒陪伴。

我对台北的地理知识，基本都来自罗大佑和苏芮，整个青年时代我都是听着这二位的歌度过的。我住的那个地方不远处的高架桥下有一条河，是苏芮在《一样的月光》里唱到的新店溪，我还路过了两回西门町，来自罗大佑的《现象七十二变》。此外，我还知道皇后大道，忠孝东路……但这些地儿我在遛弯路线中没碰到。既然没碰到，那就让它们在一样的月光下，在人潮汹涌的十字路口，在每一张陌生的面孔里，同多少海誓山盟一起随风远去吧……

我刚到台北的头两天，当地朋友领我去了两回"阿侯的店"，这是一条安静巷子里的小饭馆，店主阿侯，是个摄影家，也是朋友的朋友，据说阿侯的店也是台北文化人的一个据点。

那两回在阿侯的店，因为不能抽烟，我动不动就出门到街对面的一家杂货铺买酒，然后坐街边马路牙子上，边抽烟边静静地喝几口。看店的是一对老夫妻，记得我让老头把啤酒打开时，他双目浑浊但目光锐利地看了我一眼，我没理他，拎着酒瓶在店门口点了根烟，独自喝了起来。台湾的禁烟颇见成效，各种室内均不得吸烟，包括小饭馆乃至我身后的杂货店，据说也是经过多年的反复才有此局面的。

后来我又单独去了两次阿侯的店。我住的地方离阿侯的店两站地铁（台湾叫捷运），步行也不过半小时的样子，对于疯狂迷恋遛弯的我来说，这点距离完全不能过瘾，所以每次我都是先兜一大圈，等差不多累了再奔阿侯的店继续溜达。这样，到达目的地时应该正好遛到嗨处，彼时彼刻，没有什么比找个地方坐下来喝他几杯更惬意的了，尤其在异乡，尤其在台北，尤其在台北的夜晚，尤其这个夜晚还下着蒙蒙细雨。

那两次，每次进阿侯的店之前，我都在街对面杂货店门口先喝上两瓶。

多年来，无论是遛弯之后，还是写完东西之后，抑或在写完东西兼遛弯之后，倘若去饭馆，我经常会一个人先在饭馆门口找个暗处先喝他一两瓶。这算什么呢？从精神到物质或从个人世界到群体世界的过渡？

也许是我太敏感了，有过若干次写完东西时间已经晚了，只得匆匆打车一头扎进饭馆的包间，我自感包间里热烈的气氛瞬间凝固——一帮酒酣耳热的狐朋狗友们面对铁青着脸闯入的我，停了杯筷，笑容僵在面皮上——但很快，随着诸如“来晚了罚酒三杯”的吆喝，气氛又重新热烈起来……然而我只要在门外先自罚一瓶，就会免去这哪怕 0.01 秒的尴尬，彼时进入包间的我不说满脸堆笑至少也是神态安然地与诸位酒友的喧闹欢乐飞快对接。

当然，倘若不是见朋友只是一个人进饭馆，情况会好得多，比如去阿侯的店，但我依然还是喜欢一个人先在街边喝点。除了习惯先空腹喝酒以及方便吸烟、肆意打量各色人等以外，在幽暗的街边，你可以长时间发呆一口不喝，也可以仰脖来他半瓶然后深吸几口烟，如此这般若放在饭馆，搞不好会把邻桌吓到，至少也让人觉得怪异。

开杂货店的老头和老太太（台湾应该叫阿伯阿婆吧）皆瘦小枯干，但似乎都精神头十足，他们对我的态度不是很友好，或许还稍有鄙夷。大概是对我如此这般喝酒的做派看不顺眼吧，又或者是认出了我的“陆客”身份而瞧不起，就像北京街边开店的看不起外地人一样？比如我喝完退瓶的时候他们会很大声地说着“好的好的”，并将一两枚硬币按在柜台上，也许还多看了我一眼？台湾啤酒的退瓶费相对北京来说差不多，也就一两元新台币，人民币三四毛，不会是台湾老百姓喝啤酒没有退瓶的习惯吧？

说是杂货店，其实也算个小超市，门口柜台卖烟兼结账，墙上吊着个小彩电，还不是液晶平面的，我印象中电视里一直在播地方戏，其他商品列在几个货架上，油盐酱醋，牙刷牙膏，毛巾肥皂，各种方便面火腿肠，后面靠墙是大米白面五谷杂粮。跟大陆的这类小超市一模一样。一模一样的还有角落里昏暗的灯光，某些长期无人问津的商品落满灰尘……

下蒙蒙细雨那天，我先在门口马路牙子上蹲着喝了会儿，其间雨有点大，我便拎着酒瓶进了小店，先是看了几眼电视，实在是无聊，便在货架间逛了逛。逛超市也算是我多年来打发无聊时光的常用手段，超市无论大小，我都能逛得津津有味，但这家超市或者说杂货店确实乏善可陈，不过我还是来回逛了两三遍，似乎老头或老太太在我身后探头探脑来着，估计我又招人家烦了。那天，我退完瓶打算离开时，忽然发现柜台上的一个小纸盒里是一堆剥好的大蒜，我顺手抄了几颗，刚想出门，被老太太吼住（具体词语忘了），意思是：大蒜要给钱的！我明白过来，问了价钱，觉得贵了，好像一块钱新台币一颗，虽说也就两毛钱人民币，但在大陆饭馆，什么时候吃蒜包括抄几瓣揣走要过钱？不过我马上反应过来老太太绝非刁难，因为那大蒜颗颗洁白饱满个头均匀，每颗都接近一个糖炒栗子那般大小。

再啰唆几句，我之所以那天在杂货店内逛来逛去，不仅因为外面下着毛毛细雨，以及电视里在放地方戏，主要是店门口能遮雨的窄窄房檐下干净卫生没地儿坐，这一点与大陆完全不可相提并论。在北京，每逢夏天，很多这类的小卖部或小超市，门口几乎就是个露天小酒吧，老板提供各种小板凳、马扎、包装纸壳、遮阳伞（也可防雨），有的干脆支起折叠小桌或用饮料箱代替酒桌。住附近的酒鬼们把这儿当成每日的消夏场所，一坐就是半宿，佐酒的除了店内的花生米及各类乱七八糟的真空包装食品，讲究些的酒鬼还会在附近饭馆买来花生、毛豆及烤串，酒鬼不招蚊子，所以一般用不着蚊香，若赶上酷暑，某些小卖部还会提供电风扇……

当然，在台北，在阿侯的店对面的杂货店门口，我绝非怀念北京，可以说，如此这般在街边的坐喝，北京和台北代表了两种“意趣”——如果北京的那种也可称之为“意趣”的话。在那个酷热兼雾霾浓重的北京，我手把一瓶口感近乎酸腐（也有哥们说是化学味，还有人说是墙皮味）的普燕，要快速连喝几口才能把那种不良的味道有所忽略或遮盖。我屁股下是小板凳或马扎，背后是几位赤膊的壮汉在抽烟喝酒吹牛逼，要命的是，他们的话题经常也是房子车子东家长西家短，难得会有早些年经常听到的那类打打杀杀、好勇斗狠、充满想象力但纯属子虚乌有的江湖传闻；也有租住在附近的打工仔，估计是快递或房屋中介一类，他们一般是哥俩一人一瓶，喝得很慢，聊天轻声细语，其间可能会泡盒方便面；驶过的车辆扬起灰尘，有穿睡衣睡裤遛狗的中年妇女走过。而在这个春天的台北的夜晚，本就干净的街道在毛毛雨的浸润下黑得发亮，空气新鲜湿润，我蹲在马路牙子上，手把一瓶口感微苦的老台啤，一口是一口，几乎没有车辆驶过，偶尔有，也似乎是静悄悄慢吞吞地从眼前滑过，车灯只温和地映着车前一小块光晕，绝无我在北京坐在街边时被各种车辆大灯照射得暴露在光天化日之下的窘迫，那些时候我甚至会升起一种因死无葬身之地而来的惶恐继而暴怒！在北京，这种情况下我一般会别过脸去，有时站起身佯装溜达，同时会不出声或小声骂骂咧咧：太操蛋了！而在台北，我安坐（或蹲）不动，或注视着车辆缓缓驶过，我甚至都疑心那开车的是否会发现街边蹲着个怪物而且害羞地别过了脸？几乎也没有行人经过，只有背后不远那家在雨雾中泛着昏黄光晕，隐约传出咿咿呀呀地方戏小调的杂货店……

我是不是太美化台北而贬损那生我养我的北京了呢？那就再继续一下这样

的美化及贬损吧：同样在街边的坐喝，在台北是一种出离，你可以遐想乃至冥想；在北京，则是一种裹挟乃至吞没，这是怎样的一种身陷其中啊，你只能胡思乱想！

再者说，作为一个酒鬼，要的不就是出离吗？出离这常态的平庸生活，不惜遭受世人的白眼和鄙弃，同时也享受着这白眼和鄙弃，甚至以此为荣，这才是一个真正的酒鬼啊，知我者杂货店阿伯阿婆也！但在北京，想出离一下何其难啊，无论是哪种出离。莫非这就是所谓家乡所谓故土的“可爱”？

（选自 2017 年第 12 期《雨花》）

小站记忆

李耀岗

上大学在太原，那时候从家到学校之间的数次往返都是乘坐火车，而且是那种速度慢、停靠站点多的绿皮火车。尽管票面上仍然印着“普快”，但我相信它一定是国内铁轨上跑着的最慢的车，比它更快的“直快”“特快”总是骄傲地长啸一声擦肩而过，就把它远远地甩在后面。与只在大城市大站停靠的“特快”列车相比，与蜗行慢车相匹配的常常是铁路沿线上的一个个并不起眼的小站。慢车票价便宜、无站不停，小站低眉顺目、不事张扬。太铁北营站，就是这样的小站。

北营站是太原车务段管内的一个二等小站，客运只是其业务的一小部分，平时上下车的旅客并不多，而且以附近高校的学生居多，站虽不大，但位置重要，距离太原站九公里，距离我们学校仅两三公里，抄近道可能更近一些。去这里乘车对于我们这些穿行于南同蒲线的同学来说要比去高大上的太原站要方便实惠得多，所以除了大学开学报到的第一次和毕业离校的最后一次经由太原站之外，上学期间我基本上都选择从北营站上下车。当时从学校南门到北营站，有一段极隐蔽的小路，这样不为人注意的路正好适合我们这些不愿招摇过市的人。毕竟从农村出来的学生看上去还是比较土一些，更习惯于隐匿在城市的繁华之中不为人所知，况且步行到站上车，还可以省去一些路费。北营站就像一个不起眼的路人，记录下了我们这些匆匆过客的平淡记忆，偶然回味其间，似乎还能从那些记忆碎片中看到透射出来的微光。

因为大部分乘火车的时间都在晚上，而且去北营站的小路相对偏僻，需要步行前往，所以来往其间的大多是男生。出于安全原因，女生很少愿意走北营站，偶尔有一两个女同学出现，也是与男生结伴搭伙而行，但只有一个来自生物系的女生“DNA”除外。

我跟“DNA”认识纯属偶然。因为北营站很小，候车的学生大都挤在仅有的几条长椅上。那时候，夜行客中除了学生很少有其他人，慢慢地，经常出没于此的同学就熟了起来。而“DNA”的与众不同，不是因为她长得漂亮，而是因为她学习的劲头太大。在美女如云的综合性大学，她的长相与她本人一样很容易被忽略，但她学习的刻苦劲儿让人佩服，至少我是感动的。那时候，上大学国家包分配，上了大学就等于有了一份可靠工作，所以大学的学风不算太好，像“DNA”这种利用候车时间还能抓紧学习的精神，我们连参加高考前都没有。

记得第一次认识“DNA”时，她正在啃一本很专业的书，生物学方面的。昏暗的候车室里，穿着同样灰头土脸的她，全然不顾周围人的存在。要不是书掉在我脚下，我顺手帮她捡起，估计我们永远没有说话的机会。书的封面上有很大的“DNA”字样，我递还她时，随口说了一句，这是关于脱氧核糖核酸的书吧。那时候，DNA 还没有因为遗传、基因和亲子鉴定什么的为普通人所了解，我也是因为读书太杂稍微知道一些这方面的知识，才终于有了卖弄的机会。她兴奋地问我是哪个系的，文科怎么还知道这么多关于 DNA 的知识。交谈中，我了解到了她不少的其他信息，但除了名字，所以只能叫她“DNA”。

“DNA”是生物系的，比我高两级，来自农村，从衣着打扮可以看出家境并不宽裕，不过那时的很多理科女生都疏于打扮。也许是因为意外遇到一个文科“知音”的缘故，“DNA”有点兴奋地向我普及她所在的生物系和这个系的相关专业。就像所有人都觉得自己的学校、系和专业最好一样，在“DNA”眼里，生物系就是我们学校最好的系、最牛的专业，而且她还以具体数据列出在全国同类专业中的地位，确实已经达到了最领先的行列。不过，说到某一年生物系因为用炉子不小心着火，很多生物标本尽毁，还是惋惜不已。

那时候，考研不像现在这样普及。得知“DNA”刻苦学习的目标就是考研、考博，再回到生物系，从事生命科学研究，我很震惊。

后来，我在北营站候车又碰到过她几次，她依然是一副我行我素、忘我学习的范儿，我与她再无交流。说实话，在当时我更觉得“DNA”挺天真的，可能理科生都这样吧。

然而，在我大二期间某次回家时，又在北营站邂逅了“DNA”。这一次，她明显认出了我，而且有一种按捺不住的表达欲望，言及她考研面试刚回来的话题时，言语不无兴奋。说自己是第一次出远门到南方，考研成绩还好，面试时导师对她指点不少，最后综合成绩自己觉得还比较理想。对于她来说，不光是未来读研的一切让她兴奋，而且南方的一切也令她大开眼界。她说着还掏出一只装在瓶子里的小龙虾来，说是在南方的水沟里抓的，养了好些天了，其他几只在实验室留着试验用，这一只带回家让家里人看看新鲜。

这种当前夜市排档中常见的一种虾，用麻辣的做法，一晚上食客可以消耗掉很多，但在当年的北方却并不多见。“DNA”大老远从南方带只虾回来又带回家去，算是什么样的礼物呢？尽管可能在现在许多人看来，这样做确实有点奇葩，但在当时的条件下，一个来自贫寒农家的女学生，除了学习成绩和几乎不用破费的“礼物”之外，确实无以回报家庭，也只能做到这些了。她带回的这只活的小龙虾，更多的是向没见过什么世面的家人展示一种新奇的、别样的生活，而且我坚信那种她想要的生活，正在通过她的努力一步一步地实现。

后来，我再也没有见过“DNA”，也不知道“DNA”最终有没有读研、读博，实现她的心愿。我想，凭她的努力和执着，一定不会错的，她配得上拥有美好的未来。

与为人熟知的大站相比，很多北营这样的小站都显得过于陌生而不为人知，但是每一个不起眼的小站都一定能通向更大的站，每一个不起眼的小站都一定能让你抵达想要到达的地方。尽管已经离开多年，每当我回想起当年，总不由得记起那个不起眼的太铁北营站。

有时候，你经历的所有不为人知，都隐藏着许多温暖的生命细节，渺小如尘埃，却有细碎的光芒闪现。虽然北营站已在几年前停止客运业务，但当年在小站昏暗灯光下努力读书的那个平凡女孩，想必一定到了她想要去的地方吧。

没有人能许你未来，除了你自己。

（选自2018年第4期《都市》）

谁在家里

王新华

去年夏天，我干活摔了下来，断了左臂，人也昏死过去了，一个多星期才醒来。在医院住了个把月，算是好了。腊月过半，我坐亲戚的车回了老家，过年。

这回受伤，听老家的父亲说，赵庄的人都知道。后来我看到，女儿当天就在微博里发了我在医院的照片，并说，你真不知道意外和明天，哪一个先来，我什么都可以不要了。村庄不微博，他们是从哪家的年轻人嘴里知道了，就在村庄传开了。

临走的时候，我这个不抽烟的人，没有忘记把才开口的一条香烟放在包里。回家了，哪能没有串门的。

回来几天，并没啥串门的。好像没有我受伤这回事，好像今年一年我就没离开过家里。虽然我在村里跟一些人见了面，也说到受伤的事。他们都没有忘掉一点：赔了多少钱？

我等待过两个人。想着他们即使白天有事，晚上也会推开我的门，我让他们坐下来，给一根烟，再倒上一杯热水。过去的夜晚，有时就这样。他们跟我挨着，或者不远。他们过来，我们叙一些家里的事、外面的事。夜深了，要睡觉了，他们起来说，好啊，人又过来了，咱们还能坐坐，就是好！今年，离这里几里远的一个老陈，也在我打工的吴江干电工，摔了，也在我住的医院，两个月了都没醒，花了二十多万，家里人不治了，弄回来还没下车就断气了。这里人可能也知道。

等的人没有来。虽然我们说过几回话，我觉得跟来我屋里，还是不一样。

他们只是邻居，比我大十几岁，也算老人了，这些年没有出去。看到他们，就叫人想到善良、朴实，想到村庄。他们在家里，这些年也一直在给人家干活。放树，挖坑，砌墙，支模。现在哪个街上，哪个乡下都有人在建房子卖。这回我们千里相见，也只是一个打工的见到一个打工的，一个挣钱的见到一个挣钱的。这样的人，天天都见。我给他们派活吗？定他们一天多少钱吗，给他们结今年的工资吗？这些年这些天，打工的只在乎这个事了。

谁是归来的客，谁是家里的人？

一个朋友过来，我们说着地方上的事。他说，谁（我们都认识）的儿子回来了，一个庄上走动还开车，还踩油门，灰尘大得很。朋友说，你回家开车，窗户不能关，不能快，遇到熟人要伸头说句话，有时还得停车，人下来。朋友的眼光还在村庄里，已经很老了。人家开车回来，要的就是这个感觉。人家清楚，只要没违反交通规则，没碰着谁，你说什么，都是自言自语。

那天吃过午饭，我想睡一会儿。才躺下，父亲就在屋里跟人说话，我赶紧爬起来了。来人是个老太太，拄着棍子。我叫她老婶子。还没坐下，她用打量的眼光看着我，你回来了，听说你摔坏了……

老婶子八十多了，和我们一个庄上的，离我家不近。她男人死的时候，小的还在吃奶，一个人把一群孩子拉扯大，一个个成了家。坐了一顿饭工夫，临走的时候，我拉住了她的手。

虽然也有几个人来跟我坐，我却认为，赵庄人来看我的，就老婶子一个。她知道，赵庄今年有一个人在外面有了灾星，现在他回来了。好些年前，为她一个儿子的事，她还跟我吵过。旧社会她才长大，这些年人都打工，她又老了。这样的人，一辈子都不知道老板啥样。她大儿子一家都在新疆，孙子在煤矿上被砸死了，四五年了，还没让她知道。这家人真有本事，一个谎言要多少谎言来掩盖。孙子这么长时间都不看奶奶，连句话也没有。老人这都认了，她还有经受不住的事吗？

现在，正是春运，千万人正在路上。过年回家，是打工者的港湾还是肩上的责任？村庄就是几间旧房子、几个老人吗？老人死了又有老人，村庄还在吗？

我是个爱写点东西的人。说好听点是作家。家乡是永远的题材。今天，要是还在赞美村庄，那我就是一个罪人了。

（选自2017年第9期《黄河文学》）

雪地上的故事

沈乔生

有人说，人类的文明先起源于比较冷的地方，那就和雪有关了。现在我住在南方，看见雪就很稀罕，那时在黑龙江当知青，一年中有大半年要和雪打交道。雪，是水的变异，是水的美化，你看着洁白的、凛然的雪，还容易想到它就是柔和的形态无定的水吗？

那时我在的是劳改系统的农场。在知青到来之前，农工大多是劳改释放的就业人员，不少已有公民权了，但还被叫作“二劳改”。我去不多久，被分配在大车班，意思是要夺二劳改手中的大鞭，也称夺权。我的夺权对象是孙老头。我现在回想他的年龄，是怎么都没法想清楚的。他灰蒙蒙的一张脸，满是皱纹，跟核桃壳一样，像是要近六十岁了，也可能刚过四十。我那时对年龄居然这样模糊，不敏感。大概青年人看上年纪的人都这样。他判刑的罪名是投机倒把，似是贩卖耕牛，如果放在今天，很可能罪名不成立。

那时讲革命，就要夺权，其实是滑稽的一件事。到了冬天要进山伐木，那是非常苦的。零下三四十摄氏度，在室外一整天，晚上回到家里，眼睛里半天都是模模糊糊的。特别到了寒冬腊月，天将亮的一刻，似乎空气都凝固了，变成一种玻璃纤维一般的东西，在空中闪烁，这时人整个冻麻了，可怕极了。而知青大部分都来自南方，所以跟了一段时间的车，都不肯再上山了。

天还黑黑的，老孙头就坐我炕头来了，嘴里冒出热烘烘的气：“起来吧，起来上山吧，时间不早了。”那时我是 20 来岁的人，正是觉大的时候，哪里起得来！你不反应，他会一直在你耳边嘀咕，像一头秃了毛的老公鸡。有时我只好骂咧咧地起来，打着抖同他一起钻到漆黑的雪天里去。有时我就发火，说：“叫个球，你自个儿去！”这头老公鸡就不叫了，就起身，很满足地把大鞭抱进怀里，走了。临走前还不忘记摸一下我的脑袋。

说起来好笑，那时我正替连队写一个小剧，题目叫《雪原扬鞭》，说的是知青如何战天斗地，夺下二劳改手中的权力的象征——大鞭杆。其实生活中不是这样。

我看出来，老孙头是很想亲近我的。现在回想，他孤身一人，没有老婆，没有孩子，确实很孤独。遇上重活脏活，他一步抢到我面前，抓了手干。他说，只要我在边上歇着，说得上话，他就有劲了。我也乐得清闲，抄着手看。

有时候他会从腰里摸出一个东西，塞给我吃，有时是一个馒头，有时是一块土制饼干，他说腰那个地方是最暖和的，不容易冻。这时他的神色很紧张，两只小眼睛盯住我，佝偻着身子。要是我不吃，他一天就非常沉闷。要是我吃了，他就咧开嘴笑，让我看见他嘴里残缺的牙齿。这些都要避开队长的，不然会说我立场动摇。有时他赶车，有时我赶，在晃悠悠的牛步中，他会哼一支民谣，拖音长，怪腔怪调。在这声音中，我想我遥远的故乡，想还在遭难的父母亲，想散落到全国山村的兄弟姐妹，想这里的草原森林，有时蒙蒙入睡。

一次，他又从腰里摸出一块饼干给我吃。那天我不饿，但看他期盼的眼神，就接过来，没精打采地吃。吃着吃着，发现有点不对，抬起头来，老孙头一对小眼睛里透出亮来，直直看着我，眼里有种古怪的神色。我说，你干什么？他说，我的儿子要是在，也有你这么大了。我顿时警觉了，妈的，你不是我的夺权对象吗，怎么认我当儿子！我把吃剩的半块饼干朝他扔去，他嬉笑着躲过了。我还不甘心，追着去打他。他就逃，我追上了，在他屁股上踢一脚，他转了一圈，倒在雪地上，还拍打着一双手。

回家的路上，他忽然不说话了，我也不理他。等回到农场，到了灯光下，我看见他的小眼睛里，露出一种我从没有见过的忧伤。

有一天，我们伐倒了一棵大树，坐着歇息。他忽然凑上来，问我，上海是什么样的？你给我说说。我不理他。他还是问，上海什么样的啊，你给我说说。

我冷冷一笑，说，讲给你听，你也不懂。他还是痴痴地问，我就和他摆起来。我说，第一百货公司有楼梯电梯，人站着不走，就可以自己上去的。他不信，问，有这样的电梯？我又说，国际饭店有24层楼，那个高啊，走到楼底下，往上看，帽子都掉下来了。

他出神地听着，脸上露出羡慕的神色，说，什么时候能去看看就好了。一会儿，自己摇头，不可能的，不可能的。

突然有一天，全部的二劳改都消失了。因为林彪的一个通令，他们全部迁走了，老孙头也不见了，不知去往何方。我心中略有思念，淡淡的，并不重。

几年过去了，一个初冬，黄昏，大地一片雪白，残阳如血一般泼在雪上。我静静地走着，心里想着本文开头提到的雪和水的关系。这时，一辆拖斗车从面前拐过，我并没留意，只记得似乎是装水泥的，刚刚装好，要开走。拖斗的水泥包上坐着几个人，刚好从我面前经过。突然一个人跳起来，大声地喊："小沈！"我抬起头，是老孙，顿时我整个人颤动了，他喊得那么惊天动地，不顾一切，他的脸上满是灰和水泥，他张开的嘴里牙齿更少了些，可这一刻他的脸上布满了喜悦。我张开嘴，却什么也没说出来。我想，天晚了，他还没有休息，也可能没有吃饭。这辆车要开往哪里，他现在迁往什么地方了？周围是白的雪，红的残阳，配成一种奇异的色彩。雪是水的变化，水的美化。车越开越远了，老孙还在车上欢喜地喊，小沈，小沈！我呆呆站着，脸上没有反应，心中却起伏着无法停止的波动。我想我的一点关于人性的启迪，就是从这里开始。这个场景我再也没有忘记。周围是洁白的、宁静的雪。

（选自2017年第8期《青春》）

原　谅

庞余亮

即使再暴躁的父亲也有温柔的时候，比如在那只运甘蔗的船上。

这是我们家种了一个季节的甘蔗。

甘蔗们又长又锐利的叶子起码在我的脸上和胳膊上割了一百道伤疤。

那一天，装满甘蔗捆的水船在河中显得很沉。

我坐在甘蔗捆的堆顶给撑船的父亲指路，父亲把湿漉漉的竹篙往下按，长长的竹篙就被河水一寸一寸地吃了，只剩下甘蔗长的一段了，我知道竹篙已经按到河底了。

我看到父亲要用力了。父亲埋下屁股往后蹲，蹲，然后一抽，船一抖，就缓缓地向前了。

甘蔗船要运到城里去卖，我想，城里人究竟长了一副什么样的牙齿，能把这一船的红皮甘蔗全吃掉，然后再让父亲装一船白生生的甘蔗渣回来？

一只灰色的水鸟在河岸边低低地飞。

从小榆树河拐弯过去就是榆树河了，有点偏风，我已能听见船头在波涛的拍打下发出的一阵又一阵有节奏的声音。甘蔗船有点晃了。父亲脱光了上衣，他的胸膛有闪光的东西往下流。榆树河两岸的榆树就像拉纤的人，都弯着腰。

再后来，黄昏就来了。早上烧霞，等水烧茶；晚上烧霞，晒死蛤蟆。父亲说，明天是好天。他把竹篙往河中央一点，河中的碎金更碎了。

我的眼中全是金子。

后来，甘蔗船慢慢地变成了一团黑，这团黑在有点黑亮的河中缓缓地走着。我什么也看不见了，但眼中还是有东西在闪烁的。我看见了无数只萤火虫在河里飞来飞去。还有无数只青蛙在呱呱地叫着，有的还不时地往河里跳，咚，咚，咚——像在敲鼓。父亲的竹篙在黑暗中也发出了咚的声音。

我再醒来的时候，满眼的星光。我摸了摸自己，又摸了摸身边的甘蔗捆，说：我想撒尿。

父亲说：三子，你想撒尿就往河里撒吧，这河里不知有多少人撒过尿了。

我撒过尿时身子还不由自主地打了个寒噤。接着，父亲也往河里撒尿，哗啦哗啦的，声音大得惊人，持续的时间也长得惊人，河里的星星们都躲起来了。夜，更黑了。

再后来的细节就记不清楚了，但可以肯定的是，我没吃过甘蔗船上的一口甘蔗，父亲也没有。所有的甘蔗都被别人吃掉了。

从城里回家之后，父亲依旧，他的暴力依旧，脾气最好的父亲也被那只空空的甘蔗船偷走了。所以，每次父亲抡着巴掌和拳头揍过来，我都会用一船的甘蔗来原谅他。

（选自 2018 年第 1 期《野草》）

迁　徙

臧玉华

见到母亲的时候，她躬身坐在阳光里，穿着磨了边的秋衣，外罩一件浅蓝的毛背心，黑灰色的裤子显得过于肥大。

五月的阳光开始灼人了，我举着阳伞，眯缝着眼睛，背着嫂子悄悄问母亲，在那儿过得怎么样。母亲说，好是好，就是不习惯。这时，对面楼上的一个男人，径直走到母亲身边，顺手就递了一支烟，也没说话，母亲迟疑了一会儿，便接下了，待那人走远，回头问我，那个小伙子是谁。被称之为小伙子的大约有六十岁。

母亲住在哥哥家里，那男人自然是哥哥的熟人，或许还是母亲的熟人，只是她未必记得了。

从三月的变故之后，她好像一下子就差劲很多——耳朵背了，记忆差了，人也瘦得厉害。要不，怎会离开住惯了的家，寄于子女的檐下。那天，嫂子一阵嚷嚷后，手脚麻利地收拾几个包裹，母亲就拄着拐杖跟去了。母亲没让带多少随身物品，是留有余地的，总还是幻想有朝一日回家，像从前，自己买菜做饭，没事呵斥一顿耳背的父亲。她大概忘却父亲永远离开的事实，也意识不到自己八十有五,一日不如一日的前景。

母亲喜于交往，家里采买、礼尚往来的事自然就归了她。一个主外，一个主内，主外的母亲一路都是熟人，买个菜半天回不来，父亲就去接她，或许在裁缝铺里寻到，裁缝也是北方人，她们说得来；或许在学校对面的铁皮小店发现了她，那里人多热闹，时间在东家长西家短的闲聊中轻易就打发了。那些年是多么好的光景，如今物是人非。

母亲五十年代就随父亲南下，一直定居本地，身强力壮时可以拖儿带女回老家省亲，后来跑不动了，和亲戚的联系就仅靠电话。前不久，电话号码簿不慎丢失，母亲在迁去哥哥家之前，无法一一告知，一时没了老家的讯息，没有侄子侄女的问候，她还真是着急。

说到电话，想起母亲的老领导，今年也该有九十岁了吧，常年住敬老院，虽说退下很多年，领导的做派还在，习惯于关心下属，关心到“干涉”人家内务，当然她是出于一片好心。父亲刚去世不久，我接到电话，她辨不清我的声音，直接就说“请老傅同志节哀……听我的，老头子的抚恤金暂时不能分，毕竟老娘还在”，要我务必转告家人，随后又说“年龄都大了，跑不动了，就电话联络联络，各自保重吧”。

我猜母亲一定是丢不下老友的嘘寒问暖，丢不下邻舍之间的挂念，这些是她暮年精神支撑的重要部分。尽管，婆媳几乎没有间隙，哥嫂又将她的生活打理得妥帖，可是习惯还是一下子难以改变，不过，终究又会改变的，直至行动上依赖他人，并渐渐寡言，渐渐情感淡了、木了——就像近两年的父亲。

上周末，我去看望母亲，习惯性地就去往老地方，蓦然一惊，那所房子里，想必蟑螂正肆无忌惮地四处张望，蜘蛛忙于墙角织网，母亲种的几棵小葱，不知是被老鼠啃了，还是枯死了。人散了，就剩下一屋子的记忆，有点寂寂的，那所房子于我还有什么意义？想到这儿，兀自就伤感起来。

人的生命旅程中，总会有一次或数次的迁徙，母亲的迁徙是为了生活质量的改善，由此，我的那一点伤感就微不足道了。

（选自2017年第9期《作家天地》）

踏雪寻梅

六十年后观我记

贾平凹

一、书案上时常就发现一根头发。这头发是自己的，却不知是什么时候掉的。摸着秃顶说：草长在高山巅上到底还是草，冬一来，就枯了！

二、听人说，突然地打一个喷嚏定是谁在想念，打两个喷嚏是谁在咒骂，连打三个喷嚏就是感冒呀。唉，宁愿感冒，也不去追究情人和仇人了，心脏已经平庸，经不住悲，经不住喜，跳动的节奏一乱，就得出一身的冷汗。

三、一直以为身子里装着一台机器，没想到还似乎住了个别的，或许是肠胃里，或许是喉咙里和鼻腔里，总觉得有说话声。说些什么，又听不懂。

四、脚老是冷，尤其怕风，睡觉首先得把被角窝好，但弄不明白往往脚上不舒服了，牙咋就疼。疼得拔掉了四颗，从此少了四块骨头，再不吃肉。

五、自感新添了一种本事，能在人里认出哪一个是狼变的，哪一个是鬼托生。但不去说破。开始能与高官处得，与乞丐也处得，凡是来家都是客，走时要送到楼道的电梯口了，说：这是村口啊！

六、花不了多少钱了，钱就是纸，喝不了多少酒了，酒就是水。不再上台站，就不再看风景，不在其位，就不再作声。钟不悬，看钟就是一疙瘩铁么。

七、吃得越来越简单，每顿就是一碗饭，却过生日不告诉人了，自己给自己写一条幅：补粮。并题款：寿之长短在于吃粮多少，故今日补粮三百担。

八、是相信着有神，为了受命神的安排而沉着，一是在家里摆许多玉，因为古书上有神食玉的记载，二是继续多聚精神写作，聚精才能会神。

九、肯花大量的精力和钱去收购佛像了，为的是不让它成为商品在市场上反复流转。每日都焚香礼佛了，然后坐下来吃纸烟，吃纸烟自敬。

十、啥都能耐烦了。

十一、不再使用最字。晓得了生活中没有什么是最好，也没有什么是最坏。不再说谎，即使是没恶意，说一个谎就需要十个谎来圆，得不偿失，又太累人。

十二、没有了见到新土地就想着去撒种子的冲动，也戒了在雪上踩泥脚印子的习惯。但美人还是爱的，而且乐意与其照相，想着怎样去衬出人家的美。

十三、早晚都喜欢开窗看天，天气就是天意，该热了减衫，该冷了着棉。养两盆绿萝，多注目绿萝，叶子就繁，像涂了蜡一样光亮。养一只大尾巴猫，猫尾大了懒，会整日地卧在桌前打鼾，倒觉得坦然。

十四、劈自家的柴生自家的火吧。火小时一碗水就浇灭了，不怨水；火大了泼一桶水都是油，感谢油。

十五、蜂酿蜜如果是在遣天毒，自己几十年也是积毒太多，就不拒绝任何人任何事了，包括吃亏、受骗、委屈和被诽谤，自我遣毒着，别人也替代着遣毒。

十六、每到大年三十夜里，肯定回老家去父母坟头点灯，知道自己是从哪儿来的。大年初一早上，肯定拿出规划来补充，六十五到七十，七十到八十九十一百，哪一年都干啥，哪一月都干啥，越具体越好。生命是以有价值而存在的，有那么多的事情往前做，阎王就不来招呼，身体也会只有小病不致有大病了。

（选自2018年第5期《人民文学》）

记忆之鸟

宁　肯

……实际上人并不总是向前走的……到一定程度就开始往回走，会寻找自己的来路、起点，对起点的好奇超过对未来的好奇。为什么有考古学？因为人类有回望的冲动。个人也一样，从某种意义上说，“我们来自哪里”这样一个命题不是一个由他者比如父母能回答的问题，也不是一个科学比如染色体的问题，而纯是一个自我意识的问题。在这个意义上说生命并非始于诞生，而是始于记忆。如果时光可逆，我的记忆的尽头是什么？

接近尽头的是两只死鸟。应该是在我三岁或四岁的时候，现在如果拿着放大镜定睛细瞧，这两只鸟像化石一样清晰嵌在早期岩石的记忆中，等待被发掘、考古。两只死鸟的后面，也就是尽头，还有没有记忆？当然有，但是太渺茫了，太昏暗了。只是一些碎片，很难拼出完整的“陶器”，更多只有地质学意义。无疑早期记忆接近无明，就像岩石或个人的史前时期。事实上探访早期记忆也一如古生物学家在岩石中提取生命痕迹，如果可能，通过 DNA 复活生命。但似乎现在还没做到，那么我能做到吗？

我不知道。

为什么记忆的尽头是两只死鸟而不是别的？在类似催眠或记忆考古的方式中，在记忆的自然博物馆，进一步深度地问自己：为什么记的不是一只鸟而是两只？两只有什么不同？两只类似青铜时代？具有划时代意义？“一”不是真正的记忆？正如碎片不是陶器？

现在，两只死鸟，穿越五十年光阴，在我四岁的视窗上，如同在霜花玻璃上哈一口气——慢慢显现、复活、还原出青铜时代。两只棕色的麻雀从岩石中飞到我的床前。当然，不是自己飞来的，无疑是父母或别的什么叔叔送给我的。岩石到床，床的出现至关重要。床与我如此切近，足以呈现更多记忆：我看到我坐在很大的床上，两只棕色的鸟没放在一起，分别放在了两个纸盒里。我被告知一只属于我，另一只属于“别人”。

“别人”对于幼小的我是一个重要概念，之前我是没有别人这个概念的，正是两只鸟区分了我和别人，这对我是第一次。这点，对一个四岁孩子来说怎么强调其意义都不过分……是的，我在父母亲宿舍里，因没人照看被一条绳子拴着，不能走远，不能下地。

父母走前总会放点什么供孩子玩，那次是鸟，是两只而非一只。两只非常关键，因此才有“故事”，记忆。是两只小麻雀，刚长出一些翅膀，还不会飞，几乎一模一样。但慢慢地，却清楚地知道了哪一只是“我的”。自然喜欢属于我的那只，也开始无视另一只。因为被绳拴着，我非常安静，我长时间把属于我的那只鸟捧在小手心上，盯看，看黄色的小嘴，圆圆的眼睛，看完这边眼睛看那边。我的时间太漫长了，有了鸟时间过得很快。

因为被缚我养成了慢，一切都如此之慢，养成了盯视的习惯，看什么都会看得时间很长，眼睛有时几乎成了放大镜。这个性格很重要，这个性格可以看作“我”的某种“摇篮”。我看到了非常细微的东西，甚至不妨说梦幻的东西。如是一块石头或一个什么小玩意儿也就罢了，顶多被我攥出汗来，但如果是一只鸟非常不同……鸟是活物，有生命的东西，一如我自身的镜像，是最好的潜移默化，引发最重要的成长。

果然，黄口小麻雀的眼睛被我看得闭上了，不过又睁开了。但过了会儿又闭上了，接着半睁半闭，颤，闪……开始我还觉得好玩，但是“颤与闪”突然像某种无形的闪电划过我黑暗的意识，本能地不安……本能地觉得这鸟“不好了”，于是打开另一个盒子，里面鸟的眼睛圆圆的，一眨不眨，非常精神，而我手上的鸟蔫头耷脑。我没任何犹豫，就把“我的”鸟放入盒子，把“别人”的鸟拿出来，换了个个儿。

没人教我这样做。是一只快死的鸟让我产生了区分意识，换的意识，而“自我”就是这样诞生的吗？我以为是的。捧着“别人”的，当然现在变成自己的鸟，不安消失了，又高兴起来。重新将自己的鸟捧在手心盯视，抚摩，玩，这一段是记忆空白，推出来的，事实上紧接过来的记忆是第二只鸟再次眨眼，颤，闪……不是梦境……完全不是……这只刚换过的鸟像上一只鸟一样，先是一只眼闭上又睁开，半睁半闭，颤，闪，不一会儿另一边的一只眼也开始重复……

第一次没有难过，只有不安，因为立刻想到另一只鸟。这一次没有不安而是难过，某种真正的东西觉醒了……又赶快打开盒子，看到自己原来的鸟，又有了一丝高兴，因为这只鸟仍只是一只眼闭着，另一只眼还睁得圆圆的，于是再次换回……但是很快，又开始颤，闪——不用思考，这已是明白无误的死亡征兆。我哭了，非常委屈，我甚至看到自己哭的样子——嘴慢慢撇着。

事实上，哭是一种祈求，即使没人也好像旁边有人，我祈求鸟的眼睛别再闭上，求它了，“别闭上，为什么要闭上”，我看到我把鸟放在了嘴边，嘴对嘴对鸟说。它还是闭上了，闭上了还在颤！

我把鸟放到盒子里，它勉强站了一会儿，倾斜，站不住，有一刻又睁开了眼，但再闭上时一下子躺下，两腿慢慢伸直。

两只鸟都死了，整整齐齐躺着。

非常悲伤！且不可知，不可思议。

四岁，我目睹了死亡的全过程，看到了每一个细节，一点点变化。整个过程充满了不安、悲伤、委屈、无助，却又什么也说不出来，唯有抽泣。特别是换过来之后依然丧失，让有些东西太无明了，黑色，不可知。有人说孩子没有自我，因此也没有悲伤、自怜性的心理学意义的记忆，我不能同意。可以说没有欢乐的记忆，但悲伤是有的，还有同情，还有自怜，还有无助。事实上无论多小的孩子，心里都埋藏着一切，在记忆的尽头，记忆的起点，每个人都有一个自己的“青铜时代”。

你为什么记住了一些早期东西？一定是因为悲伤、同情，是心理上留下了深刻的东西。孩子说不出，无明，不等于无。

孩子的无明世界是个富矿。当然，挖掘非常困难。

因此记忆考古学也才有意义。

（选自北京十月文艺出版社 2017 年 7 月《北京：城与年》）

藏书票

肖复兴

到天津，在天泽书店，闯入眼帘的，不是书，而是一楼墙上面对面挂着的两个镜框，里面各用卡纸嵌着一幅藏书票。虽然藏书票的画幅都很小，但一眼还是看出来了。一幅画着歌德，背后是他的家乡，黑白两色，古典式庄重的画法；一幅画着一个女人的人体，简洁的线条，淡雅的色彩，新派的技法。一新一旧，一个古典的歌德，一个现代的女人，遥相呼应，串联起书的历史，面向不同的读书人，挺有意思。

如今的书店，讲究装潢，特别是新一轮的装修风，走的基本都是台湾诚品书店的路子。墙上愿意装点新潮的饰品，如果是画框，一般是世界名画的复制品或作家艺术家的照片和手迹。我少见多怪，还没见过有私人书店专门悬挂藏书票的。

我们国家没有藏书票的传统，以往的朝代，藏书用的是藏书章——这是我们独有的篆刻的延伸。而藏书票则完全是舶来品，是绘画特别是版画艺术一种袖珍版的瘦身和变身。藏书票的历史，比文艺复兴时期的达尔文的绘画还要早。据说，最早的藏书票出现在 1470 年，黑白木刻，刻的是口衔鲜花，足踏落叶的一个刺猬。我不明其意，也许，只是一种装饰画而已。

天泽书店的女老板卞红，见我对藏书票感兴趣，对我说她家书店藏有很多藏书票，在三楼藏着，便带我登楼去看。藏书票历史，虽然很长——足有六百余年——但在我国和邮票比起来，爱好者就有些少了。而且，收藏藏书票的一般是爱书之人。因此，收藏者就成了小众。

我虽然对藏书票感兴趣，但确实对藏书票见识太少。在三楼，一下子见到琳琅满目的藏书票——少说也有几千张，真的是乱花迷眼，叹为观止。书店有人专门负责整理这些藏书票，她将其分为女性与读书、儿童、宗教、音乐、花卉等各种专题，造册在案。为了搜寻这些藏书票，书店还专门派人到欧洲去登门购买。都说现在的书店不挣钱，能坚持做的都是有情怀的；而天泽书店不过是一家规模不大的个体书店，居然为了小小的藏书票，舍得如此花费，不惜远渡重洋，让我有些吃惊。看着那些已整理好和尚未整理好的一册册藏书票，可以想象，这绝非一日之功；没有对藏书票的绝对爱好，难以精卫衔石，如此坚持。

我对老板说，你们这里的藏书票多得大概在全国首屈一指吧？老板和书店里的人都摆手道：可不敢这么说，据说国内拥有藏书票最多的得数马未都。我又对老板说：不管怎么说，你们这里的藏书票也够多的了，可以办个展览，让更多的人看到！他们说，有这个想法，只是这么多藏书票还在整理之中，办个像样的藏书票展览，也不容易。印象中，全国性的藏书票展览，1986 年由中国藏书票艺术委员会举办过一次。天泽只是家小书店。可以想象其难度，也可以想象他们的雄心。

我国藏书的人不少，热衷于藏书票的人没那么多。这和我们没有藏书票的传统有关。世界藏书票的历史很长，进入我国的时间却很短。藏书票是二十世纪三十年代从日本引进的。这要归功于鲁迅先生对版画的重视和介绍。藏书票一般是用版画制作，遂成为先生当时介绍的版画的一种。藏书票虽是绘画的一种，但由于要在方寸之间见功夫，咫尺应须论万里，制作起来不那么简单。

藏书票，本来应该如文房四宝一样受到文人的喜爱才是。鲁迅先生自己就从日本购买过藏书票，郁达夫、唐弢等人也都喜爱搜罗藏书票，叶灵凤还刻过藏书票。前些日子，看到作家罗雪村也刻印过藏书票。只是这样的文人太少，而如当年李桦、罗工柳、杨可扬这样愿意挂角一将，做这种小画幅不挣钱的藏书票的画家就更少，更别说专门的藏书票画家了。听说过篆刻家，还真没听说过有藏书票画家一说。藏书票成为小众又小众的品种，便也就再自然不过了。

其实，藏书票应该是和读书人连带一起的。藏书票是书籍收藏的纪念与升华的一种象征。藏书票也应是书店出售和展览的一个品种。不过，在国外，藏书票也只是私人收藏，在书店是很少能见到的。前不久去美国，看到一些个体书店里，卖一些本地画家手绘的明信片和贺卡，价格不贵；便想如果我们的书店里也请一些本土画家，制作一些藏书票，卖给读者，或者靠积分赠给读者，或不卖不赠，只选一些镶嵌在镜框里，不定期展览在书店里，不也是一种别样的风景吗？下次去天泽书店，把这个主意说给卞老板听听。

（选自 2018 年 8 月 27 日《今晚报》）

踏雪寻梅

祝　勇

一

或许是农业文明的缘故，中国人的衣食住用里，一直透着对自然的敏感。漆器是最典型的一种。这些以漆（一种树的汁液）髹涂的器物，小至笔墨纸砚、盘碗碟盒，大至桌椅箱柜，几乎可以覆盖我们日常生活的所有方面，可见漆器的巨大包容性，可以含纳不同品类的事物，让它们摆脱日常的平庸，有了贵族般的光辉。

漆器上雕饰的图案，除了山水人物（像携琴访友、南山采菊、垂钓问渡、文会雅集），出现最多的，当是各种花卉植物，让我们在吃穿住用间，视野可以穿越纷杂的俗世，与山林田野相通。在故宫博物院所藏17707件漆器里，几乎找不出几件漆器上面没有花卉植物图案，即使以龙螭鸟禽、亭台殿阁为主题，也一样是花团锦簇、草木如诗。所以，在这些来自自然（漆树）的漆器上，花与植物，几乎成为通用的语言。

故宫有一件剔红赏花图圆盒，作者张敏德，是元代雕漆大师，这件赏花图圆盒，是目今能够查到的张敏德的唯一作品。盒上雕刻着一文人雅居，正房的高桌上，竖着一只空的玉壶春瓶。

在古时，玉壶春瓶，一般是用作插梅的。北宋曹组《临江仙》写：“青琐窗深红兽暖，灯前共倒金尊。数枝梅浸玉壶春。”就是描述玉壶春瓶插梅的景象。这件剔红圆盒上的赏花图，主题正是那没有出现的梅花，而图中花木，比如左下角，在两位赏花老者面前盛开的花朵（鲜花与老人形成锐利的反差），还有殿阁前后的茂林修竹，其实都只是陪衬，只有那只寂寞的玉壶春瓶，以及它所代表的梅花，才是整幅画面的真正重心。

梅花尚未开放，亦没有人去折枝，但它绽放的季节，迟早会来。

一只春瓶，以空白的方式，预告了梅花盛开的季节。

二

漆器是将漆树液体提炼成色漆，髹涂在器物胎骨上雕制而成的，自新石器时代起源，发展至宋元，已至炉火纯青之境。宋人雕漆（漆器工艺的一种），要在器物上涂几十层漆，然后再在上面雕刻人物楼台花草，“雕法之工，雕镂之巧，俨若图画……红花黄地，二色炫观，有用五色漆胎，刻法深浅，随妆露色，如红花、绿叶、黄心、黑石之类，夺目可观，传世甚少”，让日本学者大村西崖在《东洋美术史》里惊叹：“诚无上之作品。”

到了明代，中国人的巧手在漆器上闪展腾挪，技术之精密更令人发指。有的漆器上，髹漆层次甚至多达百层。肥厚的漆层，如丰饶之泥土，让草木繁花之美得以充分的释放。像明代初期这件剔红水仙纹圆盘，图案并不复杂，复杂的是花与叶层次繁密、起伏环绕、彼此叠压，雕者的经营盘算，容不下丝毫闪失，时隔几个世纪，依然让人惊叹那近乎变态的细致，比起计算机，亦毫不逊色。

这件永乐时期剔红双层牡丹纹圆盘，内雕双层重叠牡丹，穿枝过梗，各自成章，或藏或露，繁而不乱，肥而不腻。这构图风格是永乐时代漆器的典型特征，图案以数朵（一般是奇数，如三朵、五朵、七朵）盛开的大花满铺，叶片丰腴饱满，四周衬托着含苞欲放的花蕾，象征着帝国的繁华与昌隆。

但我更喜欢的，是那件明中期的剔红梅花纹笔筒，放在木色苍然的案上，抬眼即见一丛红梅，不被季节所拘，时时刻刻，开满筒身。

梅作笔筒，最合文人的内心。我想这首先依托于梅花造型之美，有点有线，可密可疏，既有造型感，又有节奏变化，当然它的价值，有赖于冬季的凸显，因为万物皆枯、大雪无痕时节，一树老梅绽放，美艳里透着孤独、凛然中又有温柔，当然令人动心，惊叹生命的强韧与艳丽，一如欧阳修《对和雪忆梅花》所写：

穷冬万木产枯死，

玉艳独发凌清寒。

梅是人，人亦是梅。

在书房里、书案上，插一枝梅，应是一种易于实现的雅致。

从梅出发，我开始爱与梅有关的一切事物，比如林逋的梅妻鹤子、笛子吹出的《梅花落》、王冕的墨梅（故宫博物院藏《墨梅图》复制本挂在我书房里）、自号“梅花道人”（又号“梅花和尚”）的吴镇、唱戏的梅兰芳、踢足球的梅西……

当然，还有这只故宫里的剔红梅花纹笔筒。

三

除了体现文人情趣，漆器更充当着日常生活的器皿。

其实文化人，也都过着日常的生活，只不过多了一点讲究。

宋明之际，文人成为生活时尚的引领者；在今天，生活时尚则是由明星引领的。

他们的创造，使生活变得艺术化，亦使艺术在生活中得以落实。

比如饮茶。

唐人喜欢煎茶，就是在风炉上的茶釜中煮水，同时把茶饼碾成不太细的茶末，等水微沸，把茶末投进去，用竹筴搅动，待沫饽涨满釜面，便酌入茶碗中饮用；晚唐时，又开始流行点茶，就是把茶末直接放到盏中，用煮好的开水冲茶。到宋代，点茶已成为一种普遍的习俗，宋人茶书，如蔡襄《茶录》、宋徽宗《大观茶论》，所述均为点茶法。

那时茶末越制越精细，有林逋起名的“瑟瑟尘”，苏东坡起名的“飞雪轻”。蔡襄制成的“小龙团”，一斤值黄金二两，时称：“黄金可有，而茶不可得。”宋徽宗时代，郑可闻制成“龙团胜雪”，将拣出之茶只取当心一缕，以清泉渍之，光莹如银丝，每饼值四万钱，饮茶之细致，使饮茶器具也日益精细讲究。

到清代，乾隆时宫廷里有一种“三清茶宴”，直接以梅花、松子、佛手入茶，以雪水相烹。这种风雅，在漆器上亦有迹可循。故宫有一件清乾隆时的红地描黑漆诗句碗，就是三清茶宴所用的，在茶碗外壁两道弦纹之间，写着一首诗：

梅花色不妖，
佛手香且洁，
松实味芳腴，
三品殊清绝，
烹以折脚铛，
沃沃承筐雪……

末署“乾隆丙寅小春御题”，证明那字是乾隆亲笔写的。

诗的意思，大抵是夸奖这三种植物品质芳洁清正，以雪水烹煎后，清香爽口，意味深远。

《红楼梦》写“栊翠庵茶品梅花雪”，妙玉的煎茶之水，是她五年前收梅花上的雪，得了一花瓮，“埋在地下，今年夏天才开了”。不知这段故事，是否与乾隆时代的三清茶宴有关。

但不管怎样，乾隆时代（亦是曹雪芹时代）的“三清茶宴”，让白雪红梅，通过一件漆器，再次相逢。

四

七千年的漆器文明，在中国人的生活中几乎无处不在，它的长度、品质，比起青铜、瓷器更能代表中华文明，只是，在当下，我们很遗憾地与它疏离了，甚至与木器相处，也成了奢侈。

在日本，漆文明则通过一只木碗、一个食盒，向日常生活领域，高歌猛进。

中国人都知道，China 的意思，是瓷器。但很少有人知道，Japan 的意思，是漆器。日本人以漆器为国名，不仅因为漆器华灿绝美，且与自然相融，更因为漆器的历史，比瓷器的历史更加久长。瓷器的历史，大致有三千多年，而漆器的历史，则可追溯到七千多年。日本的国名，不只暗示着其文明之绚丽，更企图表达着文明之悠久，甚至盖过了中国。

并不是所有人都知道（尤其在今天），漆器的老家在中国。当我们的河姆渡文明孕育出调朱色生漆的木碗的时候，日本人还处在绳文时代，用土器盛放食物呢。因此，没有一个国家比中国更配得上“漆之国”这个名称。日本人的漆器制造，是向中国人学的（主要在唐朝）。但日本人后来居上，威尔·杜兰特在《东方的遗产》里说：“油漆的艺术也是始于中国，但传入了日本才达最完美的地步。”到 15 世纪，“日本的漆器工业水平就已经相当精湛，以至于许多中国工匠，要为向日本学习漆器工艺而远渡重洋”。

不是日本人贪心，是我们自己丢的东西太多，想拾回来，要趁早。

对面的一件漆器，与我隔着遥远的年代，山重水复，我鞭长莫及。

被封为“遗产”的文化，是死的文化。因为只有死者，才谈得上“遗产”。只有把文化交还给日常生活，文化才能活回来。博物馆里的文物，才能真正复活。

（选自 2018 年 8 月 26 日“当代”微信公众号）

汉韵雄风

二月河

全世界只有中国有汉画。

中国的汉画集中在河南、山东、河北等地。

单是河南南阳，就集中了中国汉画的一半还有余。

除此之外汉画几乎是绝迹于世。

除了东汉，几乎不再见到石刻的汉墓绘画。这应该是一个奇特的文化现象。或者说文化奇迹。

从五四运动时期，学界和文化界的人才开始关注这件事。鲁迅和二十世纪三十年代的一批大家将目光投向了汉画，开始收集、整理、研读、展出这份文化遗产。南阳汉画馆就在这种环境态势中建立和壮大起来。现在在南阳汉画馆里的汉画像石有一千多块，建立起博物馆。郭沫若先生亲自为这个馆题写了名字，坐落在南阳卧龙岗旁边，成了现今人们学习浏览欣赏这种历史文物的圣地。

汉画是怎么回事？为什么会是今天这模样？南阳的老人们还能回忆得起来，当年的汉画分布在南阳各地，散处在民间。除了鲁迅等知名学者，在普通民众心目中，它也不过是一种“有画的”石块而已。人们用它砌墙、垒猪圈、凿猪食槽、砌房基、修桥，城墙门洞和老桥下边的桥基都是这种物件。

当然南阳有“专业”的文物贩子早已盯上了它。把汉画从老百姓家收了来（当然是优质的汉画），然后把石头有画的那一面锯下来，做一个木框子。贩子们说这叫“上妆”，然后联络着转卖出去。英国、法国的这些文物商人就这样捞走了不少汉画。散落在各地的收集商，他们手中的汉画石也大致从此而来。南阳的街道、商店墙壁、城墙基和大小桥下随处可见的便是汉画石。博物馆当初的收存活动，主要的收集方向就是从这里开始。文物局、文化馆、博物馆和文物爱好者一齐出动翻腾，才有了今天这个模样。

如今的汉画馆那可了得，除了收集石品，还要整理、研究。通过博物馆，向外省外国推介汉画。高大华丽的汉画馆内，齐整陈列了他们收集到的精品。馆内还有千余块汉画像石贮在库中，经常有专业人士照料它们研读它们。《中国南阳汉画像石大全》也就应运而生，昭示于全国全世界。

这是怎的一回事？洛阳曾是汉代首都呀，怎的就不见汉画石、汉画砖这类东西呢？

我是关注汉画较早的一个学人，多少知道一点。汉画大量出在南阳不是件偶然的事。

我们来看汉光武帝刘秀，他就出生在南阳附近。（他出生在湖北的枣阳，而枣阳就在南阳郡的挨身毗邻。）刘秀的姐姐湖阳公主就在南阳的唐河，至今仍叫湖阳店。

刘秀是一个很顾乡情很重家乡实际发展的皇帝。他在制定国是时早已确定了“南都”这个概念，南阳和洛阳、西安并称为“三都”就是这个缘由。刘秀制定的国政里面有很重要的一条叫作“职以任能，功以赏爵”——跟他一处打天下的人，他不亏待，用“公侯伯子男”这类封爵，享受很高的待遇，但不再给他们地方行政职务。地方政务应该让那些没有战功，而行政能力很强的读书人来任职做事。这么一来，他们便没有事干了。

这些人通通到南阳去。集中在南阳管理。这么一做，可了不得。南阳在春秋时期，已是冶铁、制造业的工业重镇。东、西汉又经杜诗、召信臣这些能官干吏悉心打理，农田水利，垦耕桑麻，均在全国早已处于领先地位——这又来一群！

这群人有地位有面子有钱，而且有闲。这下子南阳成了全国瞩目的首富之地。“驱车策驽马，游戏宛与洛”，南阳的名声鹊然跃起，是比首都还要好的地儿了。南都，不是叫一叫就罢了，而是实实在在地摆在那里——文化休闲天下第一，生产进步，财政进步，天下第一！所以我认为南阳就是当时的上海，是在人们心目中可与首都并驾齐驱的地儿了。

现在的人有了钱买房子置产业。东汉时大批武将集中过来，他们有钱又没事儿，干什么？修墓。地上是宫殿，“王侯将相，第宅连云”，地下也是宫殿，是供这些贵族们死后享用的，要分外用心用意，要刻石注字铭记在墓——汉画也就应运而生。洛阳没有汉画馆，开封也没有，郑州就更不去说了（它当时真太小了），商丘也没有，唯独南阳有。除了我们馆藏的汉画，还有大量民藏的、未出土的石像，究竟有多少？品质如何？谁也说不准！

汉画馆就这样耸立在卧龙岗下。外头两个汉阙，大门内是“天禄辟邪”，向内便是一排排的画石。

画的什么东西？人物、故事、皿器、吉祥物、字画品类很多，还有大量的菱形方格和正方形格子、长方形格子，等等，等等。什么“二桃杀三士”，什么守阙石佣人物，什么主人生前生活取景，房舍库廪、皿器、各种华丽的墓道墓门、歌舞、射猎、车骑、狩猎、人兽相斗，品种繁杂。天风衣带，曲连流畅，人物形态，怪异奔放——这就是南阳汉画。

应该说山东还有汉画，河北也有，他们那里也在建汉画馆。我约看了看汉画的品类，总觉得有些不同，山东河北的汉画，规矩方正，格调严肃，规制整齐，不凌乱。南阳的汉画大约离着楚地较近，染上了楚风的缘由，大体显得自由奔放，线条流畅，人物歌舞间显得有些神秘的巫气。

我对汉画只是爱好而已，并无特殊的研读。它究竟有什么样的特征，还真是一下子难以说清。

就这样一个汉画馆，使这种几乎处于灭亡的文化品种又回到民众手中，成了我们研究历史发展社会进步的一方阶梯，汉画馆将是一种永恒的人文进步成果。

（选自 2018 年 5 月 2 日《解放军报》）

吴承恩“取经”

刘庆邦

我很小的时候，就听爷爷给我讲过孙悟空的故事，知道孙悟空能腾云驾雾，一个跟头就是十万八千里。当时我的想象能力还不健全，想象不出十万八千里究竟有多远，只知道远得很，不是常人所能及。我还听爷爷说过，孙悟空的本事大得很，什么妖魔鬼怪都会被他打败，什么艰难困苦他都能克服。出于对孙悟空的崇拜，我想我得向孙悟空学习，自己也变成孙悟空才好。有一次，我生病发高烧烧迷了，不顾二姐的阻拦，拼命向村外跑去。跑到村后，一条丈余宽的护村坑拦住了我的去路。我想我不就是孙悟空嘛，这小小河沟算得了什么。于是我纵身一跃，向对岸跳去。结果可想而知，我一下子坠入水中，并向水底沉去，只有帽子漂在水面。好在我会凫水，很快水淋淋地爬上了岸。秋水一激，我清醒了些，意识到自己还不是孙悟空，比孙悟空的能耐差得很远，恐怕十万八千里都不止。

我的意思是说，孙悟空的知名度是很高的，在全中国可以说是家喻户晓，妇孺皆知。人们只要知道猴子，就知道其中一个猴子姓孙，叫孙猴子，也叫孙悟空，孙行者，美猴王，齐天大圣等。不必隐瞒自己的无知，在上学之前，我只知道孙悟空，却不知道孙悟空是从哪里来的。直到上了中学，我才知道孙悟空是《西游记》里一个重要角色。除了孙悟空，我还知道了猪八戒、沙僧、唐僧、白龙马等，他们都是从《西游记》里“游”出来的。还有一个不应无的无知是，我虽然知道了孙悟空生于《西游记》，却很长时间不知道《西游记》的作者是谁。我们在青少年时期的阅读，大都存在这样一个问题，那就是往往只关注书中的人物，对塑造人物的作者却不大在意。对《西游记》也是如此，直到自己也开始学着写小说了，我才对《西游记》的作者重视起来，并记住了吴承恩的名字。

让我万万没有想到的是，有朝一日，我的名字竟和吴承恩的鼎鼎大名有了联系。那就是，一个叫刘庆邦的小子，所写的长篇小说《黑白男女》，竟有幸获得了首届以吴承恩命名的长篇小说奖。这如何是好，让人如何当得起，我只有诚惶诚恐的份儿。这表明，诞生于五百多年前的吴承恩，他的恩泽还在滋润惠及后来的写作者。由于这个奖项是由江苏省淮安区委区政府设立的，我才知道了吴承恩的家乡在淮安。知恩感恩，我产生了一个愿望，什么时候应该找个机会去一趟淮安，以拜谒吴承恩大师的故居，并了解一下《西游记》的创作历程。

2018 年初夏，在吴承恩长篇小说奖的学术支持单位《人民文学》杂志社的组织下，我真的如愿以偿，和好几位作家朋友一同去了历史名城淮安。在淮安的两三天时间里，一直下着小雨，凉爽宜人。走进吴承恩故居，我听讲解听得格外专注，看展品看得格外仔细。在吴承恩写《西游记》的桌案前，我看到了笔砚、笔筒，还似乎看到了吴承恩伏案写作的身影。吴承恩故居的院子里，有一眼吴家人曾经使用过的水井，井里水位很高，井水清澈。我尝着从水井里打上的一桶水。据介绍，吴承恩天资聪慧，勤学善思，多才多艺，极有学问。然而他却屡试不中。和他一起读蒙学的同窗好友沈坤都考中了状元，他仍然名落孙山。就是在这种情况下，吴承恩另辟蹊径，选择了创作《西游记》，这才有了伟大的《西游记》的传世。试想，如果吴承恩考中了状元、榜眼之类，一生在宦海沉浮，也许他早就“荒冢一堆草没了”，并不为人所知。而正是因为他倾毕生精力创作了《西游记》，才使坏事变成了好事。只要《西游记》活着，吴承恩就会活在读者的心中。

让我一听就感到吃惊并难忘的是，讲解员介绍说，一部《西游记》，吴承恩前前后后、断断续续写了三十年。三十年哪，一个人一辈子能有几个三十年呢！《红楼梦》是“十年辛苦不寻常”，《西游记》付出的是三十年辛苦，更是不寻常。联想起《西游记》所描绘的一系列故事，我恍然有悟，原来吴承恩写

《西游记》的过程，正是他不断克服障碍、不断战胜艰难险阻的过程啊！按吴承恩的构思，唐僧师徒在去西天取经的路上，刚刚战胜了一个妖怪，就又来了一个妖怪。而且妖怪一个比一个厉害，每个妖怪都惦记着吃唐僧的肉，都是不可战胜的样子。可不管遇到多么厉害的妖怪，不管遇到多么大的困难，吴承恩总是千方百计让唐僧师徒打败妖怪，战胜困难，取得胜利。我想，吴承恩写《西游记》的过程，与唐僧师徒去西天取经的过程，应有共同之处，也会遇到“白骨精”“火焰山”，也有困难重重、写不下去的时候。但吴承恩发扬唐僧的精神，坚守如唐僧一样的信念，硬是把《西游记》写了下去，并最终取得了成功。

我想，吴承恩在塑造唐僧这个人物的时候，他找到的是自己，找到自己的心灵与唐僧的联系。也就是说，他把自己的灵魂附在唐僧的身体上，唐僧的一切行动都是听他指挥，他让唐僧去哪里，唐僧就去哪里，他让唐僧怎么表现，唐僧就怎么表现。考证者认为，《西游记》中唐僧这个人物是有原型的，他就是唐代的著名高僧玄奘。佛祖释迦牟尼的诞生地在尼泊尔的蓝毗尼，2017 年夏天我和夫人去过蓝毗尼。据说玄奘到过蓝毗尼，我在蓝毗尼的中国馆门前也看到了玄奘背着行囊的雕像。我不知道玄奘去蓝毗尼走了多长时间，也不知道他到底取到经没有。但是我敢说，吴承恩却取到了“经”，他取的“经”就是《西游记》。

（选自 2018 年 9 月 13 日《北京日报》）

“居大不易”记

张君瑜

虽然自己一直在漂，但从没想过自己也会北漂，蹚社会潮流的浑水漂到了北京。

记得在武汉刚毕业的时候，和一个诗友合租在学校附近，后来一个成绩优秀的诗社学弟毕业，他离开校园时，“走投无路”的情况下，请个三轮车把大学四年的行李搬到我们住的地方“投奔”我俩。当时我还略带调侃地写了首诗送给他，颔联是“一车行李如南渡，满腹经纶未北漂”。来自北方的学弟笑道:“北漂不是那么容易的！”

在广州待了几年，但也换住处无数，习惯了流浪的我，终于追随流浪习惯的女友，于今年秋来到了她生活了五年多的北京。初来乍到，对我而言一切都是新的，除了女友，整个北京城再也没有一个旧相识。其实，喜欢文史的我，早就对北京有一种憧憬——这个元明清近千年来的帝都，随便一脚走在哪儿，都是一段历史故事。但深知北京的房价贵，自知斤两的我，是贸然不敢进京的。

初来之时，稳定之前，断然不敢去享受帝都的繁华，住宿问题急需解决。没有工作，靠手头那万把块钱的积蓄，随随便便就两手空空了。好在女友在京的朋友圈子多，她两年多没回北京，这次带了个男朋友一起回来，蹭吃蹭喝不仅解决我俩最开始的生活问题，也分别在两个朋友家落脚了。

马连道，一个之前从未听说过的地名，一个福建人占了一大半的地方，成了我来京之后的第一个“家”。女友的老乡一家在这儿做茶叶生意，我和他们一家以及两名员工住在了一起。离开校园三四年了，终于又找到了住上下铺的感觉。

出了湾子地铁站，沿着一条卖茶叶茶具的大街，骑上十几分钟的共享单车，拐个弯就到了。一座老小区里某单元某层，虽然不宽敞，但也不显得拥挤。不像广州的城中村，一座座规规矩矩、方方正正、密密麻麻、暗无天日的房间，永远不知道天晴和下雨，不知道日出与日落。这栋楼虽然老，但是给人一个可以透气的空间，打开窗户可以时不时地听到附近工地机器的隆隆声。

虽然来京了，但双方并没有想好是否在北京找工作。或许是过客，或许是归人。在经过大约一个月的观察后，选择了姑且做个归人，于是找房任务就来了。

女友的六年北京生活经验，让她比较容易权衡找房的优缺点了，拿个本子，记录找房的各种要求和条件：便宜，因为我们没钱，工作没稳定；离北大和国家图书馆方便，因为时不时地可以去北大听听讲座，参加活动，也要去国图“充电”；住宿不要太差，资金不足，尽量买锅碗瓢盆自己开火；租期不能太长，万一离未来上班地点远，可以脱身……选来选去，跟在她屁股后面东奔西跑，终于选定了天宫院——那个四号线地铁的终点站，在北京地图上找不到标志的地方，几近河北。

新小区，一个北大校友租住后剩下 4 个月到期，房租每月 990，厨卫整洁。不到 9 平米的房间，麻雀虽小，五脏俱全。窗外树木林立，虽是秋季，但不失生机。一次性付了 4000 元成交，然后剩余的钱赶紧买锅碗瓢盆，买米买菜，充足交通卡和电话费——仿佛真的从漂泊变成了定居，天宫院真的成了我俩的天宫。

住在了天宫院，找到了家的感觉。流浪了大半年，曾经的行李零零散散到处寄存。安顿下来后，赶紧告知各地的朋友，然后齐刷刷地收各地寄来的包裹。买书架、买台灯、买海报、买茶具……小房间顿时塞得满满当当。幸好有个几十平方米的大厅，作为公共空间给我们几家租户堆放各种杂物。

或许是知道工作不会离天宫院太近吧，入住之初，双方并没有多大找好工作的压力，有了一个温暖的小窝，就应该安顿一下流浪的心。曾经以为我们会一直流浪下去的朋友听闻我们租了房子，颇感惊讶。为了证明我们确实“定居”

了，女友张罗了几次朋友来天宫院聚餐，做菜本身就是我的强项，于是给了我显摆厨艺的机会。

一两个月的“乐不思蜀”，终究得努力找工作，女友的工作比我先稳定，可是她工作单位在人民大学附近，虽是 4 号线，但每天来回得花 3 个小时。每天晚上七八点下班，站二十几站地铁回来，显然不方便，又重新找房。

最后通过她公司内部交流群，在一个同事手上续租下了双榆树东里的一个单间。住宿环境远远不及天宫院，价格却接近三倍，好在离她上班近，离地铁和公交站也都不远，于是就这么定了。这次租房，更加受到朋友的惊叹：“要么就漂泊，要么就一下子租两个房子。”或许这种事，也只有我们这种习惯漂泊，不按常理出牌的人能做出来吧。

今天虽然看似在双榆树定下来了，可心仿佛还在漂，天宫院的房子也就剩下两个月到期，行李也只是简单地收拾了一部分到双榆树。由于双榆树没有做饭场所，趁天宫院房子到期之前，每到周末我们还是会回去，享受自己下厨的乐趣。

唐朝诗人白居易初到长安之时，带着自己的诗作去拜谒文坛领袖顾况，顾况看到白居易的名字说了句：“长安米贵，居大不易。”待读到白的“离离原上草，一岁一枯荣”时，顿时感叹道：“有句如此，居天下有甚难！老夫前言戏之尔。”想想自己无白居易之才，却有白居易居长安之心，颇觉好笑。

或许明天，又是一眼不顺，重新漂泊吧……

（选自 2018 年第 4 期《北京文学》）

冷香飞上诗句

刘　墉

夕阳斜，晚风飘，大家来唱采莲谣。

红花艳，白花娇，扑面清香暑气消。

你划桨，我撑篙，欸乃一声过小桥。

船行快，歌声高，采得莲花乐陶陶。

从小跟着大人一起唱《采莲谣》，但是没什么感动。直到在儿童杂志上看到一个采莲的插图之后，再唱《采连谣》感觉就大不同了。

那书上画了好多小女孩，坐在木头澡盆里，用手划水，进入荷花丛中。

每天我都在里面洗澡的木盆，原来也可以当船啊！

坐在澡盆里以手作桨，划水前进，既是划船也是戏水，多好玩哪！

还有，一根根长茎，撑起上面大大的荷叶和荷花，那些小孩根本就是溜进荷花树林里，不像玩躲猫猫吗？

我最爱想象躲在荷叶下的感觉了，阳光从上面射下来，荷叶像一把把绿色的大伞，躲在下面很有安全感。至于细细的荷茎则像丛林，要用手拨开才能前进，又有探险的刺激。

小孩都希望有自己的密室，所以喜欢阁楼和“树屋”，甚至只是把纸盒堆得高高的，藏在后面，说那是他的家。

这荷花塘不就是藏身的好地方吗？何况是划着木头澡盆溜进去，太刺激了！

一直到成年我都用童年的眼睛看荷花，别人看上面的荷花、莲蓬，我看下面神秘的水面与荷叶。

荷塘常浮着许多萍藻，有些很小很小，如同香菜，铺满整个水面。在荷叶的浓荫里，萍藻是翠绿的，会不会有粗心的人，以为那是绿草地而一脚踩上去跌入荷塘？我也羡慕蜻蜓，能够站在萍藻上，既安全又惬意。更美的是当荷花瓣飘落，翠绿为底，粉红或纯白的花瓣像弯弯的小船停泊，我曾拍过一张这样的照片，作为散文集的封面，引来不少赞美。

起风的日子，荷花另有一种美，荷叶正面是深绿色，背面是浅绿色，因为被风掀起，俯仰翻转、深浅交织！而且聚生的荷叶，因为彼此扶持，在风里不易倾倒，边缘散生的就摇摆得厉害了。尤其是初秋时节，荷花零零落落，莲蓬倔强地立在其间，许多荷叶已经由黄转褐，却有些迟生的叶子刚刚钻出水面。这热闹与孤独、新生与老去、完美与残破，呈现了荷花世界的岁月兴衰。

留得残荷听雨声！

雨中的荷花就像雨中的芭蕉，随着叶片的高低大小，产生抑扬顿挫的音效。雨水落在荷叶上，立刻变成银色的水珠自由滚动，先聚集在荷叶中心比较凹下的地方，愈聚愈多，愈来愈重，荷叶撑不住，终于向一边倾泻而下。然后那叶子又昂首弹起，恢复原先挺立的样子。所以雨中的荷叶就算无风，也会不停抖动。我曾见过一只小麻雀，在荷叶下躲雨，低头若有所思。心想它是窃喜找到遮雨的好地方，还是无可奈何，只得倾听上面滴滴答答的雨声。

无论生长在哪里，荷花都是要冬眠的。所有的繁华丰盛都过去，大大的叶片全不见了，水面只剩干枯的荷茎和立着的莲蓬。荷茎是坚持的，它们不委屈，只折断，一根根像是“折钗股”，断向水面。黑黑的，让人忘了它们的存在。这时候如果来一场雪，它们就会突出了。

记得有一年到杭州断桥赏雪，桥面落雪之后在深黑的水上变成白白一线，桥边柳树和亭台也因为落雪而清晰。还有，就是岸边的残荷，一根根黑黑的荷茎，都被白雪覆盖成“飞白”的笔触。

好多人把握这难得的机会，拍摄断桥残雪的美景，我却站在水边，久久，欣赏雪中的枯枝残荷，想盛夏时节，曾是怎样的繁华。

不知为什么浮起李易安的句子：

常记溪亭日暮，沉醉不知归路。

兴尽晚回舟，误入藕花深处。

争渡，争渡，惊起一滩鸥鹭。

这会不会是李清照晚年看残荷的感慨？遥想她年少轻狂时，因为醉酒忘记回家的路，结果把船划进荷花丛中，只见上下左右一片青盖亭亭。

少女急了：“怎么渡？怎么渡？”

突然啪啪啪啪！惊飞了一群原本停在沙滩上的鸥鸟和鹭鸶。

（选自 2018 年 3 月 1 日《南方周末》）

吃苦的教育

蒋子龙

暑期中，各式各样对孩子进行“吃苦教育”的夏令营、培训班甚为活跃，收费还挺贵。家长们却兴致勃勃地花钱让宝贝们去“吃苦”。原因是，当下世间有一股风，觉得中国的孩子太娇宠，喜欢拿日本、美国的孩子说事，三四岁就要整理自己的房间，五六岁帮着做家务，七八岁能干些粗活、重活，十几岁可出去打工了……越比较越觉得，中国孩子将来恐怕“只配给外国孩子打工了”。

不知这些娇嫩的中国孩子，包括占一大半的农村孩子吗？谁敢说，他们太过娇宠了？主流媒体曾多次报道过，农村有些六七岁或十来岁的孩子，不仅担起了全部家务，还要下地干活，照顾生病的爷爷奶奶。然而让他们感到最苦的却不是这些繁重的劳动，而是不能上学读书。即便有些孩子随着打工的父母来到城市，也难以享受到跟城里孩子相同的读书条件……如果像教育专家们说的“温室效应”将毁灭中国孩子，那么，这些更庞大的“穷苦效应”，能成就广大的农村孩子吗？

即便是中国城里的孩子，或许不整理房间、不做家务，却未必就不苦，比如学业负担重、精神压力大等，这是一种什么样的苦呢？长期如此，造成他们精神及情感上的污染和扭曲，许多孩子成了“小人精”，大道理背得比当家长的还熟，你说上句他就能接下句，一句“宝剑锋从磨砺出”还没等你说完，他能张口就接上“梅花香自苦寒来”；你刚想说“天将降大任……”，他就滚瓜溜熟地背出：“苦其心志，劳其筋骨，饿其体肤，空乏其身……”

有人特别喜欢拿外国孩子做楷模，说美国家长为了锻炼孩子的生存能力，将几个七八岁的孩子扔进原始森林，不许带干粮和水，要他们独立生活一周，孩子们饿得受不了就抓耗子吃。不知说这话的专家们，是否进过原始森林呢？中国的原始森林在哪里，如何能带孩子轻松进入？我敢提这个问题，是因为我曾长途跋涉、颇费周折地进过原始森林，进去不一会儿，就不辨东南西北，身上被无名毒虫咬了许多疙瘩……

在原始森林里，最大的问题不是没有食物，而是怎么不成为毒蛇野兽的食物，或如何避免走不出来被困死在里边。不要说是七八岁的孩子，即便是成年人，如果没有接受过野外生存训练，在原始森林里想挨过一周也是不可想象的。中国的孩子，别说扔到野外一周不管，就是成天在眼皮底下看着，稍不留神，还怕跑丢了呢。

宁夏有两位家长，信奉教育专家的建议，在假期将两个十岁左右的孩子赶出家门，不给钱，不给食物，让他们自谋生路，体验生活。两个孩子在银川市的街头流浪，饿坏了就坐在路边一边哭，一边乞讨，他俩蓬头垢面，满腹怨气。他们心里很清楚，这不是真苦，是“装苦”，是“假苦”，是一种“变态的苦”，是家长心血来潮，拿他们做实验。

吃苦，是人生正常的成长过程，是一种自然的经历，是生活的必修课，世上一辈子没吃过苦的人少之又少。古谚说：“只有享不了的福，没有吃不了的苦。”苦难临头，吃也得吃，不吃也得吃，到那时，谁还能说吃不了苦啊。但是，也不是绝对的，历代天灾人祸所造成的大苦难，受害者也并非都是不能吃苦的。而且，吃的苦多，与将来是否优秀乃至能否出人头地，也不一定就成正比。吃得“苦中苦”，未必就一定成为“人上人”。

吃苦不是目的，人类的全部努力就是为了不吃苦或少吃苦。有时，不得不吃苦，或为了不吃大苦而不得不提前“自找苦吃”，都是为了培养品性、锤炼意志。意志是人的主宰，意志的磨炼能弥补天分的不足，改掉不良习惯。“吃苦教育”，不是吃苦表演，更不是成年人追慕好逸恶劳，却要教育孩子吃苦。被一些人推崇的西方“吃苦教育”，对西方的孩子来说是正常的课程，是自然而必需的，有时，甚至是快乐的。为什么这一套搬到中国就显得不自然呢？当下，大多中国父母，无论如何也要让孩子混个文凭，“流行文化”就是追星、羡慕成功者、做梦都想做老板……只有极少数的家长下得了狠心，成了“狼爸”“虎妈”，要把自己的孩子从不良的风气中剥离出来，不让他们受到坏风气的熏染。

“狼爸”“虎妈”毕竟是少数，对他们的做法，也存在着不少争议。但大多数家长可以做到的是，跟孩子不说假话，与孩子一起正视现实。若无力改变大环境，就改变自己的小环境，要求孩子做的自己先要做到。

古人说：正人先正己，正己正人，方可渐渐正世风。教育孩子，必须跟改变自己和生存环境结合起来。志士苦其心，让孩子看到你的苦心、你的努力，并为之钦服和感动，然后，才谈得上教育，教育也才会有良好的效果。

（选自 2018 年 8 月 31 日《今晚报》）

意面中的乡愁［外一篇］

郁喆隽

前一段时间迷上了国外的美食节目，在网上找到了《贪嘴意大利》（*Two Greedy Italians*）来看：两个意大利大叔，回到自己的故乡，一路走，一路吃。年纪较长的一位叫安东尼奥，有意大利餐饮界“教父”之称。他一九三七年出生于意大利西南部，后来举家搬去了北部。另一位叫杰纳洛，出生于一九四九年，来自意大利南部海岸。两人的人生轨迹相似，都在很年轻时去了英国，并在那里成为知名的大厨和成功的餐厅管理者。

两位老饕带路，自然可以酒足饭饱——手擀螺蛳面、青酱细意面、海鲜炖饭、杂鱼汤、柠檬派、红酒炖牛肉、羊奶干酪、油炸比萨、鲔鱼小牛肉、香橙米蛋糕、杏仁巧克力布丁……隔着屏幕都可以流一地的口水。我看到的是寻味意大利，而他们两个则是在寻找儿时的故乡。

饱腹之后，开始思考。安东尼奥道出了美食背后的一种奇特文化现象：意大利语中有一个词，叫campanilismo，可以翻译为本土主义或者本位主义。这个词语来自“钟楼”（campanile）。几乎每一个欧洲中世纪的城镇中央都有一个高高的钟楼。所以，人们就开始攀比哪一个钟楼更高。据说，这种“攀比”起源于那不勒斯腹地的两个小城。后来逐渐扩展到了自己家乡的一切——赛马、道德、食物、美女、足球、建筑……以至于后来成为一种对故乡的极度迷恋和近乎信仰的“自信”：咱镇上的都是最好的。甚至连大同小异的意大利面，都是自家的最好。相邻城镇的人遇到一起，就时不时想通过贬低对方来抬高自己，甚至会为此大打出手。所以，也有人建议把这个词翻译为狭隘主义。

可能只有离开足够长的时间，看过了世界之后，才会超脱地回过来看“我们”。好在意面多吃几口，也无伤大雅。不过，这不免让我想起电影《杰出公民》中的情节：功成名就的作家丹尼尔，在离开四十年之后，回到了自己在阿根廷的故乡小镇萨拉斯。他待了几天之后惊讶地发现，小镇上居然“一切都没有变”：人们还是那么得寸进尺、势利、狭隘、长舌……丹尼尔最终不得不对他的老乡说：“我们没有任何共同点，我们只是凑巧都生在这里。”“乡愁”与“乡怨”本是同根。

或许有时候不得不承认这一点：“认识自己故乡的方法是离开它；寻找到故乡的办法，是到自己心中去找它，到自己的头脑中、自己的记忆中、自己的精神中，以及到一个异乡去找它。”（托马斯·沃尔夫《你不能再回家》，1940 年）

（选自 2018 年第 4 期《书城》）

只知其一，一无所知

今年学院毕业典礼上，有一位来自冰岛的留学生代表巴度发言。他用流利的汉语说：冰岛语中的“哲学”一词，和大多数的欧洲语言不同，并不是来自古希腊语的“爱智慧”（philia-sophia），而是 heimspeki，意思是“世界智慧”。他说，一个人如果不离开自己的家，去了解世界，其实连自己家都是不认识的。所以，两年前他做出了一个重要的决定，不远万里来到上海开始学习中国哲学。

举行毕业典礼的时候，恰逢俄罗斯世界杯。不少球迷都在感叹，冰岛人口只有区区三十万，不及我们一个镇多，居然成功打进三十二强。说实话，很多人在世界地图面前，不一定能指出冰岛在哪里。虽是小国寡民，冰岛却有这样心怀天下的青年，事情已然不简单。

巴度的话不禁让我想起，德国文豪歌德曾经说过：“不懂外语者，亦不通母语。”（Wer fremde Sprachen nicht kennt，weinichts von seiner eigenen. Maximen und Reflexionen；II.；Nr. 23，91）后来宗教学的奠基者马克斯·缪

勒把这句话改写为：“只知其一，一无所知。”（He who knows one, knows none）缪勒是一位德裔的语文学家，专门研究印度吠陀。这句话是他一八七〇年在伦敦的“宗教学导论”讲演中说的。当时台下坐的都是英国乃至欧洲的一流学者。十九世纪后半叶的欧洲恰好处在一个文明的巅峰，她凭借着自己的科技、经济和制度力量而称霸全球。但正是在这个时候，缪勒说出了这句振聋发聩的话。他告诫傲慢的欧洲人：如果你只知道自己的文化，而不去了解地球上其他民族的文化，你是根本不懂文化的。

有底气才会开放和包容。真自信和假自信也是一目了然。“自我”不是关起门来，坐在家里，翻翻故纸堆就可以成立的，而是在和“他者”的不断照面、对观、交往甚至摩擦中逐渐明晰起来的。

最近发现，有不少年轻人不大愿意出国久待，理由是国外没什么好看的，还是家里舒服。很多人出国旅游后又说，某发达国家的公路不如家里的平整宽敞，某国首都的国会大厦好寒碜，不及咱家县政府大楼云云。很多人还以为“老佛爷”就是欧洲，时代广场上的广告屏就是美国，到各地买买买就拥有了全世界……

记得中学历史教科书里把魏源称为“睁眼看世界”第一人。我们睁眼看世界看了一百多年，可是“世界”依然支离破碎、朦朦胧胧。眼里有翳，心中有梗，你能体悟的“世界”也就是自己的眼中翳和心中梗而已。不如学巴度，爽爽快快去世界走一遭。

（选自 2018 年第 8 期《书城》）

月明当空

葛水平

年怕中秋月怕半。中秋节一过，年就近了。

一

一年的时光走得总是很快，伴随着岁月的增长，人们心中的渴望不断地向外扩张去，而就生命来说，人生的风景却在这种扩张中相对地萎缩、收敛。

中秋节，又称月夕、秋节、仲秋节、八月节、八月会、追月节、玩月节、拜月节、女儿节或团圆节，时在农历八月十五，因其恰值三秋之半，故名，也有些地方将中秋节定在八月十六。

中秋一词，最早见于《周礼》。《礼记·月令》上说："仲秋之月养衰老，行糜粥饮食。"

一说它起源于古代帝王的祭祀活动。《礼记》上记载："天子春朝日，秋夕月。"夕月就是祭月亮，说明早在春秋时代，帝王就已开始祭月、拜月了。后来贵族官吏和文人学士也相继仿效，逐步传到民间。

二是中秋节的起源和农业生产有关。

秋天是收获的季节。"秋"字的解释是："庄稼成熟曰秋。"八月中秋，农作物和各种果品陆续成熟，农民为了庆祝丰收，表达喜悦的心情，就以"中秋"这天作为节日。"中秋"就是秋天中间的意思，农历的八月是秋季中间的一个月，十五日又是这个月中间的一天，所以中秋节可能是古人"秋报"遗传下来的习俗。

“中秋”就是秋天中间的意思。多好，像锄头入了土里。

二

乡下的中秋节是一个很隆重的节日，走外人，或者在城市里参加工作家在乡下的人，八月十五这一天总要提二斤月饼赶回家团圆。在他们还没有到家之前，其实家里人已经把月饼打下了。

童年时常常在中秋节到来时唱一首歌：

八月十五月儿明呀
爷爷为我打月饼呀
月饼圆圆甜又香啊
一块月饼一片情啊
爷爷是个老红军哪
爷爷待我亲又亲哪
我为爷爷唱歌谣啊
献给爷爷一片心哪

乡村的孩子正是换牙的年龄，从村口那棵很老的老槐树下走过，声音听起来有点跑风漏气，可谁会认真听他们唱呢。正是秋忙时节，劳力都下地了，秋天的庄稼到了季节的末尾，老天开眼啥都好，就怕老天闭眼来一场秋雨，庄稼就要烂地里了。

女人们在家忙着打月饼，还没有祭拜了月神，娃娃们馋嘴猫似的，闻着香就来了。

一群娃娃围着打月饼的炉子，脸蛋被炉火烤得通红，大人们不让吃月饼，案板上掉着的芝麻粒，看见了，小手伸过去摁一下迅速连指头伸进嘴里。

一粒芝麻在牙齿间咀嚼，没有吃到的偶尔被女人们赏一粒芝麻，兴奋得越发起劲唱。一只猫卧在门墩上，不时地偷看一眼，但它没有动，它是一只吃老鼠的猫。

院子里有一棵枣树，小鸟排队似的一拨飞走一拨来，被鸟蹬落的枣子红红地落了一地，娃娃们也不捡，能落在地上的枣子都是虫子钻进枣心里了，咬一嘴，尽是虫子的屎。

月饼馅儿真是香啊。

排队等着烤月饼的女人们，还没有做好馅儿的，借了主家的火和铁锅倒入自己的白芝麻，铁铲子搅拌翻炒的刹那间，猫也闻见了香，猫叫着绕着女人腿转两圈，好没有意思地走开了。白芝麻在锅里飞溅，由白变成淡黄色，炒好的白芝麻放在盘中冷却至凉。核桃仁、花生仁也放在铁锅中，用铲子不停翻炒，使其出香味。炒好的核桃仁、花生仁也放在案板上，用刀切成碎小的颗粒，放入一半白芝麻、一半核桃和花生仁，铁锅不闲着，用油炒面粉，放了糖炒，粉料充分吸收油脂，变得湿润了就开始拌馅儿了。

打出的月饼放在簸箩里，女人们端着打好的月饼离开时，嘴扯了老大笑说："用么，还用么？不用我拿走啦。"

她是说自己的月饼模子呢。

好月饼模子堪称民间工艺品呢。月饼有文字可考的时间在北宋，苏东坡诗中有"小饼如嚼月，中有饴和酥"。

如是说，月饼模子的历史似乎也应追溯到宋代。但流传至今的月饼模子，较为常见的是明清时代的产物，这可能与其材质的耐久性有一定关系。

民间的月饼模子多为木质，且多为杜梨木所制。

杜梨木又叫"杜木"，木质细腻无华，横竖纹理差别不大，适于雕刻，除用于制作月饼模子外，更广泛用于雕刻家具和印章。

"福""德"是出现在月饼模子上较多的文字，缠枝花、桃子、蝙蝠等则是图案的主角……月饼从模子里“打”出来后，图案十分雅致，火一烤，那图案就模糊了。

山腰上的班车响着喇叭，村子里的人就知道走外的人回来了。那时候大多提着的是五仁馅月饼，公家人做的月饼硬邦邦的，石头蛋子似的。

中秋的主题总离不开月亮，月明是共同的牵挂，是来年的风调雨顺。祭月从晚饭后开始，院子当中，方桌子上摆放着月饼、水果。那月儿在云彩下藏着，慢慢就露出脸儿了，噢，亮汪汪的大地上，秋虫子起了。

不知是谁家的婆姨高声驱赶着滞留在草丛中的鸡群，娃娃们开始踩月光，那是记忆中最快乐最勇敢的行为。踩月光也是踩影子，谁都怕踩着自己的影子。大人说：踩着影子，人就不长个儿了。

听说福州的八月十五也有捉月光的习俗，还有一首民歌：“月光光，照池塘。骑竹马，过洪塘。洪塘水深不得过，娘子撑船来郎接。问郎长，问郎短，此去何时返……”

这首据说是唐代观察使常兖所作的童谣《月光光》，在福州传唱千年，说的正是福州八月中秋守月华的独特习俗。

何为“月华”，明代笔记《五杂组》记录：“人言八月望有月华，或言夜半，或言微雨后，或言不必八月，凡秋夜之望俱有之。或言其五彩鲜明，旁照数十丈，如金线者百余道；或言但红云围绕之而已。”

传说他们将“月华”藏到米缸里，大米会吃不完，藏到衣柜中，以后会有许多新衣服穿。想想孩子们争相捧起月光，合拢双手来来回回捉月华的样子，就觉得日子真是美好。

三

祭月结束，开始吃月饼了，一个月饼用刀对切成四块，一人一牙儿，酥酥的外壳，一窝馅儿，生怕掉在地上，吃时仰着脖子，有时候吃急了不小心呛了喉咙，吃进去的月饼一下就喷了出来，大人看见了伸手打过来，总归还是心疼，又递过一牙儿月饼。

月明下的河水闪耀着光点，虫声铺满了河沟，偶尔有夜蝙蝠飞过，会发出轻轻的呼哨声。月夜里的话拉得很长，听不懂话的娃娃们就着月光开始新一轮的打逗，不知哪个摔了一跤，旺盛的生命力很快就淹没了那疼痛的喘息声。

大地和天空为人间准备了许许多多礼品，月光、山影、歌声，中秋的夜总是充满了莫名其妙的兴奋。

前一段时间去云南，发现少数民族也过中秋节。彝族也有阿细跳月的习俗。“活着不跳月，白在世上活。”

彝族是一个活泼的民族，大三弦一响，脚底板就痒了。都说彝族人会说话就会唱歌，能走路就会跳舞，每逢节庆，彝族人更是喜欢围着篝火载歌载舞，中秋月圆之夜，当然也少不了阿细跳月。

中秋本算不上彝族的传统节日，但由于与汉族的长期共同生活，如今包括彝族在内的不少少数民族都会欢庆中秋。

阿细人是彝族的一个支系，阿细跳月的来历有不同的传说，但都与火有关，和生产生活相联系。传说很早以前，阿细人赤脚上山灭火，在火灰尚未熄灭的地里，脚被烫疼了就交替抬脚跳两下，逐步演变成了舞蹈的基本步伐。

中秋赏月的风俗在唐代十分流行，许多诗人的名篇中都有咏月的诗句。到宋代，中秋赏月之风更盛，每逢这一日，“贵家结饰台榭，民间争占酒楼玩月”。明清宫廷和民间的拜月赏月活动更具规模，中国各地至今遗存着许多拜月坛、拜月亭、望月楼等古迹。

文人士大夫对赏月更是情有独钟，他们或登楼揽月或泛舟邀月，饮酒赋诗，留下不少脍炙人口的诗句。如杜甫《八月十五夜月》用象征团圆的十五明月反衬自己漂泊异乡的羁旅愁思。宋人苏轼，中秋欢饮达旦，大醉而作《水调歌头》，借月之圆缺喻人之离合。

今天，中秋捉月华的习俗，已远没有旧时盛行。但设宴赏月仍还在，人们把酒问月，和家人“千里共婵娟”。当然，大家不是守着月明，而是守着电视。

我还是喜欢回老家过中秋，有草木的气息，朴实里有几分认真和放下。风和树叶的交谈，月光和涧水的交谈，万物都在各自说话，生活中无尽的痛苦、悲伤和明天一早的农事比，一切就淡了。

中秋望月，愿获得力和生命的鼓励。

（选自2018年9月21日《文艺报》）

丢失的身份

王威廉

恐怕没有几个人意识到，与身份证匹配次数最多的一个词语竟然是“丢失”。每次在使用身份证过后，总有好心人提醒你：拿好你的身份证啊，小心别丢了。而丢失身份证的故事更是时常萦绕耳边。某某朋友把身份证丢啦，你打电话过去安慰，朋友的愤激诉说让你觉得他已经掉进了悲惨世界。你的安慰反而在激发着他的愤激，他说：我宁愿再多丢几百块钱也不愿意丢掉身份证！这么一场对话在你的心里就会种下恐怖的种子：

丢什么都好，就是不要丢掉身份证！

我有段时间就把身份证放在钱包里和一些乱七八糟的卡放在一起，我为了生活的方便，因为你根本不知道什么时候就需要身份证了，没有身份证，你将无法向别人说明你是谁。你所说的话没有身份证的确认只是小丑的谎言。你说得越多，辩解得越急切，身份证的意义就越突出，这个时候，身份证简直如同救世主一般了。我把身份证放在钱包里，就是想在这种突然出现的情况下能够获得有力的突围。但是热情的朋友是不会答应我这么做的。“因为这样太容易丢失了！你怎么能把身份证和公车卡、打折卡什么的放在一起呢？”我有些支吾了，我说：“都是一样大小的卡片，放在一起好保管。”这样的回答只会让朋友更加生气。“这怎么能一样呢?！”

都是一样的卡片，却也是等级化的管制呢。不得已，我只好把身份证放在抽屉里，还上了锁，以防某只突然出现的老鼠叼走了它。

不过事情变得更加复杂。身份证是安全了，可我的心却悬了起来，我预感到那种难以辩解的困境迟早就会与我遭遇。果然有一次，我和几位朋友正好路过一家博物馆，便想进去看看，但是人家问我们要身份证，他们说：“现在博物馆虽然免费了，但是却一定需要参观者出示身份证。”我和另一个没带身份证的朋友便被阻隔在了外边，这时我懊悔了起来，一个封存起来的身份证和丢失了的身份证似乎没什么区别。但我没有放弃对面前困境的反抗，我开始和博物馆门口的工作人员聊天，希望用花言巧语来软化他们的清规戒律。他们的态度有所软化，但是身体的姿势却依然牢固，我突然想起钱包里其他的卡片，便掏出自己的名片递了过去。对方拿着我的名片端详了好久，突然笑了起来，笑得很复杂，难以揣测，笑完后他竟然放我们进去了，不过他要求我们交一定数额的保证金。因为不是很贵，我们便也妥协了，顺利地克服了身份证缺席的困境。

这件事情的教训是深刻的。即使有时候没有身份证也能办成一些事情，但是你必须付出额外的代价。一个人的一生假如有了太多额外的代价，那便成了生命中难以承受之重。生活将变成生铁的枷锁，让你主动伸出脖子，并自己戴好它。这是一个无底的陷阱。

我在夜深人静的时候，仔细端详着身份证，这个小卡片并不比其他的卡片更漂亮，相反，那种凸面镜下照出的人脸有着古怪的神情，仿佛是在劫难逃的囚犯。这也的确诠释了身份证的固有含义。

我的身份证至今未曾丢失，我为此庆幸不已也为此小心翼翼，我觉得最好的办法便是在一个星期的时间内，奇数的日子带着身份证，而偶数的日子锁好身份证，这样便能把风险降低到原来的二分之一。若是这样都不能避免一些困境，那么这就是无法回避的命运了，必须像个有尊严的人那样去面对它。当然，如果发挥我们的想象力，我们可以预计在不久的未来，身份证肯定会死亡，但它的幽灵会永生，它会变成电子芯片之类的东西，在你刚刚来到这个世界的瞬间就已经植入了你的身体内部。

这样一来，身份证便永远和“丢失”脱离了关系，但不得不实话实说：没有比那更恐怖的事情了。

（选自2017年第10期《广西文学》）

生死朗读

曾晓文

观看电影《为爱朗读》(*The Reader*)的过程，是经历一次激情、一场庭审、一桩隐秘，随后是漫长的囚禁和对灵魂无休无止的拷问。时而泪流满面，时而屏住呼吸……直至电影结束时，心缩成很小的一团，全身的肌肉似乎都绷紧了。很想诉说些什么，祈祷些什么……但此时无声胜有声。

1958年的夏季，十五岁的德国少年迈克尔热恋上三十六岁的汉娜，与她沉醉于鱼水之欢，并时常为她朗读文学作品。这段恋情随着汉娜的不辞而别而告终。八年后，迈克尔已成为法学院高才生，作为实习生去旁听一次对纳粹战犯的审判。他做梦也没有想到，坐在被告席上的，竟是汉娜！原来汉娜曾在纳粹集中营当过女看守。当她受命拣选女囚犯，把她们送到奥斯威辛集中营去受死时，她没有怀疑过这个命令的合理性；当关押数百犹太人的教堂起火时，她只想“维持秩序”，而没有开门救命。她认为自己履行了看守职责，并没有犯下罪恶。案件的关键落到一份谎话连篇的教堂起火事件的报告，其他战犯合伙做假供，指其为汉娜所写，对此她竟供认不讳。迈克尔却意外发现汉娜是一个文盲，是出庭作证还是保持沉默？他最终痛苦地选择了沉默。

为掩藏一个秘密，一个人会出走多远？迈克尔的秘密是他与汉娜的恋情，而汉娜的秘密是她不会阅读和书写。汉娜付出了终生被监禁的代价；而迈克尔，多年来陷于自我惩罚的精神囚笼……

电影通常探讨愤怒、幸福、喜悦或者复仇等，但《为爱朗读》却重在反思罪恶和羞耻。

在女主角汉娜进入监狱后，迈克尔由于对她不能忘怀，便录下自己朗读的文学作品，比如《奥德赛》《带巴儿狗的女人》，然后把录音机和磁带寄给她。汉娜通过这些录音带自学了阅读和写字。文学，竟然如此戏剧性地与罪恶相遇。

汉娜和迈克尔的一生都被羞耻心折磨着。汉娜举止利落、外表刚强，内心却因自己是文盲而羞耻，不敢面对真实的自我；迈克尔羞耻于与汉娜的恋情，尽管汉娜深深地影响了他的情爱生活。她被减刑即将释放时，终于在狱中见到了暌违了二十多年的迈克尔，她明显感觉到了他的局促和淡漠。如果连迈克尔都不能热情接受她，社会能向她张开怀抱吗？她似乎没有忏悔，因为忏悔已经没有意义，逝者已矣。她最终在监狱里悬梁自尽，但留下遗嘱，请迈克尔将她的积蓄转交给教堂起火事件受害人的后代。迈克尔最终走出了隐秘的精神监牢，向自己的女儿吐露心事。

汉娜是一个文盲，相信一个政党编出的神话。但时至今日，还有多少政治、道德的文盲，仍然无意识地制造着残杀无辜的悲剧？

《为爱朗读》中没有战争的血腥场面，没有展示惨无人道的罪行，却探讨了屠杀与人性，把战争带给普通人的创伤，甚至下一代人的创伤表现了出来。这部电影是德国民族心灵的忏悔，是对历史充满赎罪与羞耻之情的“生死朗读”。

电影《为爱朗读》是根据同名小说改编，小说作者哈德·施林克以这部半自传式的小说向世界敞开心扉，表现对战争与人性、罪与罚的思考。小说在1995年出版后，已被翻译成了至少四十种语言，成为德国第一部占据《纽约时报》畅销小说榜首位置的作品。

导演史蒂芬·戴德利惊叹小说作者的独特视角。作者关注战争中一些普通人的所作所为，以及战争对他们所带来的影响。并不是每个人生下来就注定是刽子手，更多的人会像汉娜这样，不自觉地参与到一个罪恶当中，并且最终自己也付出了惨痛的代价。因此即使反映二战题材的电影已有了影响广泛的《辛德勒的名单》和《赎罪》等，《为爱朗读》仍撼动人心，意义深远。

扮演成年迈克尔的是曾主演过《英伦情人》的雷夫·范恩斯，以内敛细腻的表演给观众留下难忘印象。汉娜的扮演者凯特·温丝蕾是新一代演技派女星的代表。她的演技洗练纯熟，善意眼神和面部表情表现人物内心的细微变化。在片中，每当汉娜有可能被拆穿是文盲时，她的眼中总在短暂的一瞬流露出慌张、躲避、卑微。汉娜于三十六岁那年和迈克尔出游，在教堂听童声圣歌时热泪盈眶的片段，堪称经典；她在监狱里听录音带，脸上麻木、沉重的神情悄然转为会心的微笑……凯特因这个角色获得包括奥斯卡金像奖、金球奖等多种奖项，可谓实至名归。

（选自花城出版社 2017 年 11 月《属树叶的女子》）

箱　子

毛　利

每次出门，我都会带上那只二十六寸的蓝色旅行箱。

有时候是空的，只需要去两三天的行程，也煞有其事带这么一个大箱子，有时候是爆满，出趟国忍不住买一堆打折商品回来。

箱子是一个人的旅行生态。近年来我的旅行生态基本往矫情的路上走。箱子里开始固定有睡衣，长袖长裤款，因为很多酒店空调太冷；有耳塞，住小旅馆隔音不好；有一个薄枕头，配一只真丝枕套。里面更有很多陈年旧物，不知道过期没，放了一两年的维 B，在纽约 museum of sex 买到印有特朗普头像的安全套，心想总有紧急情况可以用吧？还真是一次机会都没有。箱子底部到处散落着小包纸巾，袋泡茶包，用到快见底的口红，各种护肤品小样，我以为总有一天会用上，其实全无机会的废品集合。因为每到新的地方，人会以难以想象的速度，全身心拥抱新生活，旧东西根本懒得看一眼。

除了去南京。

哎，南京。

在日本的时候，每次看到箱子里这么多东西，都有点崩溃，不该带这么多，都怪上次去完南京，还没来得及收拾，就拖着箱子来了这个什么都有、什么都方便的地方，箱子里所有的东西都多余，又是自驾行程，每天拖着一只大而沉又无用的箱子搬上搬下，很想打自己一顿。

去南京不是旅行，是出差，因为某种缘故成了电视台临时工，隔三岔五会十万火急去一趟。坐 1 小时 10 分钟的高铁，再搭 40 分钟地铁，从南京南到鼓楼。箱子太好用了，好多次赶时间上了班无座车，在箱子上坐一个小时，拉进地铁，还可以找车头空位置继续坐。久而久之，我还练就一种方法，坐在箱子上，用某个支点靠一下手，打开笔记本写要截稿的专栏。有的人在车上特别好睡，我每次坐在箱子上写的文章，都会被编辑夸，写得很好。

因为不像平常优哉游哉心情散漫？

最后一次出差，才发现有年纪小的同事，是直接买商务座的。我怎么没想过？真的，一次都没想过。

可能在同事眼里，我跟当年那种背着铺盖卷上火车的乡下人差不多，或者是自带泡面为生活奔波劳碌的异乡打工者。

哪里需要这么艰苦？又不缺这点钱。

因为箱子在啊，来来回回无数次，提着同一个箱子，毫无疑问，有感情了。

这种感情就是如果我忘带洗漱包，箱子里一定最低限度都能翻出够用一夜的样品，要相信它，一定会有，即使找第一遍没有，第二遍肯定能摸出来。

半夜听到隔壁女人叫床的声音，经济型旅馆运气不好的话，好几天连着都有，还都是差不多的一两点钟，差不多的连声高叫，差不多的戛然而止，随后各种吵闹声都开始喧嚣起来，大哥的聊天声，爷叔的吐痰声，汽车滑过马路的声音……翻遍箱子，莞尔一笑，果然有一副凑成一对的耳塞。

这就是多年感情的明证，包则是无情的家伙，偶尔换一下，从地铁卡到钱包，统统可以弄丢。

箱子不会，放进去的一概不会丢，每次琢磨着好好理一次，看了看里面的东西，全是居家出行必备良品，小包装牙线，有次跟男友去旅行，住在东南亚偏远乡下，大半夜因为牙齿里嵌了东西睡不着，非要把他叫起来去买牙线。男友一小时后回来，说最近的便利店在 3 公里外，此后带着愧疚心理常备牙线。

独立包装燕麦片，有次去贵州遵义，满城都是羊肉粉，别人吃得畅快，我只能在宾馆老老实实吃三天燕麦片。

南京不是生活不便，是有时候早上 10 点进了机房，晚上 12 点才出来，除了一家简陋的便利店，就是旅馆门口的鸡汤馄饨摊。午夜的旅馆，会发出各种窸窸窣窣的声音，从箱子里拿出一副耳机一本书，看书到眼困，也就睡过去了。

奇怪的是，我一直非常喜欢这段生活，即便经常忙得狗血淋头，四仰八叉，忙到有时候回家还没打开行李箱，又接到第二天一早出门的通知。拖着箱子走在路上，想起《阿甘正传》里阿甘拿着一只推销巧克力的箱子，到处奔走，还有无数出现在美国电影里卖百科全书、清洁用品的推销员。

奔波，忙碌，组成生活的全部。

箱子，是这种生活最后的慰藉。

日本人出门旅行，习惯带一只小巧旅行袋，这个国家太方便了，方便到随时可以轻身上路，有时候会恍然大悟，怪不得日本人不愿意谈恋爱，一个人生活是多么方便自在。

我还是会时不时想起，来来回回的高铁上，最享受的时光，是在列车的连接处，坐在箱子上看着窗外一整个江南的春夏秋冬，迅速向后退，想起地铁站里不好闻的空气，想起在没有电梯的出口，一个人一口气提上去。

在略艰苦一点的环境里，人总好像活得更真实一点，退到最后一步，还有一只相濡以沫的箱子。

（选自 APP：ONE · 一个）

那年书事

刘　涛

“跑书”这个词不知是何时出现的，北岛在《时间的玫瑰》中提及这一类人，然而他所谓的跑书和我所说的跑书，又难免有意义上的分歧。

跑书，从一个书市跑到另一个书市，从一个书摊跑向另一个书摊，这一个和另一个究竟有多远？也许是几米、几公里，也许是几百公里、几千公里。他们新到一个城市，往往背包还扛在肩上，就会急切地问：“哎，你们这儿有没有旧书市场？”

旧书市场上有许多个图书室的书籍，大多是二十世纪六七十年代的书。这一次你抓起一本书，上面盖有 ××× 单位的章子，这些公章很好看，淡红色的，但字迹还很清晰，盖章时是用了力的，就好像给一位心仪的姑娘搽上了胭脂。想一想吧，这是三十年前盖的章子，曾经摆在书架上无人问津。有一个事实，二三十年前企业单位的图书并不是向所有人开放。尤其是《鲁迅全集》这样的书，都是摆在单独一间小屋，只向为数不多的人开放。这些人在单位算是有头有脸的人，可以钻进昏暗寂静的藏书室里一本一本地挑书，借书后往兜里一揣，背着手走了。而面向大众开放的只有两个小窗口，木框子，绿油漆。借书的工人一来，图书管理员把一大摞书往窗台上一撂，卷了边的，封皮上都有裂纹，画面全是花花绿绿的美女侠客。一双黑乎乎的手从窗口上伸进来，在日光灯下吧嗒吧嗒翻了一阵儿，管理员从翻书的节奏都可以感觉到人的表情。

“怎么，你还想看《二十四史》不成，给你看得懂吗？”手把书往旁边一推，笑嘻嘻地说，“再拿一些吧，上班时翻着玩。”这些管理员也不是一般人，不是哪个科长的七大姑八大姨，也会是厂领导的老婆、干女儿之类。你看她们一个个细皮嫩肉，粉嘟嘟水灵灵的，哪耐得住黑手这番折腾。“哎，你到底借不借？不借就算了。”

想想这些二十年前天天发生的事，转头已经是过眼云烟了。如今人去楼空，书卖光了，图书馆两层楼窗口的钢筋已经全被人夜里扒光卖破烂了。从黑洞洞的窗口往里看，蜘蛛网被风一吹撩得人脸上痒痒的。两个借书的窗口还在，玻璃被孩子们打烂了，窗口上方贴着收款处之类字样的白纸，应该是后来又当作卖纱卖布的办公室。如今纱厂也倒了，布厂也被内地老板收购了，于是最后一批人也撤走了，只剩下坚固的防盗门，生锈的防盗锁，拆，拆不掉；扒，扒不动。

在书摊上，你经常可以看到从这些图书馆流出来的书。如果有大批书是从一些单位图书馆流出来，这只能说明一个问题——那个企业倒闭了。破产后的企业人都不知到哪里去活命，谁还怜惜这些书呢？卖吧，该卖的都卖吧，有人疼惜，有人无奈，有人咬牙切齿。到了这时，书的命运等同于秦淮河上浪迹的歌女，任人凌辱，任人玩弄。

书的命，人的命，一本书被撕光扯净，一把火烧掉算立刻玩完。如果偶或留几张残片，五十年后，地摊老板会扯着嗓子给你讲：看看吧，五十年前的书，有收藏价值，现在哪有这样好的书啊！

书的命与国家的命、单位的命、人的命紧密相连。国亡书亡，单位亡书亡，人亡书亡。公元前48年，恺撒一把大火不是烧光了亚历山大图书馆的七十万卷图书吗？其中有许多手稿，或许有柏拉图的手稿、亚里士多德的手稿——焚书的时代就是黑暗时代。

有时候，书的命运是和读书人的命运联系在一起的。读书人在，会时不时拿起这书摸一摸，那书读一读；有时候想起来一本书，就翻箱倒柜，书摆了一地，连插脚的地方都没有，连孩子进来都会说：哇，这么多书！

一旦读书人死了，他的儿子或孙子根本不读书，再多的书也失去了意义。他儿子兴许会说：我爸咋买这么多书，看这些破书有什么用，一辈子连个官都当不上！也或者读书人老了，眼花了，守着一大堆的书看不成，儿子、孙子又不读书，不卖咋办？写到这里，我的脑子里突然闪现这样一句话——你写出来的东西，标志着你的恐惧。

是啊，最害怕书毁人亡。

一本书，千万别往收书人手中送。我曾见过那种血腥的场面，一所巨大的图书室，瞬间就被收书人扫荡得一无所有。两元一斤，挑出来的书三元一斤，可以吧？处理图书的人，原以为这近万册图书至少能卖上万把元钱，面对这惨无人道的收书人，只得作罢。

两千元吧，这么多书两千元不贵吧。

一千五百元，爱卖不卖，不卖我走了。

这些收书人真正懂得书的价值，书的命运，书的品位。他们会分门别类把书挑选出来，哪些书什么人会喜欢，他们揣测得一清二楚。买书人买的是个侥幸，收书人卖的是个眼力。

世界上有三个时代，让书流通的时代，让书拉动 GDP 的时代和让书毁灭的时代……这三个时代交替出现，不会有太多的规律性，更无所谓哪个是悲剧，哪个是喜剧。

（选自 2018 年第 5 期《朔方》）

吃有吃相

沈嘉禄

很久以前，在知书达礼、三代同堂的大家庭，吃饭是全家团聚、增强家族认同感和维系感情的生活内容，是大人议事的当口，也是对孩子实施训诫的良机。客堂中央放一张结结实实的红木八仙桌，长辈坐北朝南，儿子媳妇两边坐定，老祖宗最疼爱的小孙子享有特权，坐在他们身边。餐具也有所区分，比如在我家，祖父有专用的象牙筷，祖母则用系着细细链子的银筷子，其他成员就用乌木筷或红木筷，我专享一双漆木筷，筷头尖尖，筷杆上画了花鸟，是我最初接受美术教育的来源。这些细节都体现了敬老爱幼的传统。

菜上来了，荤菜要摆在长辈面前。老人不动筷，其他人是不能开吃的。吃饭时小孩子不能说话，嘴巴不能发出粗鄙的吧嗒吧嗒声，筷头不能像无人侦察机那样在菜碗上游移盘旋，也不能一手执筷一手执匙左右开弓，饭粒掉下得马上拾起来送进嘴里，这些都是老规矩。

我有一邻家小妹，32 岁了还没把自己嫁出去，爷娘急得头发也白了。有一天家里来了一个小青年，一身名牌，大包头前冲三。从弄堂口走进来，邻居们交头接耳，眼睛放电：18 号里二楼前厢房的黄家是不是来了毛脚女婿？看看，看看，机关枪、手榴弹、炸药包一个不少，应该是的。邻居小妹的爷娘备了一桌好菜好酒招待，立体声音箱喷出来的音乐喜气洋洋。但事后得知这个时尚青年吃相不好，两条胳膊像大吊车那样支在桌子上，还不停地抖腿。搛菜就搛菜吧，筷子却要在菜碗里兜底翻，就像盗墓贼在挖秦始皇的墓。还好吹牛，听上去他们家专门给原南京军区修理保养坦克车和装甲车，观音菩萨生日那天一家门去普陀山烧香，坐的还是东海舰队的导弹驱逐舰。这番话吓得小妹爷娘眼睛发直，浑身发抖。小青年喝高了，最后冲进灶披间里呕吐，一股酸胖气直冲云霄，四邻八舍摇头不止。从此，这个小青年就再没有进过我们弄堂。

以前我家还有几只金边高脚碗，逢年过节时请出来，专门盛大菜，郑重其事地放在其他盆子中间，有点鹤立鸡群的样子，这样大家都能搛到。我家还有一把粉彩的倒流壶，是专门给祖父盛黄酒的，从壶底一个口中徐徐灌酒，但不能多灌，超过警戒线，酒就会从倒流口里一泻而净，这个壶在提醒人们不能贪杯，适可而止。家里还有几个粉彩温酒器，盖罐形状，中间可放一个小酒杯，壶中注热水，祖父在冬天也能喝到热酒了。喝了冷黄酒手会抖，这个道理在我读《红楼梦》之前就知道了。

现在城市居住格局有所改变，八仙桌退出了历史舞台，西式的长桌似乎更受人们欢迎。但许多人不知道，长桌是为西餐分食制设计的，在设家宴的时候，男女主人分坐在两端，以便照应客人。中餐的合餐制不适宜用长桌。现在还有所谓中式的长桌，好像是八仙桌的加长版，中西合璧的思路，那么两头两脑就必须放置一本正经的官帽椅，两旁边宜放没有扶手的灯挂椅，有人不懂这个道理，一律放官帽椅，结果大家坐起来，椅子们就会“打架”。

还有一点我觉得日本人做得比我们好，中国人搁筷子是纵向的，筷头对着对面的人，而日本人搁筷子是横向的。这是对别人的尊重，值得我们学习。日本人搁筷子有专用筷搁，隆重一点的还有锦缎筷套，中国一般家庭没有这小玩意儿。他们的汤匙也有专用的匙碟。其实他们都是从中国学过去的。

上海人很要面子，过去请客吃饭，在饭店里绝对是一道风景，照老一辈小说家的说法是，酒足饭饱后结账，大家一定会争得面红耳赤。最后，总有一人付账，那表情是悻悻然的，而没有付账的那几个人，在角落里偷笑，仿佛捡了个大便宜，那种生动的场景让人想象起来是会忍俊不禁的。这就是上海人，在表面上竭力要维护争当老大的腔调，但真的埋单后又有点患得患失。现在好了，这样的场面很难看到了。首先是请客吃饭成了一件平常事，兜里的钱也多了，埋单不成问题。二是即便聚餐，如果是青年人，那就实行 AA 制，各人付各人的，谁也不欠谁。这种付款方式，使人际交往变得务实，并从某种程度上说，最大限度地维护了人的尊严。

一度，自助餐在上海非常流行。这是从国外引进的消费模式，客人可放开肚子吃，直到大肚圆圆。精于算计、又趋新务实的上海人赶来尝新，目光精准地挑选价位最高的龙虾、生蚝、牛排、烤乳猪，将盘子堆得小山样高。回到座位上，那个形象简直像个山大王，吃相当然不会雅观到哪里去，浪费的现象颇为严重。后来舆论对此提出批评，上海人自己也觉得不像样，不上台面，动作有所收敛。再后来，食物大大地丰富了，上海人的胃口也越来越小，吃自助餐的新鲜劲也过去了，再进这样的餐厅，要装得见过大世面的样子。

我认识一个阔太太，每次与小姐妹吃自助餐，都能捎带些东西回来，比如虾饺、蛋挞、斑节虾等。其手段之“闪”，不仅骗过目光如炬的服务员，甚至连一起大快朵颐的小姐妹也莫知莫觉。这些食物拿回家，自己又不吃，也不喂狗——宠物自有它们的狗粮，搁冰箱里，三五天后扔掉。她家里有的是钱！但每遇吃自助餐，她还是照拿不误，成了习惯性动作了。

上海的必胜客有一个规矩，配套供应的简餐中有一道色拉，这道色拉由客人自行去取。也就是说，一只巴掌大小的盘子，你随便装，只要它装得下。这道“智力测试题”大大挑逗了上海人的兴趣。你去看吧，那些穿着时尚的美眉是如何操作的，她们先是将黄瓜片排列在盘子边缘，这样就增加了盘子的宽度，然后铺一层生菜叶，进一步增加盘子的宽度，再然后一层层叠加其他东西，一直堆成尖尖的宝塔，一盆直抵人家两三盘。抖抖豁豁端回桌，同桌人鼓掌喝彩。既没有违反规则，又争取到利益最大化。这就是上海人的本事。

我有个朋友在新加坡吃过自助餐，同行的同胞也差点出洋相，以国内的脾气去开洋荤，盘子里堆得山高。偏偏那里的餐厅有规矩，挣死没人管，就是不能浪费，盘子里有多余的食物要开罚款单。于是那个天吃星只得把食物拨在汤里，撒腿就溜。我朋友还说，有一天，他们在德国汉堡一家餐厅吃饭，德国除了香肠和啤酒，其他食物都不咋的，于是他们抛下几大盘菜抽身要走，被餐厅服务员拦住，说他们虽然拥有对食物的享用权，但吃不完就等于浪费了公共资源，要罚款。他们不服，服务员打电话叫来一个人，自称是资源部门的公务员，拉长了脸跟他们普及了一下法律知识，于是只得认罚。

中国人在吃的方面造成的浪费，早已触目惊心，为什么得不到有效的制止？周作人有一句话还是蛮有道理的：中国生活的方式现在只是两个极端，非禁欲即纵欲，二者互相反动，各益增长，而结果则是同样的污糟。八十多年过去了，这种污糟并没消除。有些人在家里吃得近乎寒酸，省下钱置彩电、空调，这不说禁欲也够得上节欲了。而一旦吃起“老公”或似乎没有礼节上约束的自助餐，就原形毕露，贪比饕餮，说他纵欲不算过分吧。我在快餐店里看到每个顾客吃得从从容容，干干净净，这是吃着“独一份”的缘故吧。现在有些企业以快餐招待客人，我以为是开了好风气，也是杜绝浪费的好办法。

我妈妈跟我讲过一个故事。过去有一富豪，家里金山银山，唯一的遗憾就是老婆生不出小人。后来领养了一个小瘪三，给他穿新衣，住新房，教他吃大菜，还请了家庭教师教他讲英文、弹钢琴、跳交谊舞，一心想把他打造成石骨铁硬的上海滩小开。这个假子在蜜糖罐里慢慢泡大了，看上去“蛮登样”啊。过十八岁生日那天，富婆请了许多人来开派对，将自己一手打造的高富帅隆重推出。假子满面春风，得意扬扬，跟人家千金小姐跳舞，还当众秀钢琴。衣香鬓影，珠光宝气，香槟美酒，好不风光！好了，宴会开始，主宾入座，音乐起，上冷菜，假子拿起象牙筷朝自己胸前一戳。嗯？这个不经意的动作被一位老太婆识破，跟身边一贵妇人说：这个小赤佬是叫花子出身。为什么？因为叫花子流浪街头讨饭吃，哪来桌子凳子，筷子有长短，只能在自己胸口上笃笃齐。

哇，原来如此！一个不经意的动作就露出了马脚。

（选自上海书店出版社《石库门·夜来香》）

掉下来的光阴

苏卷良

最初知道“光阴”这个词，出自母亲口中。

那些年月，我还年幼，懵懂无知，只贪恋打闹嬉戏。母亲为了督促我的学业，常让我搬来木凳，到屋外房檐下去写老师布置的作业。母亲坐在我的身旁，手摇纸扇，眼睛一动不动地盯着我手中的笔杆。她见我的笔稍稍停歇下来，就用扇子戳几下我的脑袋，提醒我说，快抓紧写，别再磨光阴了，写成了就去玩。于是，我立起身来，伸伸懒腰，振作精神，又开始奋笔疾书。等我做完所有的作业，拾掇好书本，抬望眼，太阳已经落山，燃烧的余晖映在天际，天色昏黄。我深深地叹息一声，绝了想出去玩耍的念想，光阴也在叹息中轻轻地揭过一页。

磨光阴并不是孩子们的专利。斜躺在土炕上的奶奶，双眼微阖，早已失去了年轻时的锐气。自家的花猫知趣地蜷缩在被窝里，享受着奶奶施舍给它的幸福。午休过后，奶奶睁开眼睛便絮叨不休，她更愿意跟我一道分享自己曾经的苦难岁月。一九七三年，全县“农业学大寨”，战天斗地，可奶奶依旧干活不紧不慢，走路不前不后，雷声大，雨点小。那时，爷爷是公社领导，身先士卒，大公无私，多不操心家里。奶奶在干活的同时，常常会顺手牵羊偷点东西，来养活一家人。后来，开始大搞农田水利建设，大队修筑水渠。“闪起来——哎嗨夯啊——哎哎嗨夯呀——哎嗨哎嗨夯呀！”在整齐划一、紧张激昂的《打夯歌》中，奶奶虽口中呐喊，气力却使得少。这样，漫长的一天下来，能极大地减少身体能量的损耗。奶奶说，集体生产劳动，就是磨光阴。人们会想出千万种法子，既不会被队长发现，又能节省体力。后来想想，老百姓概括出的这个“磨”字真是鲜活传神。不知啥时，花猫钻出了被窝，喵喵地跳下土炕，出外找寻食物去了。这只猫也去磨光阴，我想。其实，猫在我家自由自在，栖居有所，“三餐”无忧。花猫的身影远了，淡出了我的视线。猛然间，又记起母亲奚落自己磨光阴的话句，我不禁会心地笑了。

一寸光阴一寸金，寸金难买寸光阴。把光阴和时间画上等号，是我学了这句关于时间的名言之后。我的老师，双鬓斑白，他反复要求我们诵读这句，又跟我们强调时间有多么多么地重要。我无法想象，时间怎么会和金灿灿的黄金同等重要呢？幼时看过眉户剧《拾黄金》，知道黄金是一种很珍贵的东西，能买好多好多的物什。而时间，一抓一大把，任我们随意挥霍，白白地糟蹋。百无聊赖中，我的目光抛向前方。前排是个女生，比我大五六岁，梳着长辫，辫子从脑后垂下来，乌黑而油光。她的长辫经常成为我们捉弄的对象，插一根麦秸或系一只蚂蚱，来博取同学们的眼球和欢笑。她年龄大，也懂得学习，成绩优异，常常得到老师的夸赞。我想，长大她会成为老师，为学生传道授业解惑。在我年幼的心灵里，老师是最伟大的。而后，我抬头又瞅瞅自己的老师，他正耐心细致地为我们讲解一个问题。老师是民办教师，三十多年来坚守着学校，奉献了他的美好青春。他的头发大部分早已花白。在白与黑两种色调鲜明的对比中，我的心里像突然拉开的窗帘，透进一丝光亮，随后又倏地紧紧闭合。我冥思苦想，似懂非懂，便对着书本上的这句名言怅然若失。

我真不懂光阴的珍贵。幼时贪玩，中学时代懵懵懂懂，上了大学又觉得年轻力壮，来日方长。后来，步入社会有了工作，整天被世俗琐事推挤着前行，浑然不觉。直至有一天，上有老下有小，才发现陪老人说句话太难，带孩子出去散散步抽不开身，而工作依旧原地踏步，收获寥寥，所谓的事业也只能一声叹息。我分明感到光阴的匆匆，竟不由自主地惶恐起来。以前读朱自清的散文《匆匆》，偏执地认为他过于矫情，过于造作，现在回味起来，才觉得他的真实与无奈。有次，跟朋友聊天，我对他说，我不羡慕别人有权有钱有房有车，我只羡慕别人的年轻。年轻就是资本，年轻真好！光阴是上天掉给我们的最好礼物。

陈忠实走了，但我清晰地记得他说过的一句话——“我不追求等身著作，只要在有生之年能写出一本两本聊以自慰死后可以垫棺做枕的书，就算我的兴趣得到了报偿。”他抓住了自己的光阴。他有一本《白鹿原》，死而足矣。而我们芸芸众生大多磨着光阴，茫然无措。我整日浑浑噩噩，像只被抽打的陀螺，跟着光阴旋转，没有方向。母亲在看电视，篮球赛。母亲除了每天接送孙女上下学外，需要电视来打发余下的光阴。她边看边嘀咕，一个碎皮球，把些人哄着跑来跑去挣着，快累死了。春节前后，女儿想要小鱼，我就去市场给她买了几条。几个月后，鱼缸里仅剩下一条鱼儿，形影相吊。一天，女儿给小鱼喂完食，坐在鱼缸旁，目光怔怔，嘴里不停地念叨，小鱼太孤单了。听了女儿的话，我心里不禁一颤，女儿没有兄弟姐妹，一个人，经常自己跟自己玩，也太孤单了。是啊，女儿的光阴孤独而漫长。我又去了一回市场，买回来几条小鱼，有红的、黑的、白的。我不想让女儿感到小鱼孤单。不管怎样，她还不懂光阴的珍贵。上天掉给我们光阴，能左右它的又有几人？

光阴是变化最快的，什么光阴似箭，日月如梭；什么白云苍狗，白驹过隙。可最后发现，什么都变了，唯一没有变的还是光阴。我们抵不过光阴。我们都在光阴中老去，哪怕抓住一小绺光阴都是无比幸福的。后来，奶奶悄悄地告诉我，别看在大生产上偷奸耍滑，可在自家的自留地里，她是下了大气力的，从没磨过光阴。小小的三分地，春种秋收，收获累累，帮助一家人度过了那段困窘的岁月。

是掉下来的光阴，救了我们一家。

（选自 2017 年第 10 期《黄河文学》）

忧　伤

亦　夫

家附近有一所幼儿园。每天上午十点多钟的时候，就会有一群孩子，在两三名保育员的带领下，从我门前的空场上穿过。孩子们少时六七个，多时十几个。他们都是刚刚蹒跚学步的年龄，相互牵着小手，一边四处张望着这个让他们充满好奇的世界，一边叽叽喳喳、奶声奶气地说个不休。冬秋季节，保育员阿姨会让他们在空场上一边晒太阳，一边做些小游戏。这是孩子们最快乐的时光，也是我最放松的时候。我总是停下手中的写作，走进窗外的阳光里，长时间地看着这群刚离巢的雏鸟般天真坦然、懵懂好奇的幼儿。

在我看来，唯有在刚刚开始漫长人生的他们眼中，世界才会呈现出童话般的模样：蓝天白云，五颜六色的花朵，翠绿可爱的草坪，美丽歌唱的鸟儿，爱意洋溢的笑脸……人生中所有的痛苦和黑暗，都被隐藏在这个美丽童话的背面，他们单纯的目光不会洞穿和到达。尽管我知道这样的时刻是短暂的，人生残酷和冰冷的一面，将在不远的地方，向他们露出其狰狞的面孔，但还是乐见这虽短暂却纯粹、虽失真却美妙的时刻。我看着幼儿们在阳光中无忧无虑跑动的小小身影，心里总会萌生出一丝由衷的羡慕：没有苦难，不喜不悲，很多人追求一生都无法达到的境界，其实却是人生的初始状态。

但有一天，我的这种羡慕却变成了一丝淡淡的忧伤。

门口的花盆前有两只陶瓷小狗，姿态可爱，造型逼真，一直是幼儿们的最爱。尽管保育员阿姨告诫他们只许看不许动，围拢在一起的孩子们还是忍不住伸出小手频频抚摸。时间久了，其中一只瓷狗左眼的黑漆便剥落了，看上去像患上了白内障的病狗。我开始并没有注意到这一变化。一天上午，我照例在门口看孩子们游玩。令我惊讶的是，三五个围在瓷狗跟前的孩子，却不似平日那样单纯快乐，而是面面相觑，一脸无助，像是发生了什么可怕的大事。其中一个稍大些的女孩子喊："老师老师，狗狗眼睛生病了。"老师过来看了看，认真地告诫他们说："看看，老师告诉过你们不能摸了吧？"

那天孩子们被保育员带着离开时，那几个孩子都冲瓷狗摇着小手说："狗狗，拜拜。"但我明显地看出来，他们的眼神中除了平日的依依不舍，更添了一丝愧意和忧伤。看着孩子们走远后，尽管我立即找来黑漆将剥落之处进行了修补，但内心的那丝酸楚却久久不能平息。

我看见，忧郁像一道扑面而来的黑色，正洞穿孩子们眼中那幅纯美的画面，将人生的阴影第一次投射到了他们单纯的内心……

（选自花城出版社 2017 年 11 月《盛期，我与你总是擦肩而过》）

碎屑［外一篇］

刘照进

剃头匠在生活的表面留下一大堆碎屑。

剃头匠是个身材瘦削的老头儿，老迈、昏钝，脸上永远贴着卑怯的标签。也许是长期低头操作的缘故，他的背上隆起一个明显的包袱。我第一次见到他时，他的手里握着一把老式剃头刀，正准备给面前的婴儿剃满月头。孩子躺在母亲怀中，双眼流露对陌生世界的好奇。起刀前，老头儿神情庄重，嘴里念念有词（后来我才知道，那是一种剃满月头的封赠仪式）。“唰！唰！唰！”剃头刀在嫩软的头皮上轻松游走，好似闲庭信步，一绺一绺的胎发便脱落在地。短短几分钟，剃头匠就以娴熟的手艺在婴儿的哭声中完成了“精简主义”的启蒙教学。

上班期间，我几乎每天都要从他身边经过。我停下来看他的时候，他在看破镜里的自己。他的表情像他身上肮脏的布围，掩藏在生活的褶皱里。镜子的余光还收留了一部分事物，比如价钱和身体都渐渐高起来的楼房，以及板车师傅弯曲的背影。脸有些变形，镜子里的事物也有些变形。时间是一条漫长的河流，剃头匠的顾客有一搭没一搭，他有足够的空闲对日子做出必要的审视。

桥洞外面的一块小平台是剃头匠的领地，摊子前摆着一只小木凳，木凳上斜搭着布围，手提式旧木箱敞开，里面依次摆放着推剪、平剪、剃刀、碱粉盒、挖耳勺。墙根石壁上挂一面破旧圆镜——对自身形象的在意，使我们对镜子产生强烈的依赖感，破圆镜是剃头摊子紧靠生产车间的最后一道质检关卡，所有产品都需经过它的当场鉴定，才能放心走入市场。

冬天，剃头匠在地上放一只小铁炉子，煤球在炉膛里烧得通红，尖嘴铁壶蹲在火炉上直冒热气，发出哧哧的声响。大部分剃头人都是那些上了年纪的乡下老人和孩子，还有进城做工的农民。仰首之间，他们就能找到符合自己标准的选择。硬皮纸壳上的潦草书法内容简洁："光头五毛；平头一元。"省略动词的广告完全符合价廉物美的消费需求。乡村是审美主义的大众影院，尽管美容美发这些时髦名词已将人们的传统审美标准进行了大规模修改，但依然无法在城市边缘获得完全贯彻。生活需要简陋的舞台。

桥洞下放了一把扫帚，每天收工后，剃头匠都会用扫把清理地上的碎屑，将那些零乱的碎发扫进一只破烂的口袋，然后等待生活垃圾车唱着歌将它们运走。他的身影佝偻在地上，扫把一挥，再一挥，那些碎屑就慢慢团成一堆，去它们该去的地方。

更小的碎屑留在地面，像生活本身。

散 落

卖书人在肮脏的地面铺上一层油纸，借助桥拱的遮掩让风雨飘在文字以外。《百家姓》《增广贤文》《劝孝歌》《蟒蛇记》《满门贤》，多是民间劝善教化的读本。书籍设计简单，印刷粗糙，薄薄的纸张，柔软，泛黄。我欣喜地蹲下身来，慢慢翻看。某些久违的记忆此刻逐渐得到复苏。"昔时贤文，诲汝谆谆。集韵增广，多见多闻。"幼时也曾在乡村的某些书摊读到，此时再见，甚觉亲切。时光飞逝，万物更迭，很多人习惯了在"艺术"面前一本正经，对于这些民间的草本书籍早已不屑一顾。

卖书人银发白须，精神矍铄，鼻梁上架着一副乌溜的老花眼镜，言谈举止显现出与众不同。卖书人爱喝茶，大茶缸搁在身旁，茶缸内沿积着厚厚的茶垢，劣质茶叶浸泡的茶水泛着高粱的猩红。交谈中得知，老者是一位退休教师，感慨于现实的日下世风，于是收集编印了这些旧书。

我对文字充满无限的景仰。我曾在一篇文章的结尾中写道："我尊重每一个词语。那些颓废的、昂扬的、愉悦的、哀伤的词语，它们原本是那么干净和纯洁……”我因此尊重那些爱惜书籍的人。书收留了流浪的文字，让文字有了薪火相传的家园。从龟甲到竹简到缣帛到纸张，文字的光焰从书籍中一路走来。

曾经一段时间，我对书店充满了彻底的失望。县城以前有一家新华书店，在我上班不远的路段，乱石砌成的老房子，是20世纪60年代的统一模样，墙壁抹了一层白石灰，人字拱形的屋顶嵌着大大的五角星，颜色暗淡，像黑白战斗故事影片中片头出现的“闪闪红星”，书店正面还有“新华书店”的毛体大字。那时候，书店里卖很多文学书籍。我每次到县城都要在书店里待上很长时间，尽管我没有能力购买我喜欢的所有书，但我会在书架前停下来，抽出我喜爱的书籍开始阅读。看着那些心仪的书，心想有一天我会将它们买回我的家中。那些书也仿佛在默默地看着我，等待我哪一天再与它们相遇。

到我真正有能力买书的时候，那些书却已经失踪。新华书店的楼房先是改造，修建了豪华门面，“新华书店”的毛体大字不复存在，锃亮的玻璃门上印着显目的“某某某名牌服装城”的烫金大字，那些着装妖艳的时装模具，站在玻璃背后，表情木然地看着来往行人。

县城里也有几家书店，可惜卖的全是学生辅导资料，即使有文学书籍，也是内容轻飘飘的青春读物。

我心爱的那些书籍已经散落在时光的角落里，再也没有人能够找到它们居住的地址。

（选自中国戏剧出版社2017年10月《沿途的秘密》）

水　边

苏沧桑

离零点还差三小时三十三分时，我将脚尖探进了 17 度的江水里。相对于立秋过后仍然酷热的气温，一江水仿佛已提前进入深秋，以让人猝不及防的凉，轻轻啃噬着趾尖，并一点点向上行进，一点点向内深入，直至蔓延至头顶最接近天空的那个细胞，醍醐灌顶般，热浪滚滚的脑海一下子静了下来。

农历七月初一，没有月亮，我伸出手抚摸新安江的脸，却看不清它的神色、样貌。远山如墨，灯火稀朗，水面深藏着微微的波光，但我清晰地闻到了它的呼吸，异常清凉，依稀可辨高崖的泉，深涧的溪，晨雾，杂树，渔舟，跃出水面的鱼，鱼鳃张合间微弱的腥气。我打开手机电筒，注视着一条水草随着水流轻轻滑过我的脚背，于是我在脚背上看见了一江水的真实面目，它用清澈到无色无味无声无形的语言，正一点点带走时光，将我带入知天命之年。

是的，是我 49 岁的最后一天，离 50 岁生日不到三小时。因缘巧合，一江水将见证一个平凡女人开启新的一段生命旅程。二十多年前，我第一次来到新安江，为令人震撼的白沙奇雾写下了《与雾同行》："我在江边走着，雾也顺着江走着，好像是两个同龄女人正在并肩散步，很亲近的样子。但我总有些自惭形秽。雾是单纯的，而我却不是，有着这样那样的欲望，有着这样那样的烦恼。好在雾并不在乎，依然用她无声的语言让我感觉自己暂时成了瑶台上的仙人，忘记了俗世间的一切。"二十多年后，世界变得多么热闹啊，而一江水依然这么静，这么凉，清澈，清瘦，清静，甚至清明。我用脚跟轻轻拍打，水花溅上我的身体，饥渴的肌肤发出一声叹息，像干涸的土壤吮吸雨水，像初雪落地。

这一江恒温 17 度的水，源自安徽怀玉山脉，流经休宁、黄山、建德、桐庐、富阳，至杭州湾，最后抵达大海，整整365公里，上游叫新安江，中游叫富春江，下游叫钱塘江，所到之处，“风烟俱净，天山共色。从流飘荡，任意东西……奇山异水，天下独绝”（吴均《与朱元思书》），引得李白在江边游吟“清溪清我心，水色异诸水。借问新安江，见底何如此。人行明镜中，鸟度屏风里”。二十多年来，新安江水、白沙奇雾、梅城古镇和十里荷花，如浮桶般，常在我记忆的深井里浮沉，散发着水草的味道。

此刻，我与一江水对坐，好像是两个同龄女人正在促膝谈话，很亲近的样子。但我仍然有些自惭形秽。江水是宁静的，而我却不是，二十多年过去了，我依然有着这样那样的欲望，有着这样那样的烦恼。即使一江水用她无声的语言让我感觉自己暂时成了瑶台上的仙人，但我仍无法真正放下俗世间的一切。

一些人在我身后的堤坝上来来往往，打手机，聊天，跑步，渐行渐近，又渐行渐远。一位老人打着手电用网兜捞虾，捞到些比瓜子大不了多少的虾，说给家里的甲鱼吃。他每天都会过来捞虾，说，要顺着水流和水草的方向。一个男孩在岸边高声叫爷爷，他便收拾起工具走了。横跨两岸的拱桥有五个孔，从最远的那个孔里传来婺剧高亢的腔调，随着风的方向燃烧着，熄灭着。除了这些声音，尘世分明还穿梭着另一些来自远古的声音——老子在沉吟“上善若水”，孔子在感叹“知者乐水，仁者乐山”，“逝者如斯夫，不舍昼夜”；孟子在念叨“源泉混混，不舍昼夜，盈科而后进，放乎四海。有本者如是，是之取尔”；荀子在劝告“不积细流，无以成江海”，“水能载舟，亦能覆舟”；庄子与惠子游于濠梁之上，开始了一场关于鱼之乐的辩论……离此不远的子胥渡口，流传着关于伍子胥的两个传说：当年他一路逃亡，分别路遇一位老翁和一位浣纱女，求得他们的帮助后，又恳求他们为其保守秘密，不料两人竟毅然自沉于江中，以明心志。（“渔父诺。子胥行数步，顾视渔者已覆船自沉于江水之中矣。”“尔浣纱，我行乞。我腹饱，尔身溺。十年之后，千金报德。”）萍水相逢，以命为信，令人唏嘘。没有一条鱼能尝出水本身的味道，千万年来，谁能说得清，是水成就了人，还是人成就了水？

离我一尺之远，坐着两位同龄的文友，他们一个从北方来，一个从南方来，一个是男的，一个是女的，因一场文事在此邂逅。气场相似的人，无意中一起坐到了水边，也无意中将陪我穿越生命中一小段特殊时光。我们掬水而饮，她说，真甜，没有一丝腥味。他则低低念了一句“浴乎沂，风乎舞雩，咏而归”。

我看着被一江水惊艳到的他们俩，像看到了二十多年前被一江水惊艳到的自己。那个自己，爱文学和与文学有关的人们，如同爱自己刚生下的婴儿，心无旁骛，无关名利，无怨无悔。二十多年过去了，这个人变了一些，也焦虑，也厌倦，也怀疑，但依然爱，且只为爱而活：爱家人，爱文学，爱苍生。新安江静静东流，会一直流到钱塘江她的家门口，此时，子夜将近，新的生命旅程即将开启，坐在上游的她眺望着住在下游的她，高兴地看到了未来自己的模样——在水一方，坦然安详。

高亢的婺剧湮没在越来越浓的夜色里时，我们与更多的文友在水边会合。子出时辰，他们为我唱起生日快乐歌，一位前辈唱了一段京韵大鼓《丑末寅初》：“我猛抬头，见天上星，星共斗，斗和辰，它是渺渺茫茫、恍恍惚惚、密密匝匝、直冲霄汉哪……”还连说带演地说了一段让众人笑趴在桌上的单口相声，他平日并不喝酒，却喝了啤酒。又有友人们唱起京剧、夹杂着江西口音的英格兰小调，谁起了一句《送别》，大家便一起合唱了起来。这些彼此并不特别熟悉却同样爱着文学的人，这些明天将各奔东西的人，聚在一起，送走了一年中最为炎热的一个白昼，送走了一杯杯酒一支支歌，也无意中送走了偶尔纠缠的烦恼事、得失心。微醺的人们走在午夜建德的街头，兄弟般勾肩搭背，肆意横行，一江水默默将17度的微风拂上我们正在老去的容颜。17度，是一江水的语言，它从不表达什么，但什么都表达了。

后来。

后来我们在一个叫“梅城”的千年古城，迎来了一场大雨如注，也迎来了我后半生的第一个清晨。一千八百多岁的六合井旁，大家用水桶打上井水，喝到了和新安江水一样的微甜。暴雨如注，大家齐齐贴在屋檐下躲雨，谈笑着一个刚刚揭晓的文学奖。我开玩笑说，文无第一，以后所有的文学奖，将提名的作品名团成阄，分放到井里，用桶捞，捞到谁就是谁。又或者，来个曲水流觞，酒杯停在谁面前，便是谁，多风雅，多和谐。大家便笑。

一位年迈的老人让我们进门躲雨，拖出条凳让我们坐。我问她高寿，她说九十四了，我说我“今天”五十了。她并不明白我的意思，说了一句：你看不出有五十岁了。便又驼着背默默坐在雨声里，眼神望向虚无。我不由得看她两眼又看她两眼，心里感觉比雨声更静。我想起十多年前，也是一个雨天，我和一群中国台湾的文友在梅城的水边，坐在船舱里吃从江里打上来的新鲜鱼虾，看细雨落在水面漾起一个个酒窝，如今，他们中已有几人故去，大多失联，但他们送我的礼物，一串谁亲手做的陶瓷项链，一串翠绿的玉石项链，还有一幅荷花图，几本书，仍珍藏在我钱塘江边的家里。“七里人已非，千年水空绿。”人生路上，人们不断相遇，又不断分离，甚至永远失散，但如同一江水里的水，气场相似心灵相契的人们其实一直在一起，沿着同一个方向在奔向大海。

曾经，耄耋之年的太婆说，我活了一辈子，也就是赚了身边这么些个人啊。

电闪雷鸣，大雨滂沱，巨大的水声充盈着我合十的双手：感恩生命里所有美好的相遇，即使终将告别。

（选自 2018 年 9 月 7 日《文学报》）

田字格

张羊羊

孩子在写作业，嘴巴里嚼了块口香糖，抄杜甫《春雨》时不再那么一笔一画。觉着他写字的速度快了，本子上的线条底纹似乎有了变化，随手翻了下那本子的封面“方格本”。于是问他，你们不是用田字本吗？他说，那是一年级用的，我已二年级了。那口气，听起来一年即有隔世之感。

我到四十岁这年，才琢磨起一个问题，为什么我最初的汉语书写会从田字格格式开始呢？一个“口”里面一个“十”。有时还用一种本子，一个“口”里含着的虚线部分，那是一个“米”字。

孩子在写字，写得很自如，像一块原野草长莺飞。我默念宋人陈与义“田垄粲高低，白水一时满。农夫暮犹作，愧我读书懒”。坦白说，我这人读书不勤也谈不上多懒，想起这些句子，确因孩子作业本换成方格本时，仿佛看见了莳秧时节，灌溉之水一下将畦藏了起来，白茫茫的，只有方方正正的垄露在外面。

平日，田野之垄围起地的属性，田野之畦就如田字格的虚线，更像是一种“家规”，作物生长显得比较素净、整齐。我们写字也因了那虚线，有了横竖撇捺的基本规范，一个字的偏旁部首长在一起，如那些生长空间恰好的瓜枣，不歪、不裂。我见有些大人物，连起码的横竖撇捺都没受过规范，写的字真不如我二年级的孩子，还好意思到处题字，不得不佩服他的胆子。

小时候用的铅笔，真是很好的结构，一头削了写字，一头镶了块小橡皮。我在《收集》中描述过“铁皮文具盒上的乘法口诀 / 不会生锈……那里还躺着一支削尖的铅笔 / 它倒立的粉橡皮 / 没有擦去女孩儿的名字 / 她的两条黑辫子 / 在方格子里摆动 / 她的微笑三十年不老”，这里说的是我的女同桌。她成绩优异，字也写得比我漂亮，由于家中条件不好，时常买不起新本子，以致作业本写到最后一页，她不得不用很好的技术从第一页擦起。尽管她那么小心，那么认真，像对待一种艺术，第一次铅笔压出的痕迹还是擦不去的。她第二遍使用本子时，往往会因为作业量的不同，写了一半已“路过”第一遍时老师用红圆珠笔画下的好看如蝴蝶的“优”。那个老师曾批评过我的女同桌：快换一本新作业本。每想起她脸红耳赤的窘迫，觉着这可能也算女人最美时刻的一种。

西部某山村小学的操场上，画出了十四乘以十的土方格本，五星红旗迎风飘扬，孩子们声音清脆，一起朗诵一首绿意盎然的小诗：“我家住在小山村，清晨太阳从东方慢慢升起，阳光洒在山坡上，洒在木林里，野花一朵朵遍地开放，蝴蝶来了，蜜蜂也来了，夜晚月亮悄悄地把月光带进村子，星星眨着眼睛，好像在听老奶奶讲故事。”字迹稚嫩，看起来还没有我那二年级的孩子不需要田字格的虚线在方格本写得好。这是《上学路上》的开头一幕，因为第八句最长有十四个字，所以操场上才画出了这样的行列。第四句其实是“洒在森林里”，那个默写的孩子忘记了这个字的写法，在那个方格的上半部分写了个瘦弱的“木”，那个孩子还是受过田字格的规范的，即便写不出来，还留了地方给字的另一半。老师拎着王二瓜的耳朵问，为什么把“森林写成木林”？森林和木林一样吗？王二瓜答不上来，反问老师森林是啥样的。老师一时无法回答森林到底是什么样子，转身问孩子们森和林加起来究竟有几个木？学生们和老师以袖管答数字的方式分别有了“木林”“森森”“森森木”的答案。这画面颇为有趣，却也能看见西部的荒凉大地上，人们对一片“森”的绿色向往。

多年来，我一直有收集各种笔记本的习惯，书柜有好几格摆满了它们。这些本子怕是我写一辈子也写不满了，但每遇到那些本子，印有一帧喜欢的图案或一个心动的句子，我就忍不住买了回来，更不用说看见那种封皮上粘了各类小花草标本的了。这一堆本子中，唯独缺了本田字格，想想，得补上。

（选自 2018 年第 3 期《钟山》）

江湖从头说

贾樟柯

一场暴雨过后，空气中是湿漉漉的感觉。

早上，我背起书包准备上学。那一年，我九岁，已经是被散养在街上的孩子。走到县城主街，才发现洪水从西向东急流而下，马路上“波涛汹涌”，水位几乎齐成年人腰高。街边零散站着几个像我这样的小孩子，有扛着自行车的成年人正在蹚水。

马路对面，洪水对面，就是我的学校。

我站在马路边店铺的高台阶上，望着洪水，一时不知如何是好。突然，一个穿白衬衣的身影在我身后出现，他不发一语弯腰将我夹在腋下，蹚过洪水之后把我扔在马路对面。前后也就几秒钟的时间，我反应过来再看时，他已经又蹚过洪水，到了对面，接着把其他的小孩子带过马路。

望着他高大的身影，我辨认出来，那是我们那片的大哥，小东。

那个年代“文革”刚刚结束，很多年轻人像小东一样，都是待业青年。他们有的插队回来，有的中学毕业，一时找不到工作，就呼啸街头。大哥们都有特异奇才，也都有一颗文艺的心，他们蹲在马路边拿一支口琴，无师自通，很快就会吹《流浪者》《啊，朋友再见》。小东曾经自己做过一台幻灯机，我参加过他幻灯故事的“首映”。

他们心灵手也狠，靠拳头解决问题是少不了的。往往没有什么理由，只是相互间的一个对视，便会产生一场蔓延半个县城的“战争”。战斗的时候，我们这些小孩子总是在后面运送砖头石子，哪怕只有 10 岁也会有自己的战队，有自己的大哥。双方的摩擦并不是因为什么实质性的利害问题，往往只是因为超强的自尊心，飞扬的荷尔蒙就被轻易点燃。

那时候，我母亲在长途汽车站对面新开的国营商店工作，商店里刚刚挂起一幅巨幅画像——八位元帅骑着高头大马，迎面而来。突然，商店里一阵大乱，小东遭到十几个人的围攻。人们根本看不清什么原因，这场战斗就开始了。小东挥舞着一条铁链，在商店中间以一当十，竟然不落下风。在呼啸的铁链声中，他的面孔让我难忘，用山西话来说，那是一张“精干”的脸，精力充沛，行为干练。更让我惊诧的是他的沉着，他没有一丝慌张，原来镇定是尊严的底线。他不逃遁，也不放下武器告饶，而是沉着地应对。即使满头是血，也保持身姿的体面，直到对手散去，留下他一个人擦拭伤口。

每个男孩都是学着男人的样子长大的。从此之后，不管遇到什么样的危机，我都会想起他的样子。架可以输，事可以败，但人不能垮。男人就应该有个男人的样子。

后来，小东有了工作，也开始了恋爱。早上上学时，会看到他骑着自行车，带着他的女人沿街而上。传说，他跟女朋友同居。七十年代末，这可是惊世骇俗的事情，我的注意力也从小东转移到了自行车后座上他的女友身上。他们穿街而过的时候，她美丽的面庞同样没有任何慌张，好像在挑战所有人怀疑的目光。两个人的身影合成一个爱的宣言：不顾一切，以身相许。

后来，我也长大了，我也有了我的兄弟。后来，渐渐没有了小东的消息。

九十年代，大学的某年暑假，我回到汾阳，路过一个院子，发现院门口蹲着一个中年男人。他穿着白色的二股筋背心，低头呼噜呼噜地吃着一碗面条。从他身边走过，我突然意识到了什么，停下来凝视他，才发现那人正是小东。他已经从大哥变成了大叔，头发稀疏、身体发胖。他那样专注地吃一碗面条，与世无争。我无法把他此刻吃面条时的专注和他过去战斗时的专注联系起来。我离开他，异常恍惚。

这一幕一直留在我的心里。我总在想，什么时候能拍一部电影，写写我们的江湖。不单写街头的热血，也要写时间对我们的雕塑。

几年前，我听到一个故事：在某个城市，如果两个年轻人发生争执，当地会有提供服务的公司，一个电话打过去，付费，公司就会派很多兄弟过来撑场面。往往是争执双方拨打了同一家公司的电话，两个人叫来助阵的其实是同一家公司的“同事”。这就是一单生意，男人的血性已经转化成可以出售的服务。

我决定拍《江湖儿女》，从2001年讲述到2018年元旦，故事的起点还是山西。“江湖”意味着动荡、激烈、危机四伏的社会，也意味着复杂的人际关系；“儿女”意味着有情有义的男男女女。

写下“江湖儿女”四个字时，我好像潜到了自己的情感深处。我眼前一直是小东和他的女朋友骑着自行车的身影。他们以身相许，如此红尘笃定。

（选自新浪作者微博）

写给童年的一封信

朱德庸

你不认识我，但我认识你很久了，我必须承认，有很长一段日子我几乎把你忘了。

我再度想到你是2000年，那年我的孩子9岁，我陪着孩子过他的童年时，我自己也再重新过了一次童年，那时我才把你，从我记忆的墙角找了回来。

我写这封信给你，是想要谢谢你，每当我的人生碰到一些困惑及彷徨时，你给了我方向。那个方向也许不符合社会价值观或众人的期望，但却符合我自己内心的感觉，那种感觉就是一种快乐和知足。

你充满了对人生的各种疑问，现在的我可以给你一些答案。

你曾问：幸福是什么？幸福不是一辈子平顺富有，而是找到一个可以陪你度过人生逆境的人。

人生是什么？人生就是一座迷宫，你花前半生找入口，然后花后半生找出口。

幽默是什么？幽默就是一扇想象力的旋转门，可以把你从阴湿幽暗的地窖，瞬间转到艳阳高照的海滩。

成功是什么？成功是，就算所有的价值观都变成钱的时候，你还是不违反你的“梦天性”，永远拥有梦。

我不确定这些答案是否正确，也许20、30年后的我会再写信给我，如同我现在写给你。当我再迷惘时我会乘着脑中的时光机器去找你，让你告诉我我是谁。

谢谢你，小时候的我，我会和你一起，用我们自己单纯的方式，在这个时代里慢慢向前走。

（选自2018年第二季《朗读者》）

河上漂下一群羊

简　默

河是黄皮肤，叫黄河。

站在岸边，黄皮肤的河照黄皮肤的我，河比我黄。

我要渡河到下游去看石林，它藏匿于一条深深峡谷中，时光之手漫不经心，甩出一记记耳光，留下一个个印记，响亮至今，惊艳至今。

河，阔面苍黄，如一匹肤色最深的黄表纸，黏稠稠的波浪堆卷，一口一口的，仿佛你我头顶上的旋儿，旋转不动了，成了河的旋儿。

来前我便被告知了，今天将乘羊皮筏子渡河。我没乘过筏子，但我见过被胶片定格的筏子，竹筏子、木筏子、橡胶筏子，唯独没见过羊皮筏子。据说，这种出没于黄河胸膛的筏子，只会说这条河的方言，仅识得这条河的水性。

羊皮筏子来了，居然，是被一条中年的肩膀扛来的；居然，只有一面床板那么大；居然，由几排鼓胀的皮囊亲密串联而成。那些皮囊，是它们留在尘世的躯壳，瞧上去像一头头猪仔，咋看都不是一只只羊。

在我童年的山坡上，青草是土地茂盛的毛发，野花是月亮遗落的露珠。一群羊离我是如此近，它们悠闲地踱着步子，埋头咀嚼着青草，像在给土地理发，用不了多久，或许就一场雨后，毛发又参差不齐地生了出来；翠绿的汁液流淌在它们雪白的牙齿和粉红的舌尖上，一朵朵的花拧身闪过不同色彩的身影，空气中泛滥着草根的清香。它们中的一只，长着两个尖尖的角，像扎着两个朝天辫，偶尔抬起头，与我对视了一眼，就这么一眼，我看见了它潮湿的眼睛里，掩饰不住的怯弱、安静与善良，它金褐色的双眼好似两枚金色小钉，将我钉在了忧伤上头。我向前一步，它退后两步，我抓住它的角，就像攥着它的命，它咩咩地大声喊救命，我头一次听见一只羊可以像一个孩子一样，拼了命地叫自己的母亲。面对比自己小不了多少的它，我心软如水，罢手了，它恢复了平静，继续埋头吃着青草，一动不动，像一块纯白的石头。

它们走下山坡，望河兴叹，命运就被篡改了。先是一柄被清水濯洗锋利的刀子，刃口向外贴着舌尖衔在齿间，一刀引出了一支血箭，接着它变成了一个动词实验工厂，撕、拉、碾、扯、挫，等等，这一连串动词只为赶在它人世的余温尚未冷却之前，剥下一具完整如初的皮囊。

对待这些皮囊，如对待一个意志坚定者，在烈日下暴晒，在盐巴中腌渍，在清油里洗澡，直至透明光洁，成为一个个扶不起的口袋。它们会被人嘴对嘴地吹满气，这是一桩考验人的肺活量的活儿，吹满一只羊皮筏子所用的皮囊，至少需要七个以上汉子的肺活量，他们呼出今生的空气，它们吸入来世的气息，借一口气，还回了魂。

然后，它们会被赶入河中，上头载着我和我的同伴——一群曾经像它们一样四脚奔跑，后来学会两条腿直立行走的动物。它们是一群不死的魂灵，像真正的灵魂一样，没有重量，身轻如燕，没有感觉，不会喊疼，贴紧河的胸膛，注定只能顺水漂流，向下向下向下游，无法回头。但正是它们，的的确确地，叫一整条河流称不出自己的重量，感到了挫骨削皮的疼。

（选自 2018 年第 2 期《雨花》）

锣　鼓

毕星星

偶尔回老家，到村里去看看，会听到谁谁死了。这时乡亲们会嚷嚷，送锣鼓！咱庄上送一副锣鼓！

送锣鼓，意思就是庄上要派出一班人，到主家敲一番锣鼓，热闹一下，表示礼数。

村庄的锣鼓班子简单，一副铙钹，一面鼓，四五面大铜锣就能敲起来。讲究场面的，铜锣可以多几面，十多面的也常见。铙钹、大鼓却是不能没有。铙钹领奏。大鼓掌握节奏，和大锣，也和铙钹，在几种铜器的交响中，牛皮鼓是另一种音色，花搭，不能少。

乡村的鼓手也不怎么讲究，自家人敲自家人看，不客气。鼓手们都是平时做自家庄稼的，谁也没有专门去学。打小听了上一辈人敲，节奏啦，鼓点啦，记住了，遇事再去跟上敲几回，就会了。一回生二回熟，几回就跟队了。近年也有音乐学院开设鼓乐专业，谁也没想到敲锣鼓还要进学堂去学。乡下人用不着。当然，熟悉各种鼓点曲牌，也还是要有点音乐天赋，不是谁都能捉家伙。

锣鼓一般认为来源于唐代的军中破阵乐。马遂将军大破藩镇反军，军乐兴，由是传到民间。高头村邻村马营村，当地都认为是马遂驻兵的营盘。县里有马王爷庙，至今有供奉祭祀。锣鼓起源于此，此地的锣鼓格外看重可以理解。锣鼓传开以后，宋元又衍生出锣鼓杂戏，杂戏也诞生在此地。前些年专家们纷纷跑来，挖掘锣鼓杂戏的先祖，就是这儿。

民国年代，高头村分为前社、中社、后社，各社都有自己的锣鼓。一旦有了社事，社首会安排，庆贺啦，吊丧啦，锣鼓都会出场。五十年代以后集体化，以小队为单位活动多了，锣鼓也逐渐成为小队组织，队长主事。人民公社撤销以后，小队叫了居民组，锣鼓就在居民组了。不管叫啥，敲锣鼓没有停。

我小的时候，锣鼓套路比较多。《大得胜》啦，《旱天雷》啦，最简单的，村里人叫《齐个镗》，就是模仿开场的家伙敲打叫起来的，最复杂的锣鼓点要数《战鼓》，一个套路能敲半个钟头。半个钟头的鼓点，谁能记得住？这个主要就看铙钹的领奏，中间有几段，大锣就是镗、镗、镗、镗无限反复。铙钹合着镗、镗、镗的节奏，不断花打，形成两重奏的和声。锣鼓班的铙钹，比一般的铙钹大，声音厚、沉，和铜锣的响亮混搭，是绝配。铙钹有瓦盆口子大小，中间有圆孔，穿出一束红布，红布在铙钹心里绾个大结，穿出来展开，布条成了穗子，大锣哐里哐镗，铙钹要花打了，领奏的双手高高举过头，那是示意，跟着我。接着一起调，采采采，采采采，采采采采采采采——火红的穗子在空中舞来舞去，飘飘悠悠，画出一道一道火焰，好看极了。引领威风，铜器和鸣动听，乡村的天地，刹那间就震得一颤一颤的。

最简单锣鼓点儿，就是《齐个镗》了：

采采采采采采乙采采——

镗镗，镗镗镗，镗镗，镗镗镗，镗镗乙镗乙镗镗，采采，镗镗乙镗乙镗镗，采采，采采镗，采采镗，采镗采镗采采镗，采采镗，采采镗，采镗采镗采采镗，镗镗，镗镗乙镗镗。

最简单的，也是最常用的。锣鼓一开场，一般都用这个《齐个镗》，我小的时候就是这样。

村里人爱说，娶媳妇埋人一个调调。喜庆也罢，丧事也罢，吹鼓手演奏的还是那些曲牌。那么，没有区别吗？按我的体会，有。娶媳妇多用唢呐，丧事，多用锣鼓。

为什么死了人还要敲打一番？你要问，老人们会斜你一眼，责怪你：

受罪受了一辈子，死了，还不能热闹一下？

活了一辈子，死了，一点没有声响就走了？谁知道？

你就明白了，锣鼓就是村人离世的广而告之，宣告在这里，一个生命走完了一生一世，到另一个天地去了，乡里乡亲要送一下。

锣鼓不仅是热闹，它是一个庄重的灵魂送别仪式。

锣鼓一般选择在黄昏。傍黑，西天晚霞刚刚黯淡下去，前后巷子的锣鼓队就出发了，他们沿路敲敲打打，几个鼓点下来，就到了主家门口。几家的锣鼓队会集了，会有一个小小的比赛，这是鼓乐高潮。你一个段子，他一个段子，此起彼伏，有轮番，也有齐奏。锣响铙钹响，一时轰鸣一片。哪一个队伍阵容强，锣鼓置办得好，会叫人夸。锣鼓也有调门，几个不同的锣鼓队，像是一场同期和声。主家早早支起了灯火，安排好席面。席面也简单，几个凉菜，一壶热酒，热闹一下就是。主要是围坐叙叙家常，这个丧事，就不那么凉场。当真是，活了一辈子，还能那样死寂静板地走了？

西天也暗了，乡村的天瓦蓝瓦蓝的，几颗星星俯视着村庄。村里有一处亮起灯光，烧红了天地一个角。隐隐传来锣鼓，那是话别的地方。暝色中灯光如火，一个熟悉的灵魂今夜升天了。有接引的，有护送的。锣鼓，就是护送的音乐。

父亲没了，儿子会接替，一场新的生命的接力，由此开始。只要有两代人的生命接力，锣鼓就不会废了。

我在现场，看到铙钹高高举起，接着一声急促的碰撞：

采采采采采采乙采采——

心头涌起几十年的沧桑，我便招呼熟悉的同伴，几十年了，你们敲的还是小时候的《齐个镗》！

同伴就着震响的家伙，向着我喊：那可不，一百年都是这。辈辈都是这！

（选自2018年第2期《随笔》）

随笔三则

任溶溶

我爱英国文学

我小时候最喜欢的童话是《木偶奇遇记》，可是还有一本童话我也一直看，就是赵元任翻译的《爱丽丝漫游奇境记》。好莱坞把它拍成电影，记得广州金声电影院开张放的第一部片子就是它，当时我在广州，去看了。只是这个童话后面写的是扑克牌王国的事，我对扑克牌一窍不通，也就不感兴趣。因此这部童话在我的爱好中就不及《木偶奇遇记》。

英国的文学历史悠久，有许多伟大作家。对莎士比亚，怎么会不爱呢？还有狄更斯，等等。不过我对英国文学作品，还是从好莱坞电影那里看得多。如《罗密欧和朱丽叶》，我还记得莱斯利·霍华德和诺玛·希拉演出的片子。戏剧大师曹禺还译过这本书，取名《柔密欧与幽丽叶》。

我特别喜欢英国现代作家萧伯纳，他的《卖花女》让一个卖花女被改造为贵族小姐后受到追求，对社会讽刺得入木三分。这书有林语堂的译本，还有电影，我都看了。萧伯纳还来过中国，与鲁迅先生结识。

英国儿童文学历史也很悠久，我译外国儿童文学作品，就译了英国古典作家内斯比特的儿童小说《铁路边的孩子们》、格雷厄姆的《柳树间的风》、巴里的《小飞侠彼得·潘》，还译了现代儿童文学作家米尔恩的《小熊维尼》、特拉弗斯的《随风而来的玛丽阿姨》、达尔的《查理和巧克力工厂》等。所有这些作品介绍过来，我想一定可以让我们的小朋友得到快乐。

“文革”期间读书

我年轻时爱看外国小说，回想起来，看得最多的是日文翻译的外国小说。

“文革”期间，我一度在编译所，上海文艺出版社的资料存在那里，有全套几十部日文外国小说，我就一部一部看。其中一本我印象特别深的就是法国作品《昼颜》，写一家庭妇女白天到妓院卖淫挣钱养家。“文革”期间我没白过，就因为有整套日本文学名著供我读。

当然，我借书也不能随时借，只有当好友吴钧陶同志在资料室当班时我才借。他了解我。

广州话中的音译词

有些外来音译词在广州话里已成日常用语，老太太也会信口说出。

例如：寄信要贴士担，士担即 stamp，邮票。

睇戏要买“飞”，“飞”，即 fee，入场券。

个 bibi 好得意（那娃娃很好玩），bibi 即 baby，也叫 bibi 仔。

上大楼可以坐 lib，lib 即 lift，电梯。

双妹嚜花露水，嚜，mark，即牌子，也叫嚜头。

说时间的“十点一个骨”，即“十时一刻”，“骨”是 quarter 的音译。

在广州话里，音译词就是用得这样普遍。

（选自 2018 年 9 月 10 日《文艺报》）

饮食节目问答

蔡　澜

和小朋友聊天。

问："听说你最近有做新的饮食节目的念头，会有什么内容呢？"

答："主要的是保存濒临绝种的美食，尽量重现一些古时候的菜谱。还有让观众知道，平凡的食材，也能做出精彩的菜。"

问："只讲中国菜吗？"

答："也不是。像旅行，一生总要过，看别人是怎样过，把节目做成味觉的旅行。同样食材，别人是怎么做出来的，让大家参考。"

问："举个例子吧。"

答："比方说，你到一家好的外国餐厅，如果面包不是自己烤的，那么这家餐厅的好极有限。中国食肆最不重视白饭了，为什么不能像外国的一样，把一碗基本的饭炊得好一点呢？从白饭延伸，做出粥来，各种不同的粥，也用米，磨成浆，烹调出各种吃法，像肠粉，等等。"

问："那也可以做不同的炒饭了？"

答："这当然。"

问："要不要比赛呢？"

答："何必，大家切磋，多好！"

问："还有什么可以添加的？"

答："我想多加一个餐桌上的礼仪的环节。"

问："不会闷吗？"

答："不说教就不闷。而且是我们很需要的一课，像吃饭时抢着夹菜，就不应该。我们还有很多人会把菜东翻西翻，也不对。”

问：“这不是很基本的吗？”

答：“是基本，但不懂的人还是很多，需要提醒。我们很幸运，有父母指引，但现在大家都忙，也许忽略了。像吃饭时发出啅啅的声音来，也不雅。”

问：“现在很多人都是这样吃的呀，成为习惯，大家都啅啅声，也就接受了，没什么不对呀。”

答：“朋友一起，家人一起，怎么吃都行，但是出不了大场面。在外国旅行，总有一些国际上的基本礼仪要遵守，否则人家看了虽然不出声，但心中看不起你。我们何必做这种被人看不起的事？”

问：“这是因为你年纪大了，看不惯年轻人的反叛。”

答：“对。我们年轻时也反叛过，不爱遵守固有的道德观，父母看不惯。但这不是反叛不反叛的问题，是做人做得优不优雅的问题，是永恒的。”

问：“还有什么环节？”

答：“很多，像食物的来源，和人生的关系。”

问：“举个例子。”

答：“像东方吃白米长大的，和西方吃面包长大的，在身体上有什么不同。发育也完全不一样。东方的孩子，送到西方去，也比较高大呀，这是明显的例子。”

问：“那要研究营养学了？”

答：“这让学者去讨论，到底是电视，很实际地需要收视率，必须有娱乐性才行。如果太多篇幅去谈药膳之类的，就太过枯燥了。”

问：“那么讲不讲素食呢？”

答：“当然得涉及，讲的是真正的素食，不是把素食变成什么斋叉烧，什么斋烧鹅。这么一来，心中吃肉，也等于吃肉了。不是真正的素。”

问：“可以做些什么素呢？”

答：“在食材上去做功夫，像有种海藻叫海葡萄，就那么用醋和糖来腌制一下，就是一道美食。”

问："叫大师傅来做？"

答："也要请他们示范。不过家庭主妇的手艺也不能忽略。她们的菜，做给子女吃，一定用心。用心做的，是餐厅大师傅缺少的。有时候，她们在很短的时间内，也可以做出一桌菜来，应付丈夫临时请来的客人。真是有这些卧虎藏龙的厨娘，都要一一发掘。"

问："有没有减肥餐呢？"

答："没有。"

问："怎么答得那么绝。"

答："最有效的减肥餐，就是不吃，不吃就不肥。倪匡兄说过，'纳粹集中营里面，哪会有胖子'，别做梦了。"

问："那么，讲不讲人与食物的亲情？"

答："饮食节目是应该欢乐的，太多挤眼泪的情节，还是留给《舌尖上的中国》去做吧。"

问："外国拍的饮食节目，有什么可以借鉴的？"

答："我都不想重复他们的内容，精神上可以抄袭，像他们的一个小时之内做出多种菜来，就有那种压迫感，也许我会请一些专业厨师，或一些生手，在二十分钟之内做出几道菜来。"

问："做得到吗？"

答："中国的煮炒，都是在很短的时间内完成，像《铁人的料理》那种节目，如果让一个巧手的厨师去做，一个小时里面，做出一桌菜来，不是难事。"

（选自青岛出版社《蔡澜旅行食记》）

一茎一叶总关情

蒙古高原礼赞

鲍尔吉·原野

河水流进骏马的血管

祖先给河流赋予吉祥的名字，读起来回声遥远：乌力吉木伦河、通拉嘎河、乃仁河、额尔古纳河、查干木伦河、昆都仑河、白音高勒——这是吉祥的河，清澈的河，细的河，突然拐过来的河，白色的河，横过来的河，富足的河——河流灌满了福气，奔流在蒙古高原。说起河的名字就重复着祖先的愿望和这片土地当年的样貌。

傍晚，奔马像鹰群一样飞到河边饮水，河岸像栽种了一排杂色的树林。河水流过牛羊的嘴巴，水里混合了草的汁液。

河流里，如蛋壳一样洁白的卵石和头发一样的水草眷恋水，水带不走它们，像流云带不走牧羊人。

河之不息如长调不息，缓慢地、留恋地流过草原。草原如此之美，河流舍不得流向天际。它像长调那样尽量延长音符，折折叠叠，给草原留下盘肠的痕迹。

平静流淌的额尔古纳河奉献了黄金家族，历史由这条河而改变。额尔古纳河比人们想象得更平静，如生育伟人的母亲那样安详。

河水流进草的根须，流进骏马和牧民的血管里，流过牛羊清洁的胃，跨越千山万壑，像一个网，包裹着蓝色的蒙古高原。

歌声：泉水如花瓣一层层盛开。

像孩子一样跳出地面，透明的花瓣一层层开放，泉水来了。

山顶的泉水比山顶还高，山脚的泉水比月亮还亮，泉水来了。

泉水遇见今年的青草，抱住山丹花的腰。泉水倾听大河的喧哗，十里之外，浪涛奔跑。

树林传来泉水的响声，像蝴蝶扇动空气。泉水来了。

泉水的名字叫富裕，叫金子，叫长高（蒙古语中泉水的名字）。泉水的溪流这样稚嫩，比站在山顶俯瞰江河还要细小。泉水来了。

泉水来了，泉水咕嘟咕嘟、咕嘟咕嘟冒出地面。泉水去见鹿群、野黄羊群和小鸟。牛羊肥壮，人畜安好。

一条条哈达献给你，煮好的肉食献给你，请泉水收下我们的心意。

群山注视着草原

草原的山峦缓缓上升，展开父亲的怀抱，注视着草原。

有蒙古人和山的地方必有一座名叫“博格达”（宝格达）的山。它是天派下来的山，人们视如圣山。所有的博格达山只是一座山，如可汗，遥遥地俯瞰着草原。蒙古人的民歌唱到博格达山，会变得空灵，思绪渐渐遥远，好像他们的匍匐和沉默的思念。

蒙古高原的山上没有财宝，矿藏也不是财宝，山是神住的地方。草木长成神的衣衫，动物是神的子孙和伙伴。奔跑的鹿和小兔在为山神跳舞，神冠上的树叶子被风吹起，化为小鸟。蒙古黄榆从峡谷排列而下，是山的卫兵。神在哪里？神就是祖先的遗训，珍惜大自然，一草一木都是宝。

站在高高的兴安岭，山下只有云和树。秋天来了，落叶松把群山铺满黄金。入夜，山的翅膀合拢一体，大地黑暗，星星布满山顶的穹庐。它威严的头顶悬挂尊贵的北斗七星。大雪覆盖的罕山上，鹰的影子多么寂静。

歌声：两棵树在露水里走路。

大山领着小山，走在茫茫的地平线，小山睡在大山胸前，一起度过了多少年。

黄铜色的大草原，大树领着小树，在余晖里影子变成了一条。

羊羔思念山坡的花朵，却不愿离开母羊身边。马驹想看河岸的青草，却不愿离开母马的视线。

父母老了，他们的恩德在儿女心里长成了花园。父母走不动了，眼泪动不动挂在腮边。

抬头看见两座山，看见两棵树在露水里走路，看见羊羔和马驹蹦跳，儿女躺在父母的臂弯。

草原是牧民的家园

草原在夏季鲜花盛开，秋日百草肃杀，冬天风雪肆虐。它是它自己，大自然的严峻让人望而生畏，但牧人要承受这一切，这是造物主不可违犯的意志。忍受与顺应是蒙古人的品格之一。

草原不是长满草的广阔地域，它永远不是可耕地，不是矿石之上的覆盖物，它是牧业生产的基础与蒙古人生存的家园，它不为攫取者而生存。

草原是一个谜，没有人知道它无穷变化的理由。草原不过是地表薄薄一层长草的土，它脆弱到不可挖掘。然而大规模的采矿早已开始，从卫星地图看，开矿和开垦造成草原的毁伤。工业化无节制地使用地下水，造成草原荒漠化，与过度放牧并无关系。在呼伦贝尔，在锡林郭勒，羊群不再洁白，它们身上披挂黑色的煤灰。

如今对草原的诗意描绘已如讥讽，当下唱《美丽的草原我的家》令人茫然。草原消失之后，蒙古文化会像青草一样被连根拔除。不止草原，无论在何处，对大自然的毁伤都是对文化的毁伤，把人变成没有文化的、同质化的生物，与工业快餐饲养场里的肉食鸡没有两样。

草原若不受到保护，会风干成一个陌生的词，藏身于词典与图片里，歌声就此喑哑。

歌声：万物比你想象的更柔软。

拉盐的人啊，把你们支铁锅的三块石头拿走，扔向四面八方，烧过的石头要休息。

石头为你们忍受火焰的灼烤，煮熟了奶茶羊肉，石头要休息。

万物的身体比你想象的柔软。它们像水一样活泼，像旱獭皮毛那么光滑。你看不到石头和沙子的血肉，但它们有血肉。你看不到树和土壤的伤口，它们的痛苦深如峡谷。

唱歌的人啊，你告诉别人：石头在休息，云在天上护卫它。河水在休息，花在岸上护卫它。

民歌的节奏在母亲面前慢下来

蒙古族血液的源头是骆驼一般的母亲，她们像树一样沉默。

民歌唱到母亲，节奏会慢下来，像老母亲的脚步那样慢，像叩拜苍天那样慢。蒙古人在童年看到了羊羔跪乳，看到牛犊跟随母牛吃草，学会歌唱母亲的歌。没有母亲的形象就没有蒙古文化。

母亲是大地，柔软的、长满青草的、泥泞的、布满车辙和马蹄印记的黑色潮湿的大地。母亲对儿子、对羊羔和牛犊有一样的爱，她脸上的慈祥一如大自然的慈祥。

歌声：诺恩吉雅的歌声比海青河水更长。

你的悲伤比老哈河水还长，出嫁的诺恩吉雅，什么时候才能回到家乡？坐牛车要走上三个多月，青青的牧草渐渐萎黄。

你路过九条没名字的河流，都比不上老哈河水清亮。河边的大雁飞回南方。诺恩吉雅，你回家的时候，已经认不出父母的模样。

海青河的岸边，海青鹰翅膀下有睡觉的小鹰。海日苏树的阴凉底下，海骝马为什么低头彷徨？

美丽的姑娘诺恩吉雅，为什么要出嫁到远方？远方没有比父母更亲的人，你思乡的歌声比海青河水更长。

榆树在榆树叶里眺望你，河水在宽河床里默念你。诺恩吉雅，你带走了云彩的温柔、花朵的颜色，你连影子都没留给家乡。

老哈河水长又长，流走了你的芳香。海青河水长又长，流走了你的目光。茫茫草原像大海一样宽阔，你睡在哪一座毡房？诺恩吉雅，你再也没有回过家乡，没见到自己的爹娘。

云影缓缓覆盖河流

牧民的目光离不开成吉思汗，看到他的画像，榆木一样粗糙的脸上会自然地露出笑意，露出向往。在牧区，所有蒙古人的房子里都挂着成吉思汗的画像。成吉思汗，他们说起这个名字就说出了自己的思念，这个名字的音节和语境刚好符合他们的心意。如果蒙古语当中没有“成吉思汗”这个词，牧民仿佛少了筋骨，感到孤单。成吉思汗是祖先，是神祇，是从苍天之上注视而来的目光，是所有白马的主人，仅仅他的名字就可以安抚人心，他代表着一切吉祥。

蒙古长调里，能听出一种颂扬。配得上如此追念的，只有成吉思汗。蒙古人把他视如神，更视如血肉相连的家人。蒙古人用长调颂扬心中的怀想——成吉思汗心爱的白马，他的黄金训辞，像云影缓缓覆盖河流，簇拥着走向天边。晨雾散了，山脚的白马抬头谛听。河水满了，像端坐着一般的黑天鹅在水里嬉玩。

蒙古人觉得成吉思汗离开的时间并不久，他们自豪地说起成吉思汗的陵园、他妻子的家乡、他弟弟的封地。蒙古人认为成吉思汗属于所有蒙古人，他们像树叶一样长在名为成吉思汗这棵大树上面，树叶黄了又青，但大树一直在他们心里生长。

歌声：北方的天空是站立的大海。

北方一直位于正北，草尖能够住下天神。

北方的天空是站立的大海，重叠的山峦是琉璃的天门。

九层云彩的莲台海水环绕，菊花的浪头白马飞奔。

北方的夜空灯火千里，马车穿过宝石的星辰。

神的指缝洒下雨水，手里酒杯波涛滚滚。

神灵坐在敖包的正位

人们肃穆地围拢敖包，脚下的夜色四处流淌。他们在夜里穿戴华丽，马的鼻息划破了潮湿的空气。敖包降临了所有的神灵——从树上、从泉水里、从火里、从岩石上、从毡房里、从摇篮上、从马鞍上、从佛像里、从金器和银器里，吉祥聚集。呼来——呼来——（蒙古语：来吧。）

神灵熟悉夜色里的每一条河流和每一株草，知道鸟身上羽毛的花纹。神灵稳稳地坐在敖包的正位。敖包里面装着各个村子的泥土、各个河流里的水，装着五谷，装着金银珠宝。石块是敖包的铠甲。呼来——呼来——

敖包长宣读祭文："愿长生天保佑大地丰饶，保佑人畜平安，保佑河水清洁，保佑山在山的位置上巍峨矗立，保佑鲜花年年盛开，保佑说蒙古语的儿童和老人心中安稳，保佑燕子年年回到牧民家里筑窝，保佑所有人孝敬自己的长辈，保佑蒙古歌声像云彩一样川流不息，保佑蒙古文化不受到歪曲和损坏，保佑大自然完好如初。呼来——呼来——"

"愿长生天保佑山上的草木生命力旺盛，保佑泉水高出地面，保佑牲畜生产顺利。保佑我们像岩石一样诚实，像河水一样纯洁。呼来——呼来——"

"黄油、炒米、点心、酒和哈达——请神灵收下我们的礼物，我们跪下领受神灵赐福。呼来——呼来——”

山川肃穆，敖包神圣，天色从最远处一点点变亮。

歌声：火苗有数不清的脚在舞蹈。

你从哪里跑到柴上？火的脚爪碰碰撞撞。

看啊，数不清火有多少只脚。火的肩膀在抖动，火的腰身像蛇摆晃。

火在攀升，火在找什么？火手掌与夜色相握，人们看不到火的面庞。

火在火里端详人们，瞳孔里有两片火光，脸膛熟了。

跳舞的人们回到童年，像陀螺转起圆圈。火苗高过肩头，火星跳进黑夜，再无踪影。

喝茶的时候火在茶里，烤火的时候火在血里。火的家在锅里，在牛粪饼里。火种住在明亮的星辰里。

五种颜色的绸缎捆住羊的胸脯肉，献给火神，酒和黄油献给火神。平日里沉默的诗歌，今天念给火神。请接受我们的心意。

黑夜里的大地，火的钻石在闪。沉默的火啊，你什么时候为我们唱一首歌？

马把蒙古人变成雄鹰

因为马，蒙古成为世界上第一个打通欧亚连接的民族。没有马就没有世界史记载的蒙古帝国。马是蒙古人的翅膀，鼓动了他们的雄心，让他们放眼世界。马带着他们穿越蒙古高原，穿过喀尔巴阡山，穿过富庶的欧洲平原，穿过中亚与西亚的崇山峻峰。他们从经过的地域吮取到新鲜的文化养分，壮大筋骨。马不仅是蒙古人的工具，还是他们的心灵朋友，就像他们的视线里要有草原一样，草原上有了马，他们心里才安详。马的身躯与草原谐和，它的鬃发与风中的草叶一并摇摆。牧人说马认得自家的毡房，认得炊烟，认得主人的气味，而主人也能看懂坐骑的眼神。蒙古人相信马与人心心相印。

蒙古马矮小坚韧，吃苦耐劳。马在风雪里，在暴雨骄阳下，忠诚于主人。蒙古文学从史诗到民歌，一直在赞颂马。蒙古语有繁多的词汇形容马的毛色、脾气、行走与奔跑的状态。这个民族的词语如此倚重马，马是他们文化的根基之一。

马改变了蒙古人对于时间和空间的认知，马改变了他们对速度的理解。马勇敢而安静，是人类驯化动物最成功的案例。马在奔跑与静立时都呈现雕塑的美感，所谓一座山又一座山不过在马蹄嘚嘚中消逝。海一样的草原上，有马就有岸。月色下，蒙古包前拴着的马如玉石一样洁白，马的背后河水流淌，星斗满天。

蒙古语里，马和好运是同一个词根。

歌声：炊烟在毡房顶上等我。

小兔子，你打一个滚能有多远？如果我是兔子，要打多少滚才回到东蒙古的家。

小兔子，你打一个滚能有多远？如果我是兔子，要打多少滚才回到西蒙古的家。

小兔子，你打一个滚能有多远？如果我是兔子，要打多少滚才回到南蒙古的家。

小兔子，你打一个滚能有多远？如果我是兔子，要打多少滚才回到北蒙古的家。

炊烟站在毡房顶上等我，松树站在山峰顶上等我，马鞍在白马的背上等我，新娘在嫁衣的丝线里等我。

小兔子，你打一个滚有多远？我才擦了擦眼睛，你已经没了踪影。

长生天安详

古代的游牧民族无所谓村庄故里，也没有宗庙祠堂，他们的宗庙在辽阔的天空、大地，无处不可成为家园。他们眼里没有欧亚的界限，没有种族的界限，只有四季、草场和远方。蒙古人在世代迁徙中，最深的领悟来自大自然，他们称之为长生天。

所谓蒙古是无数部落的集合，多种文化聚合成为以长生天为信仰的游牧文化中，其核心是尊重并匍匐在大自然的脚下卑微地生长。豪迈、细腻、坚韧与敬畏天地是蒙古人的集体文化特征。历经所有的磨砺，长生天让蒙古人的思想纯朴，让他们懂得节制与尊重是立身之本，古老而又天真。

歌声：吉利到了。

佛灯爆出灯花，吉利到了，长生天安详。

狂飙一般的马群不知从哪儿跑过来，不知跑到了哪里，长生天安详。

莫尔格勒河拐了无数的弯，如竖写的蒙古文字，长生天安详。

毡房里降生的孩子开口会说蒙古语，长生天安详。

母驼用奶水哺育驼羔，牧草按季节返青，长生天安详。

蒙古人的眼睛从火里看到火神，在泉水里看到水神，长生天安详。

（选自湖南文艺出版社 2017 年 12 月《流水似的走马》）

流　水

彭学明

流水像一个亦歌亦舞的诗人，以青山为题，以音乐为伴，写一首一泻千里的长诗。

两岸的山谷危崖峭壁，崖壁的树木郁郁葱葱，清新的绿色云诡雾谲，灿烂的花朵儿孙满堂。披红戴绿的流水，犹如一支出嫁的唢呐，踩着宫商角徵羽，一段一段地道白，一程一程地数板，把两岸景物唱得斑斓绚丽，一派温情。花鼓戏的韵律、黄梅戏的节奏、河南梆子的念词，都如飞流直泻的秦腔秦调，在黄土地上高高低低，深深浅浅，信天漫游。这些水底跑动的音乐，常在寂静的山谷“哗哗”呼啸，清澈的嗓子和音符，成群结队地爬上石壁，挂在树梢。

莺飞草长的时候，一河一河的新绿，既似一锅划不开的米粥，又似一匹扯不断的丝绸，典雅素丽，流淌着胭脂的芬芳。这水太嫩太绿了，随便什么一碰，都会碰破一层皮儿，嗞嗞有声；这绿太韧太粘了，随便什么搅动，都无法让绿失去本真、四散逃亡。相反，那绿光会因我们长久的凝视而闪闪四射成一圈圈的绿晕，碧波荡漾。整个世界都在绿水里掠过似的，绿淋淋的。顺着流水的源头，我们看到流水插满了桃花和柳条，打马过庄。碰到有炊烟的地方，流水打一个结才走；碰到有果实的地方，流水打一个结才走。流水，似一个多愁善感的旅人。它恋山，山是它坚强厚实的胸膛；它恋树，树是它灵巧修长的手指；它恋草，草是它飘逸秀美的长发。当然，它也恋村，村是它安居乐业的家园。那些村子与花朵往往就在流水最美的地方绽放着，饭香与落花，漂泊在河床。

剥开一座又一座青山，流水的肩头不仅落满了四季景色，也落满了风雨雪霜。雨，让一春的雷声满河打滚。桃花汛，龙船水，还有其他的一场场大水，都受命于雷雨，一夜长大。长成一条小溪，小溪笑个不停。长成一条大河，大河唱个不停。长成一片海洋，海洋吼个不停。水井、湖泊、瀑布、深潭，亦是流水的家族与子孙，隔山而居，相肩而行。五音不全的歌手们（比如青蛙、蟋蟀什么的）在流水的唇边游动着，歌声打动观众的心。鱼是流水最负盛名的舞蹈演员，飞翔的舞蹈，带动水乡民情。成群结队的鱼群，自由多变的舞形，像一梭子扫来扫去的子弹，击倒我们。蓄谋已久的鱼竿，就在这里纷纷下饵，长一根短一根，诱惑单纯的演员们。跳舞的鱼们被勾引上钩，满街的鱼香，在空中独行。那些船，是一只只远行的鞋子，在流水上面来来回回地跑了多年龙套，此刻歇息了，伴随鱼鹰修身养性；而桨，依然是一支推窗作画的笔，在水中入墨，水中切题，把一河水乡描得温情丛生。每当夜幕降临，流水上面就睡满了月光和渔火，睡满了涛声与船影。太静太美了！流水与夜空的窃窃私语点燃一盏盏明星。写诗的李白，也许就是在这样的时候仰望苍穹产生诗情的，举起一杯乡愁，痛饮生命爱情。在风花雪月中散步的爱侣们，正坐在水的边缘，触摸真实的河床，感受真实的人生。流水拍岸，鼓掌爱情的缘分。

顺着流水，一个楚国的三闾大夫涉水而来，高高的个儿，飘飞的须，一袭长衫，满目苦泪。求索，碰壁，再求索，再碰壁，金质的思想与水质的灵魂，使得他与彼时的社会格格不入。他只能选择雷电风雨的时候，把清白的良心投入清白的流水，以死做一次不朽的抗争。从此，一尾伤痕累累的鱼，总会在我们不经意的时候游过来，让我们想起《楚辞》，想起《离骚》，想起端午龙船和那颗倔强沉浮、永不屈服的心。所有酷似汨罗的流水，就从《离骚》《楚辞》里流来，百年千年的端午龙舟，在《离骚》《楚辞》里竞渡。方块的汉字，竹制的书简，都密密麻麻地坐在船上，划着桨，擂着鼓，把一页页历史搅得天翻地覆，欢声雷动。屈原的诗与辞，繁茂地包围着我们，环佩叮当，衣裙窸窣，涤荡我们的灵魂。

流水是水；流水是书；流水是岁月；流水是粮食。现在，这粒粮食正身披藤萝，脚蹬水草，从某一个早晨或黄昏开始，爬上一架架筒车，越过一道道田埂，去喂养一丘丘稻田和一口口池塘，喂养稻田里的谷物、池塘里的蛙声；然后，它得穿过一排排机器的轰鸣，在一个小管里匍匐着，去洗涤城市的街道、门楼，擦净城市人的心灵和身体。

流水本身就是一条条月光映照下的谚语及真理。“水涨船高”“水滴石穿”“水到渠成”“日月如水”“流水不腐”等箴言的骨髓都横卧在水面上，从古代流到近代，从近代流到现代，从现代流到将来，智慧的光芒，照耀一代又一代人。流水是一名不知疲倦的劳动者，千年万年，吐故纳新。

无论涉水而过，还是隔水而居，我们都割不开流水的莫逆亲情。让我们热爱流水，珍惜流水，让流水的光华，世世代代，与人相伴。听！流水的歌声，正从我们面前奔跑而过。

（选自 2018 年 8 月 8 日《解放军报》）

读泉州

陆　梅

在福建泉州采风的两天翻完了报到时会务组送的《文学名家看泉州》一书，目录里赫然两列熟悉亲切的作家友朋，寻图索骥跟着众名家称道的美景路线走了一遭，也吃了一圈来泉州必点的美食小吃，脑袋里冒出一个傻念头：既然已经有那么多的美文写泉州，把泉州的角角落落、古风古韵都夸了一遍，为什么还要费心劳神再请一拨人来写泉州？如此，回来后就把泉州丢一边了。不是不喜欢这座城市，也并非对它了无印象。此番心情有点像大观园的夜宴，也是上元赏灯，到底灯谜逐一猜着了你才姗姗地来，究竟意兴阑珊。

有一天傍晚在上海阔静的马路上散步，两旁大厦林立，偶或抬头，一树树玉兰正繁花恣肆，白玉如云霓裳片片，紫花似霞端雅娇俏。在花树下伫立，不由咿呀一声，惊起——原来是春天到了呀！脱口就跟身边人道：还是喜欢上海。此话一出，心头竟念起泉州来。这是为何？原来我所在意的，竟是一个“静”字，或者换一个说法：独处的空间和距离感。

泉州太闹了。这座“被海丝塑造”的古城，人的烟火和神的香火一样生生不息，寺庙、宗祠、古迹、宫观和民居、街巷挤得是那么近，随意推进一家红砖古厝就和斑驳石塔照了面，这塔据说是古泉州城的中心，被唤作城心塔。随意一条巷子，小学边上一墙之隔就是寺庙，走几步却又是游人纷纭的文庙、剧团、名人宗祠和故居，热闹的美食西街更是一抬脚就进了一千三百年前的开元古寺。

有天清晨在酒店附近散步，兜兜转转踩进一条胭脂巷。好几户人家房门洞开着，巷子里袅袅着烟火气息。一抬眼，就见一座小神龛，不由定住，感觉惊扰了哪位先人。正进退两难，就和屋子里的人照了面，看她怡然的神情才算安了心。寻思着，这些毗邻而居挤在一起的老居民，他们早已作古的先人们因为有了家人的惦念和不变的巷弄古厝，定是常来这里串门聊天吧。这个“厝”字，正是闽南人的标识。“厝”字古时有停柩的义项。闽南人却又让它生出了“房子”和“家”的义项。生和死如此喜乐地团聚在一起，死不再是生的对立面。更别致醒目的是，他们还发明了用一种特别鲜亮的红砖造屋。泉州两天，我眼睛里满是这种吉祥的红，无论是有弯曲起翘的燕尾脊、俗称“皇宫起”的宫殿式大厝，还是老街窄巷里红砖白石交织分布的古厝墙，一概热烈喜庆、富丽堂皇。

恰逢上元灯节，各色红攒攒的花灯排箫般高挂。天后宫外，一抬眼就跟灼灼烈火般的刺桐花照了面。我还是头一回见识这种长在高大乔木上的红花。一簇簇争着往上长，像是某种飞翔着的吉祥鸟，飞翔的姿势一路向东南，中国的东南，亚洲的东南，海风迢迢的东南，那也是每个海外游子所有的乡愁。这飞翔着的在时空里永不停歇的吉祥鸟竟似泉州的象征。泉州的市花就是刺桐。

如果用颜色来形容一座城市，泉州无疑是刺桐的红，红砖厝的红。还应该有蓝，海上丝绸之路古韵的蓝，无愧“东方第一大港”古誉。红和蓝正是这座城市的精神底色，也是泉州人性格的一部分。你用这种颜色去形容江南简直不可能。红不用说，蓝也不是一般的蓝。江南的蓝是靛蓝，草木蓝——当然是江南的草木，柔软沉潜的部分多过温热海风的蔚蓝炽烈。泉州人的性格里有一种不甘寂寞的闯劲，街头店铺常会飘出一首闽南歌《爱拼才会赢》。先生的姐夫是台湾人，这首歌也成了我的条件反射——闽南腔的音乐一起，耳朵里胀满闹闹的“艾饼再灰银”！方言确是一把打开故乡的钥匙。同样一个词，闽南语会延伸出多个含义。比如菠萝，闽南话又叫“旺梨”，所以闽南人做羹汤炒菜都爱放菠萝。我有幸在泉州和姐夫家都吃过旺梨羹旺梨酥。闽南人爱拼敢闯更爱旺，旺是他们的口头禅和生活佐料，既讨口彩，又饱口福。这跟他们拜佛拜神一个意思，既是形而上的，也是形而下的，是出世也是入世。日常生活里的一切，无论寺庙里的行礼如仪香火升腾，还是老街窄巷里还在用着的聚财井，或是海外姑母寄钱来给侄子造房门楣上留下一句感铭，更多古厝的门匾上刻着“陇西衍派”（李姓）、“清河衍派”（张姓）、“三省传芳”（曾姓）等等标目姓氏家族和来历背景的堂号……泉州真是一座色香味俱全、众生喜乐的城市，泉州人懂得变通，择善而从。这正应了今年普利兹克奖得主、印度建筑师多西一句话：“当生活方式和建筑融为一体时，生命才能开始庆祝。”

而当我站在玉兰花树下、那一瞬的清寂欢喜，也是真实的。于是想，我们今天很多城市的空间已经习惯了把人从外面推到里面，门一关，独成一个世界，不再是小时候的弄堂石库门那样把人从里面推到外面，大人小孩各有聊天八卦倾诉玩乐家长里短的乐趣，各种无间的交流都在弄堂里进行。究竟，怎样一种生活是我们所向往的？

也许城市和人一样，都是一个复杂多面体。我在泉州提线木偶剧团看到一个叫《命运傀儡》的小演出。一个小小木偶头，披上僧衣，拴上绳线，技艺纯熟的提线演员一拉一提，傀儡活了，舞台上一静一动都充满了复杂的表情，眼睛里有丰富的心灵。人偶一体，舞台下的我们，看到的是自己。命运傀儡轰轰烈烈地活过，有一天受天籁之音神启，灵魂突然就醒了，提线演员问他——也是自己问自己，傀儡摇头，两难中一步一步放弃了昨日的声色犬马，走向重生般的未知，另一个更好或更坏的自己。

一座城市和他命里的友情，不跟舞台上的傀儡有些相似吗？我们总在活出自我和人间烟火里矛盾纠结。矛盾本身也成了生生不息的活力。也许，这也是我喜欢着自己的城市，却又念念起泉州的原因。

（选自 2018 年 4 月 16 日《人民日报》）

一茎一叶总关情

舒　婷

常常想，最与我们呼吸与共的，其实是从不打鼾扰人的植物。

从小就懂得光合作用，后来又知道了负离子。武夷山有个溪边林地，取名“天然氧吧”，人在那里如鱼得水，脑袋再不灵光的人也能写诗。而在备受污染的都市颗粒尘烟里，人们呼吸道红肿肺部淤积，喘息在时代文明的浅辙里。

鼓浪屿原本天生丽质，一年四季都有碧波绿树鲜花。只有本岛居民，才能深切感受到植物的拥抱和依偎是如何地与我们息息相关。今年秋天，我外出多日回来，沿鼓浪屿环岛路散步，发现花圃、草地、篱笆、行树不但更为葳蕤，像多日不见的孩子长高变漂亮了，而且还有不少新移民正在进驻。第二天，我兴致勃勃手持《园林花卉手册》，一一去对号入座。最为钟情的当是一种属于菊科的花卉，在香格里拉，在大兴安岭，都曾相识过，却查不出学名来。它的茎叶纤细修长，袅袅婷婷，花瓣洗练缤纷略带三分天真，而且性情极为随和。林边、田埂、路旁、屋前，风沙与霜寒里，不经意地开得那样纯洁姣美，北方把她叫作“扫帚花”。在鼓浪屿，它是模样招人心疼的豌豆公主。

将动物当朋友的呼吁，经过多年努力，已深入人心。但有关植物研究，往往等同于农业增产或园林优选。植物不仅仅是人的一种生活状态，对人的环境、饮食、疾病和情感具有潜在影响。植物的语言方式和情感个性，往往被忽略了。这是因为当你回到家里，扑进怀中摩挲邀宠的是猫咪，欢快地叫着跳着缠在脚边的是小狗，而门廊里的冷水花，书桌上的天门冬，客厅的龟背竹、橡皮树和阳台上的仙客来、朱顶红等，默默伺立一边。它们不会撒娇，不会客套不会嘘寒问暖，不会渴望地叫唤着：看我一眼吧，抚摸我一下吧。亲亲我！

有关植物情感的很多研究报道，不可思议得近似于荒谬，但却很美很接近梦想，像科普童话。比如有一种论调说，植物不但有喜怒哀乐，而且会记仇。最典型的报告，据说来自美国的一个情报官员。他把测谎器的电极接到植株上，用火烫烧叶子，描述器上立刻出现剧烈的振幅，仿佛锐声惨叫“痛啊痛啊”。当火移开，振幅立即平静下来（不像人类的创伤，一般要痛很久呢）。而试验者再走近时，那植株又会恐惧地颤抖起来。据说由于植物的这种记忆，将来可以利用来破案。因此我警告你，杀人越货时，目击证人可能就是那棵不动声色的金色合欢。

我情愿相信植物不但懂得而且渴望抚爱。我的父亲培植玫瑰在本地小有名气，同时也不排斥石榴和海棠等小家碧玉。每当有变异新品的玫瑰在他呵护下，吐出独一无二的鼓胀大花苞，白天就要搬进室内，父亲烹茶与之相对，晚间再移到天台“呷露水”（父亲的话），延长花期。父亲去世后，不但玫瑰日见渐萎靡乃至伤殒，连那些平常茶花、蔷薇和杜鹃，也不再振作精神，为伊消得花憔悴。

我的孩子两三岁时，特别恐惧暴力。我只要握着一根小竹篾，指着他喜欢当马骑的小木凳说：“你再不张口吃饭，我就打痛它。”孩子紧张大叫：“别打别打它！”然后乖乖张开口，当然只是一小口。竹篾下次再指的是玩具狗，甚至地砖。

人类在童年时期，相信万物都具有与自己一样的感受，极富同情心。等我们的心脏强壮到足以承受大悲大喜直至麻木，皮肤增厚到油盐不进刀枪不入，龟缩在世故的茧壳里，我们不相信了万物通灵，或者不再关心。

多年以前我还年轻，朋友带我去广州植物园。茸茸草坡从我们脚下一直铺向湖边，一棵接一棵的华冠水杉，半边身子浸在水中，有如莽象渴饮，又像村姑俯身掬洗那飘逸浓密的长发。我们伫立在绿色蓊郁之中，语言飘忽而去，另一类词汇随着白亮的秘密在瞬间击穿我。凉凉的水意，沿脚跟进入，布满全身。

你把我叫作栀子花，

且不知道

你曾有一个水杉的名字

在一个逆光逝去的季节

我不说

我再不必说我曾是你的同类

当我叹息着

借你的手凋谢

我的前生，我们的前生可能是一株栀子花或水杉么？并非故意矫情或耸人听闻，我很清楚，这只是一厢情愿的幻觉。

如今我已又老又硬，虽然喜欢接触植物世界的秘密，心里其实不能信以为真。就像阅读民间传说或者希腊神话一样，它带给人们神秘的想象、无尽的空间和深度，带给人们真、善、美的情感启迪。一旦真的相信植物有感觉，那我们在厨房里，怎能够对战栗的胡萝卜下刀呢？

（选自 2017 年春卷《沙市文学》）

中秋节歌谣里的吃

冯　杰

一、我家月亮最圆

气温开始下降时刻，乡愁就会逐渐上升。

中秋节就是一个典型的东方文化乡愁符号或例案。李白杜甫张九龄孟浩然苏轼徐志摩们等等月光爱好者，他们在1949年前的月光里几乎句句碰头。诗例此处不宜多举。

在装满时间的季节小方舟里，月光自有它们自己的那一道吃水线。

我认为，东方的月亮就是比西方的圆。

中秋节是中国人团圆的象征，大家也肯定多吃圆形的果蔬。北中原有谣歌“八月十五月正南，瓜果石榴列满盘”。谣歌里介绍明月初升的方位，坐标，以及方位图谱里的乡村食品种类。在乡村拜祭月亮仪式中，还可见石榴的重要。

另有一首北中原乡村流行民谣：

八月十五月儿圆，
西瓜月饼敬老天，
敬得老天心喜欢，
一年四季保平安。

“老天”是虚指，代指。在乡村，居住在三米以上的神灵都可尊称“老天”。马克思和上帝和玉皇大帝都在三米以上。你听这诗口气和风格，像是白居易创作。实际上，它是我们邻村二大娘口占一绝。虽说有点讨好老天爷口气，但绝对是“诗言志”。

二、看石榴登场

石榴正好在中秋节前后成熟下来，个个大如拳头。中秋的石榴长熟后，在我们那里不叫“摘石榴”，而是叫“卸石榴”。语气加重。

卸下的石榴先装到明净的盘子里，上供，祭月。然后，一家再分吃。在乡村，石榴是吉果，它代表长寿，团圆，多子。它梦幻一样。我们家院子里，姥爷先后种有两棵石榴树：白石榴，红石榴。我曾专门写过一篇晶莹透亮的“石榴志”，纪念那些飞翔的石榴。

石榴来自西方波斯，最后成为东方华夏一员。它年年沉浸在东方月光里。它在我们村深处的月光里瞌睡。它在月光的裙子里。

三、还有西瓜

在我的童年时节，那些瓜果们还是按照传统时间顺序来一一登场的，因为没有冰箱，四季还尚未颠倒，大地尚未四季如春。

保持季节的自然顺序是对神灵最基本的敬重。

在北中原，一颗西瓜能存放到中秋节且做到完整而不腐败，确是一种不易的坚持。它不是藏在干燥的麦囤里面，必定就是西瓜秧上最后的那一颗贵族。

中秋节这一天，亲戚来临，能吃上西瓜那才叫有面子，在一个村里都有面子。稳储西瓜也包含一种耐心。

四、毛豆角

盘子里有毛豆。

“八月十五月儿圆，毛豆角儿一顺弯。”是说民谣里毛豆的形状。中秋月亮地里，煮了一锅青嫩毛豆，那清气自然就会弥漫小院。它显得乡村祭月也是带有乡土性的。

况且，熟毛豆在乡村里吃才显得体。又有月光相佐。

五、葡萄下的天空

葡萄在中秋也可以上供。我说了不权威，且看有八大山人《清供图》为证。墨葡萄。

每一个人童年拥有的那一部分想象，都是在一方葡萄架下面最早窥到的那一方天空。一颗露水里的天空，它是如此辽阔，如此深邃。

六、最后再说月饼

不吃月饼的中秋节能叫中秋节吗？

中国的月饼发展到现在，种类已是“百花齐放”“金碧辉煌”。早是今非昔比。“只要最贵的，不要最好的”。这是现代成功人士一直坚持的标准之一。

童年时乡村的月饼大都是“面月饼”，我姥姥要提前一天来蒸月饼。在一方陶制品的月饼模子里，一一耐心填上面团，再往案板上面磕下来。月饼装一肚子白糖，红糖。外面撒几颗芝麻。

月饼上边拓出来的文字多是“花好月圆”“平平安安”这些字样。显得“有文化”。后来上锅一蒸，它们都成了“面文字”，但我吃起来，并没有语言的味道。

一个村里家家都有月饼模子，有陶质，石质，木质。村里有的月饼模子却显得没文化，上面竟然没有一个字，那些没有文字的月饼模子，在村里的众多姥姥们手下，不甘寂寞，就开始用顶针、木梳篦、小酒盅，在面饼印上另一些花纹。那些花纹细碎可怜，咳嗽一声，似乎就要抖落下来。

我们到邻村走亲戚，篮子里也要带上熟月饼，上面曾印着我姥姥的手纹。

后来有一年，在一个中秋晚会，闲聊，大家给我讲完康定斯基之后，我就问周边的人：中秋节你家里吃啥？

一个南方人说，中秋节要吃芋头，他们叫“剥鬼皮”。剥鬼而食之，大有钟馗驱鬼的气概。胆子可敬。

另一个富 N 代回答我：我们家吃一千元一盒的金箔极品月饼！

（选自“大树空间”公众号）

光荣的南角墩

周荣池

南角墩是一个村庄。她和平原上数以万计而寂寂无名的村庄相比，并没有任何的特殊之处。然而在我的文学版图上，用“光荣”这个词来修饰她仍然有意犹未尽的意思。

南角墩是一个几百人的村落。她坐落在里下河的腹地，而里下河是江淮平原的福地。南角墩有一条母亲河叫作三荡河，除了三荡河，南角墩还有很多河流，她们就像是农民的经脉，强壮而显得暴跳，她们用丰沛的乳汁浇灌着这片热烈的土地。不知名的河流、草木、鸟兽虫鱼，安于生活在没有名分的世界里，被南角墩这个地名统而称之。

土地养活了我们。我不知道现在穿着华丽的孩子还懂不懂得这句简单话语的深情。我的这种疑惑源自我这些年的返乡行走。那个我当年出发的村口，除了硬质路面之外并没有发生多大的变化：路边的草木依旧顽强地一茬一茬地生长，“满架秋风扁豆花”的诗情从郑板桥的里下河到如今的新农村依旧不变。只是从此出发的孩子，他们手握着先进的移动终端，顶着最时髦的发型，他们的眼睛里不再有那些亲切的草木。他们等待呼啸而来的汽车把他们带离这个地方，去城市里寻找自己的安息之地。离家对于他们而言，比回家更充满着欣喜。他们不明白，那些曾经沾满他们手脚的泥水是我们的命，而我们却又拼了命地要离开。

我从出生开始就在牛背上生活，不是牧童短笛的诗意童年，而是无奈与牲畜一起和土地周旋的困顿光阴。我后来试图努力地忘记这一段并不光荣的历史，但村庄的记忆是顽固的，就像嵌入我皮肤的黝黑，我把土地记在了心里。尽管这些记忆是那么古旧、粗糙甚至卑微，可我心里明白，这就是我的肤色，是我人生无法改变的底色。

我离开土地开始写字之后，又悄悄“回到”了这片土地。在这片被称为里下河平原的土地上，我只占据了一个村庄的位置，但这个村庄在我的纸上却构成了一个完整而庞大的世界。南角墩和其他村庄一样，静默而华丽地书写着自己的世界。土地、村庄、农民，这几个朴素的词语有人们意想不到的力量和精彩，它们着墨不多的书写中暗涌着无声的壮阔——

春天，当菜花从节令里醒来，金黄用一种革命者般的豪迈占据了黝黑的土地，那色彩是如此孤独而壮美；夏天，蝉鸣的节奏和草木的生长鼓动着土地的不安，就像父亲们带着酒味的鼾声，聒噪而充满着激情；秋天，当最后一茬收割结束之后，平整的土地被翻阅一遍，阳光给泥土暂时的安息，土地却不沉迷于舒适，忙着新一轮的播种与生长；冬天，寒冷渗透每一个角落，可无论好日子还是穷打算，土地都会给人生计。大棉袄扛在肩膀上，一撸鼻子沾满袖口的鼻涕，四处跟着跑跳的狗们，都证实着辛苦岁月里的欣欣向荣。

时序就是这样机械而木讷，一年四季、一日三餐而又一往无前。村庄的坚强就在于不管日子多么枯燥地循环，但生计总是在人们忙碌的手上。逼急了人们跺跺脚说：“有得忙就有得噇（音床，表示吃的意思）！”这就是村庄赖以生存的最高哲学，是人们从泥土里找到的终极生存密码。这一密码南角墩有，一切的村庄有，所有的土地上都有。

我始终觉得自己是一个种地的人，即便进了城仍在纸上耕种。虽然在地理上离开了南角墩，但在精神上依旧盘踞在这个安静普通的村落——她位于某县道的边上，有草木葳蕤，有阡陌交通，有良田千顷，有屋舍俨然。当然她也面临着现代化进程中难以逃脱的宿命：拆迁。我从纸上一次次地返乡与到达，就是为了在文学地理上让她成为一个顽强的“钉子户”，永远嵌落在里下河的版图上。我从来不为现实或悲或喜，我知道村庄以另外一种方式在生长。她那么骄傲地存活在文字里，那是农民的光荣，村庄的光荣，更是土地的光荣。

（选自 2018 年 9 月 13 日《新华日报》）

味蕾与目力所及的象山

李美皆

作为一名外来者，感受一个地方当然最好是通过味蕾和目力。

我目前为止吃过的最好的海鲜是在象山，称得上饕餮，曾创下三天未吃任何陆地食物的个人纪录。有人不吃水里的，尤其不吃螃蟹；光吃土里的，尤其是土豆。“土食动物”的解释是：土豆，那是多么端庄敦厚，土里的东西吃下去肚子殷实；螃蟹，那么张牙舞爪的东西，也有人吃吗？而我对于海鲜的钟情，跟“土食动物”恰是“反其道”就对了：吃海鲜，吃下去的是钟灵毓秀的“蓝色文明”呀；“吃土”，不是要吃成泥菩萨吗？我甚至想起了贾宝玉的理论：女儿是水做的骨肉，男子是泥做的骨肉。因此，更为自己找到了钟情海鲜的文学依据。我见了海鲜便清爽，见了土豆，就觉得要长肉——在全民减肥的时代，这才是硬道理。

第一次在象山吃海鲜，是伴随着声声欢快的尖叫，尤其那“结”在礁石上的小个头牡蛎连礁石一起端上来的时候。这牡蛎就是与礁石长在一起的，烤礁石，就熟了牡蛎。食客像从向日葵花盘上剥葵花籽一样，一粒一粒剥下牡蛎，嗑瓜子一样嗑了吃，这是多么有趣的吃法。怎么吃跟吃什么同等重要，食物如果不仅好吃，而且好玩，那不更是活色生香了吗？

对于一位陆上客来说，吃海鲜最好的佐料莫过于好奇心的满足。你首先得打破好多想当然，比如，不望文生义地把“藤壶”当作藤蔓类植物。“鹅颈藤壶”，又名“佛手螺”“观音手”“狗爪螺”“海鸡脚”，由这些名字，你就可以明白它是多爪的。在少见多怪的陆地客印象中，贝类不都是一整个的囫囵壳吗？哪还会分出爪来！但这个叫鹅颈藤壶的家伙，就是在贝壳下面，生出了一些硬硬的爪来。这些爪里面没什么可吃的，对人没用，但对它自己的进化和生存，可能是很有用的吧？没准它们是保留自身物种存在的有力抓手。不要以为自己吃了个鸡爪鸭爪鹅爪就穷尽了所有爪，你吃过螺爪吗？

在象山吃红钳蟹、青蟹、马蹄螺、牡蛎、芝麻螺，还有那总被外地人当作乌贼的望潮，等等，都是家常事了，必须有点异象的才值得一说。比如辣螺，那种辣，有点烧，像吃了生石灰。注意，这辣不是川菜的烹饪手段，而是螺天生的辣，如辣椒天生是辣的一样。再比如海瓜子，小小的颗粒，确如瓜子，当是喝慢酒的好菜。但明明就是混充瓜子的货，却有一个十分萝莉的名字：彩虹明樱蛤！这才是让你瞠目结舌的地方。我可能天生是热性体质，爱吃也能吃生海鲜，简直就是要把自己吃成生猛海鲜的劲头。吃海鲜图的就是一个鲜，那最鲜的，无疑就是生吃了。简单粗暴地说，鲜就是腥，怕腥就不要吃海鲜。生腌蟹，那腥得呛人的海洋气息，使很多陆地人望而却步，我却大快朵颐十分过瘾。用酒生渍的醉泥螺，也是我的大爱。醉泥螺的吃法类似螺蛳，却不像螺蛳肉那么不爽快，涩涩的半天不肯出来；泥螺肉是滑滑的，嘴巴一嘬，嗖就进了你的嘴，鲜味弥漫。黄泥螺必须是长在无沙的泥涂中，如若有沙，吃起来就牙碜了。

满足我好奇的心和好奇的胃的，其实不仅仅那些新异的海鲜，还有海边人化神奇为平凡的那种烹饪法。比如，昂贵的野生黄鱼，拿到外面的世界，那么稀罕的东西，一定是“怎么做你也不够”了，而在象山，我看到的经常的做法就是拿雪菜末作陪而已。这里好多“贵族”海鲜是用极平民的咸菜衬味的，看起来简陋，吃起来却地道味正，不会为作料的味道而分神，是大俗大雅的完美结合。

大多贝壳类的生长处，要么在礁石，要么在滩涂，它们的生活应是具有观赏性的，尤其那颇富喜感的弹涂鱼，可惜，我几乎不得见。那些采贝钩蟹的渔家绝活，往往也都有酷酷的劳动的美感，可惜我也不得见。我见到的它们已经是海鲜。我想，海鲜一词，就是为食客准备的，是供应链末端的词汇，不会有渔人出海时心里想着：我要捉海鲜去。其实它们才是海的主人，可一旦上了陆地，就只有一个食物的名字：海鲜。我知其然不知其所以然地享用着海鲜，对海、对渔人、对海的主人们，充满感恩与愧疚。用这种方式，我也参与了生物链。而最终，一切都会归于大海。

村上春树说："为什么一看海心里就会安稳呢？大概是因为坦坦荡荡什么都没有吧，一望无边的确很妙。"他说出了海的开阔和坦荡对于人的吸引力，尤其对于那些来自乌泱乌泱人头攒动各怀机心的大都市的人们。海是大陆的边缘，也是人群的边缘，越往海边去，人就越感到满是清气。往高处如西藏走，也给我这种满是清气的感觉。甚至，想起海边的朋友，都有一种来自遥远山海的撩动，使我升起去那里的欲望。

然而我知道，作为风景的海和作为渔人"庄稼地"的海，是很不相同的。渔人所感受到的海，更像家人般亲切，也更如易经八卦般玄机莫测。《洪湖水浪打浪》这首歌里唱：洪湖水浪打浪，洪湖岸边是家乡，清早船儿去撒网，晚上回来鱼满舱。这田园牧歌的水乡景象，在海边的渔民看来大概像童话。海癫狂起来，就像一个妇人丧失了所有的矜持，那掀起的浪如妇人疯长的长发，似乎足以把一个小岛鞭进海底，船就更不消说了。原本，岛就是固定的船，船就是漂浮的岛。因此，靠天吃饭的渔人们特别敬天畏神，可以说，对于自然之力的畏惧有多深，对于神灵的敬畏就有多牢。除了象山半岛这个母岛外，周围还有608个岛礁从行政上划归象山，象山因此成了一个大家庭。母岛与子岛的关系，恰似母与子的关系。那远远脱离母体的子岛们，则更像漂泊的游子。飓风来袭时，岛也成了一艘随时可能被掀翻的小船，可以想见，岛民的不安全感有多么根深蒂固了，他们怕是在梦中都摆脱不了流离感吧？是桥，使岛屿结束了孤悬状态，使岛与岛相连，似兄与弟牵手，从此他们不怕被海潮冲散。离散的兄弟们，有了一个安全稳固的家，叫象山。

这一切，都是看风景的游人们看不到想不到的，他们看过了太多的桥，城市的高架桥已经像血管般密布，一座桥出现在哪里，他们都不会感到稀奇的。当然，我也是一个游人，一个略微有点深入的游人而已。

我在象山游玩过松兰山，然而，印象最深的，却是沿着海岸线寻找风的行程。车行海边路上，风呼呼地灌进来，似乎一个气态的海在与人拥抱。海与路之间，是山或树丛，或者，是各种命名为岙或浦的地方。它们不规则的阻挡，避免了人对海的审美疲劳，车不停地走，人就不停地换一个地方与海照面。海在松下或礁石间，安谧地停泊着，贞静如少女，白色的浪花似少女的裙角，向着岸优雅飘拂。间或停车下来，360 度感受风，感受那混合着山野气息的海的大口呼吸。春山满满杜鹃红，与海辉映，你在山海之间，恍惚间感觉生命亦是八面清风。一直走，一直感受着人交托于自然的快意。直到风门口海上森林公园，那快意达到顶点，生命的交响曲飙到最后最高一个音符，即令乘风归去，似也心甘了。

风门口海上森林公园总让我想起“呼啸山庄”，正如象山秋冬无边的滩涂总让我想起简·爱离开罗彻斯特后跋涉和昏倒的那片荒原。那黑色的潮湿的旷野，莫名弥散着十八、十九世纪欧洲小说的气息，旷野上的风，似乎吹拂过简·爱们的脸颊和鬓发。象山那些叫涂的地方，是海与陆的过渡区域，或者新生的不成熟的陆地。岛民对于陆地有种特别的看重，所以围海造田。这个过程还让我想起奥斯卡最佳动画短片《父与女》：父亲登船而去，女儿在湖边等待，每一天都来等，一直等到老去，终于，湖干了，变为滩涂，一条沉睡在湖底的小船显露出来，那是父亲离去时的船。水干涸处，爱呈现，那滩涂，似乎就是一个爱的胸膛。象山人围海造田的过程，何尝不是向大海要一个爱的胸膛呢？万亩良田，是海边人发光的愿景，从水荡里的野鸭白鹭和大米草，从滩涂上的灰天鹅回报的天鹅蛋，他们感受着万物的恩泽。

象山自然不止有海岛渔事，它也有乡村风情，那野草野花野芦苇，也在大地上摇曳着，甚至常有奇花异草，或可入药，屡见奇效。象山所有的乡间物事，似乎都因在海边而有了别样的意味。因有渔业的对比，象山的农业就不是那么别无选择地理所当然了，两者似乎有了性别之分，而又和谐如阴阳之道。

（选自 2018 年 6 月 11 日《中国艺术报》）

桐花菜记

王张应

第一次见“桐花”与“菜”三个字站成一排，是二十八年前那个早春，在江苏太仓乡下一个名叫泥泾的村子里。

中午到小饭馆吃饭，在菜单上看到了“桐花菜”三个字。当时，不以为然，桐花也是菜？况离清明节远呢，这里的桐花就开了？

印象中的桐花是泡桐树之花。每到暮春，清明节前后，疏枝大叶的泡桐树会开花，开出喇叭状紫瓣黄蕊的桐花来，淡淡的清香令人神爽。桐花一开，可忙坏了蜜蜂和飞鸟，它们远道而来，埋头于花蕊里享用一种独特的美食。

桐花是古代文人墨客笔下的美物。在饭馆菜单上见到“桐花菜”，立刻想起一些有关桐花的诗句。如白居易《寒食江畔》：“忽见紫桐花怅望，下邽明日是清明。”杨万里《春尽舍舟余杭，雨后山行》：“前夕船中索簟眠，今朝山下觉衣单。春归便肯平平过，须做桐花一信寒。”王士祯《蝶恋花》：“郎是桐花，妾是桐花凤。”当然，还有李商隐《韩冬郎即席为诗相送……兼呈畏之员外》：“桐花万里丹山路，雏凤清于老凤声。”

如此诗情画意之物，竟沦为盘中之菜？那一刻，我真有些不信。不过，花成美食并不鲜见，当时知道的就有桂花和槐花，曾经尝过桂花糕和槐花饼的美味。桐花做菜会是什么味儿呢？那天我翘首以待。

菜上桌时却傻眼了。所谓“桐花菜”，不见桐花只见菜，端上桌子的是一盘清炒茼蒿。原来，广为人知的茼蒿，在太仓那一带不叫茼蒿，叫桐花菜。

后来才知道，茼蒿还有许多别名，诸如蓬蒿、塘蒿、鹅菜、义菜，还有菊花菜、打某菜，甚至叫皇帝菜。叫它菊花菜不难理解，茼蒿与菊花叶子相似，花也像，茼蒿花极似野菊花。在许多地方，茼蒿不仅是蔬菜，也作花卉被栽种于庭院。叫它打某菜，那是东南沿海某些地方的叫法。据说，很久以前，人家以茼蒿待客，拿到厨房去的生茼蒿明明许多，炒熟了端出来才一点点，很让男主人没面子。以为妻子嘴馋，炒菜时禁不住偷嘴了，不分青红皂白打妻子一顿。故事流传开来，那茼蒿便被叫作打妻菜。打妻难听，打某委婉些，便改叫打某菜。至于皇帝菜，则更简单。茼蒿是一道好菜，益于养生，希望长生不老的万岁爷尝过后说了一个“好”，便有人将其纳入宫廷，作为佳肴供皇帝老子享用，茼蒿便叫皇帝菜。

深宫关不住，毕竟民间去。所谓皇帝菜，原本草根，它来自民间，终要回到民间，满足寻常百姓口福。

小时候，家里种过茼蒿。我还记得，茼蒿与菠菜同一个节令，都是头年秋冬之交时撒种，从冬吃到春。起先，我是不吃茼蒿的，嫌茼蒿有股药香气。

人到中年，刻意对生活习惯做些调整，爱吃的不一定多次，不爱吃的也不放弃。对茼蒿有了大转变，从不吃，到不爱吃，变成最爱吃。促成我实现这一转变，有内因，也有外因。有年秋天，我在青岛住了近三个月。那段时间吃在食堂，伙食好，有牛羊肉，还有平常少见的鱼类。青岛是海滨城市，吃鱼自然方便，能吃上新鲜海鱼。人便是这样，有大鱼大肉吃，却又丢不下绿色蔬菜。那些日子里，食堂供应的蔬菜里，几乎天天有茼蒿。第一次取了一点尝了尝，味道不错，接着，取菜的夹子便多动几下。几天下来，茼蒿越来越受欢迎，蔬菜主要吃茼蒿。

从青岛回来，在家里吃饭时总想着之前天天都吃的茼蒿。于是，专门到菜市场买茼蒿。市场丰富，茼蒿天天有，每次不空手。

再后来，只要到菜市场买菜，总是先看看有没有茼蒿，茼蒿为蔬菜首选。茼蒿吃法简单，无非清炒加蒜茸，茼蒿煮豆腐。有一回，在肥东县吃过一道新鲜菜，叫渣苋菜，原材料是苋菜、米粉和白米虾。那种做成糊状的渣苋菜味道鲜美，吃起来很爽口。

受此启发，回来也做了一道，将其中苋菜换成茼蒿，菜名该叫渣茼蒿吧。这渣茼蒿比在肥东吃的渣苋菜味道还要好，自己吃过，便向朋友推荐。朋友却不以为然说，那不是杜甫菜吗？诗人杜甫晚年最爱吃的就是这道菜，大家叫它杜甫菜。

真没想到，茼蒿还有这么多叫法，菊花菜，打某菜，皇帝菜，杜甫菜，这些菜名来历都很清楚。唯独不明白茼蒿为何又叫桐花菜。

（选自 2018 年 7 月 10 日《新安晚报》）

黄荆·酸枣·野皂角

何　频

老家的草木，野生的柘刺是个例外，最多最复杂的要数黄荆和酸枣，以及土名叫麻秸疙针的野皂角了。方志固然要志异述奇，可记录普遍而深厚有根脉的东西，才是最重要的，要编者格外用心。这三种东西皆杂灌，在树与草之间。它们与老家人的关系，剪不断理还乱，恰恰又全为《救荒本草》所记录。但这些貌似普通与普遍的东西，要把它们说清楚并不容易，俨然北洼村版的《杂草的故事》。

南太行一带，旧怀庆府所辖大部，人皆号称是山西大槐树下移民，按说本地风土，应该与朱明一朝之周王的记录相同，但不尽相同。周王说黄荆与酸枣的果实可食，野皂角嫩叶可食。实际情况是，酸枣果实可食，酸枣树还可以嫁接大枣；野皂角的果实我们叫马皮豆，眉豆角似的，其子可以食用；而黄荆结的子，没人吃过，也没有听说人可以吃。周王这样说荆子：“《本草》有牡荆实，一名小荆实，俗名黄荆……今处处有之，即作箠杖者。”其救饥方法，是采子去苦味后，磨面而食。

相比较荒年救饥、充饥果腹而言，更重要的，它们都是山里人日用所需，或作为珍奇的建筑用材。荆于南北各地多有生长，但它是我们老家编东西离不开的好材料，类似平地的竹子和白蜡条。荆篓、荆筐、荆席。祖祖辈辈盖房子，梁檩框架之上，苫一层荆笆捂严实了，接下来才是和泥、铺瓦、结顶。传统采煤，大小巷道掘进，要防水防崩塌，全靠手工编的荆箨用于穹顶支撑。最令人惊奇的，是粗头乱服、貌不惊人的黄荆，竟然可以由灌木变成粗大乔木，荆木用作寺庙的屋梁。“太行、王屋二山，方七百里，高万仞……”愚公移山出典之济源市，除了王屋山、阳台宫和济渎庙，其城区还有全国重点文物保护单位——唐代的奉仙观，又名荆梁观者，其主殿三清殿，用本地产的老大的荆木作四梁八柱，堪称华夏奇观。从我们村子下山出山到焦作市区，途中要经过宋金时期以烧制陶瓷而闻名的当阳峪村，路边不大的一个娘娘庙，也是荆木为梁。“橘生淮北为枳”，与南方山地的黄杨一样生长缓慢的黄荆，在南太行成了精似的可以长成栋梁之材，若不是现实中存在，外人很难相信。

酸枣即棘也，土名红土疙针。把它和落了叶的野皂角一并砍下来，我们统称叫割疙针，可用来做篱笆、栅栏，亦铁篱寨。同时也可以烧火烤火，煮饭烧锅。

沸腾的城市，无不似一大锅滚水或熔化中的钢水，热浪滚滚，四处洋溢。今年清明回山里上坟，我发现市区与山区的界限更模糊了。老家的大路，是二面山坡夹着的一条大路，似鱼和恐龙的脊椎，刻下也来来回回跑着洒水和除霾车。市区的建筑垃圾，夜里运到我们拆迁过的老村垫地，把深沟逐渐填平了。更有地产商大模大样进山，在大路边开发别墅。历来地无三尺平，不是高坡就是下坡的，现在大路早已被取直了。站到巨幅售楼广告旁边，我的大哥问我还记不记得当年的旧路。那还用说，眼前是一条直上直下，先铺了水泥又改为沥青的大路，旧年一条弯绕的小路马车路原本在这大西边。当年，父母都在五十里开外邻县的县城工作——小时候，爸爸回来看我们和爷爷奶奶，总骑着国家干部标配的自行车打来回。一次，爸爸带着我和大哥二哥出山去市区，来回下大坡再上大坡。高坡很陡，上坡的时候，挤在后面的大哥和二哥自动下来走路，我在前边，却赖在车梁上手抱着车把，撒娇让爸爸推我走。爸爸还不到四十岁吧，喘着气，到高坡半中腰的柿子树荫凉地歇脚，取下草帽扇风。一如城市人怀旧，他们回忆曾经把月季花蔷薇花的嫩枝剥了皮当零嘴吃，酸酸的。山地的土塄上，爸爸也随手掐几根野皂角紫红的嫩梢给我们吃着玩儿，顺势讲《三国演义》，讲曹操带兵远征和望梅止渴的成语。

我对于野皂角记忆最深。除了老家日常生活，主要和我爸爸操持券窑洞有关。北洼村祖祖辈辈都是住窑洞的，村人靠着土崖打窑洞，夯土筑院墙，层层像蜂窝一样。窑洞固然冬暖夏凉，但是窑洞太过密集了，一层又一层，其间有走人和过车的路，夏天难免漏水和落土。殷实人家，早就拿石头做根基，用青砖券窑洞；再好一些，券过窑洞了，锦上添花，还要用好青石裱窑脸儿，分明固若金汤。打我记事的时候起，爸爸的精力都用在了窑洞的改造建设上。南太行虽然到处是石头，可是老家人建筑用石不用明石，因循守旧，都是开土打石窝，用没见过太阳的青滋滋的青石条和方石。老院一共有大小五孔窑洞，券窑是大工程，仿佛愚公移山，不是一两年可以完成的。于是，当年我们姊妹几个的一项主要任务，就是放学以后，披荆斩棘，割疙针刨树疙瘩，当柴火烧，为请来的工匠烧地锅做大锅饭。黄荆疙瘩现在和崖柏一样，都是制作根雕的好材料，当年则是烧火的好材料。那野皂角粗大的根，盘曲似龙蛇一样，挖出来最耐烧还流油，火最旺旺。

我们一直叫它麻秸疙针的，野皂角的大名却很晚才知道。野皂角与酸枣、黄荆几乎同时开花，花后结眉豆角一样的果实，开头青绿色，逐渐泛紫红，秋风起而变老变黄，自生自灭。汪曾祺说昆明有种蒸菜的底子放皂角子，马皮豆作为野皂角的子，未老的时候可以煮着吃，两者异曲同工。但是马皮豆吃多了放屁多也是笑谈。或许和爸爸让我多看故事和小画书有关，比葫芦画瓢的，我逐渐就爱上了写作。中学毕业后，通过县文化馆的老师推荐，直接参加了省出版社办的创作学习班。我写的故事以老家生活为背景，其中有黄荆和野皂角，然而，野皂角我用形象而戏谑的名字叫它“猴眼木”。这个时候，我还不知道野皂角的官名。直到得到 2002 年正式出版的《焦作植物志》，书中记录南太行地带的草灌群落丰富：“野皂荚灌丛常伴生荆条、酸枣、胡枝子、白头翁、沙参、画眉草和蒿类；荆条灌丛常伴生酸枣、野皂荚、绣线菊、狗尾草、铁线莲、委陵菜，还常见寄生的菟丝子。”这太准确了！周王将野皂角称马鱼儿条。《救荒本草》记“马鱼儿条”，嫩叶可食用：“俗名山皂角。生荒野中。叶似初生刺蘼花叶而小。枝梗色红，有刺似棘针微小。叶味甘，微酸。”山皂角的嫩枝梢，正是爸爸给我们举例讲望梅止渴的。我的二哥，当过农业局局长的，也喜欢弄本地的植物名字。我第一时间把野皂角的大名分享给哥哥，我们一时都很兴奋。

山里人祖祖辈辈，宛如黄荆与野皂角一样生生不息。爸爸主持券窑的工程才完工不久，因为采煤，村子告别古老的窑洞，搬迁到后地盖瓦房，大家像蚂蚁一样从头再来。现在北洼村人的日常生活不一样了，就像蒸馍变成买馍吃，煤炉煤火变成了烤箱和电磁炉，连生产工具也变了，家家都有汽车，拿荆条与野皂角编织箩头与箩筐，早已销声匿迹。酸枣接大枣的辛苦活，更没有了。

编过村志，但我意犹未尽，我还要深入考察野皂角。太行如龙——南抵黄河，北至长城，“太行自古天下脊”。围绕整个太行山，行行重行行，北边到五台山、北岳恒山和北京的西山；西边到济源王屋山、三门峡及晋南的中条山，和山西“大槐树之乡”洪洞县广胜寺所在的霍山，南北东西纵横，方圆皆有野皂角。野皂角在浅山区和大山山麓多生长，高山上反而稀少。为了寻找野皂角，无意中把太行山绕着又穿插，反反复复，曲曲折折，上上下下，高高低低，走了一遍又一遍。太行八陉，西从济源的轵关陉开始。北洼村属于修武县，位于第二之太行陉沁阳与第三之白陉辉县之间。朝北依次是安阳、邯郸、石家庄、保定。太行北三陉，第六陉飞狐峪和第七陉蒲阴陉，皆在晋冀接近蒙古高原边缘；第八陉军都陉，在昌平西北之居庸山，乃燕山与太行山的分界线。弄清楚野皂角在太行山的生长与分布状况，这是我的小目标，同时也获得了访古远行的快乐。

植物与人的关系，不是一下子可以说清楚的。老家标志性的树木，柿子树与人们的关系也很密切。“长岭的核桃绵，洼村的柿饼甜。”这是旧版《修武县志》记述过的。但我觉得野皂角与生俱来，与先人的纠缠更为深远，所以选它为代表。而《北洼村志》将要付梓的时候，我写过不短的一篇代后记——《我们的祖先，或许是一株野皂角》。电脑里写好了，一天早上醒来，我忽然开悟，顺手把这篇代后记删除了。在老家和故土面前，我想我应该保持足够的虔诚和敬畏。

（选自 2018 年 9 月 8 日《文汇报》）

借问春风来早晚

叶小龙

在苏州五年，年年农历大雪过后的苏州像被施了魔法的城池。

雾霾霾、烟重重、湿哒哒、冷飕飕。雾把整个城市围着、包着，生怕泄了气般的密实。远处、近处、高高低低的楼宇如海市蜃楼般若隐若现，影影绰绰，几令人喘不过气来。又如褪了色的年画般，只是一片无边无际的灰。

若是刚巧下场雨，便又增了刺骨的寒气。这种寒啊，便似那千万根细细的针，从脚底往上钻，至丹田、五脏六腑，再直切切地逼向十指尖，顺着肩到脖子，最后直捣黄龙至耳朵、鼻子、眼睛，乃至眉毛、头发丝的每个发梢里，让你立也不是，坐也不是，无处安放那迫人性命的寒。

今年六月离开苏州迁回南方，因一个缘故，我又在这雾霾与冷雨纷飞的季节回到苏州短暂滞留数天，我晓得自己能待在苏州的时间很有限，对于这个深爱过的城池，虽然五年来的冬天于我无异于酷刑，可此刻，我只想忘却这雾和冷，忘却冷风无情地往我怀里钻，带着小别离后，游子归家般雀跃的心情重新投到这城池里的一花一木、一物一景的怀抱里。

我穿着街、走着巷，开始“享受”着冬雨打在脸上、头发上，还有我厚厚的驼绒大袄上。我只顾贪婪地望着马路两边歪斜着脖子，斑驳的树干，只剩下不多几片叶子的梧桐树。只顾着闻那满树黄叶与晶莹剔透花瓣的蜡梅的清香。这清香啊，不是庸脂俗粉扑脸扑面的甜香，不是十月里金桂浓烈到让人几要眩晕的浓香，更不是桃李花招蜂惹蝶的蜜香。这香啊，仿佛让冰雨彻底洗干净了，又仿佛被花神抽去了骄矜之气似的，就这么幽幽地、忽有忽无，时断时续地钻入你的鼻孔。你仿佛一口气就可将这香气吞入口、咽下肚，一股脑就消失得无影无踪。只待你换一口气，它又悄然而至。

人们常说，水是姑苏的风骨，而雨则是姑苏的媚眼。可不是么？哪怕是隆冬时节的雨，打在身上、淋在头发上，冷则冷矣，但这时我看来，它又是如此地细细的、玲珑而娇俏的，轻轻柔柔地下着，让你无法抵御它的媚与美。走着走着，我忘却了天是冷的，我甚至有点窃窃地盼着这雨就这么下着，让我踏入的每一处园林，经过的每一座小桥，驻足停望的每一片瓦当，因为这雨的滋润，生长出厚厚，软如绿色毯子的青苔。这一层又一层厚厚的苔痕，是梦里怎么也抹不掉的姑苏颜色。我的姑苏梦里，那绵密的绿啊，那雕着花草鱼虫、好似还沁着瓦匠汗滴、油光铮亮的黑瓦啊，一层又一层、一波又一波，翻如泉涌般照入我这游子般敏感而易动的心房，直击我无眠的愁思深处。

在这桥是断桥，水是断流，雨是媚眼秋波的季节里，我躲在一处小小的园林里，因为小，只称得“半园”的所在里。这半壁园林，仿佛蓦然间被人无端裁去半襟衣袖似的，却依然有高耸的围墙，只是什么都只有一半：半个船厅、半个水榭、半边曲廊、半亭，连园东北部的重檐楼阁也是二层半。

我慢慢地走在曲曲折折的游廊上，廊上的灯笼照着我的孤影，投在碧波上，而波上两只不畏寒的鸭子从东游到西，从南游到北，把一波碧水搅到荡荡漾漾，连我的投影亦被搅得模糊不清。临水的紫藤花蛰伏着，我知道只要春风又绿江南岸，那紫藤花就开成了“水似晨霞照，林疑彩凤来。清香凝岛屿，繁艳映莓苔”。到那时节，花下仕人娇娥争相来访之际，又必是“密叶隐歌鸟，香风流美人”般的衣香鬓影吧。可这时，它仿佛沉沉睡在春梦里，任谁也唤不醒，甚至连半颗嫩芽出来报个信都懒怠啊。

又一阵寒风袭来，木叶纷纷扬扬地落入湖面，随着水波，又因了鸭子的游动，一圈又一圈地在湖面上打着转，四处流荡。那一丛又一丛的可不是阶前草么，最是耐寒的了，仍然碧绿绿、阴沉沉地覆在一片片嶙峋怪石上。那秃了头的迎春花，光了身子，枝条疏离地垂吊在湖面上，在风中瑟瑟发抖。山石高处，攀着高墙，遮着花窗，密密匝匝，仍然不肯褪去那层碧衣的该是木香花吧。它的花季在夏天，满树满树的白花星罗棋布地开着，那真是又香又白的花哩。

那参天入云的又是什么树呢？哎呀，居然是有130多年树龄的广玉兰，华盖如云，像个大将军把整个院子团团护住。一到春夏之交，碗口大的白色花朵一开，便是莺飞草长的夏季了。边上那棵先是倔强地直直伸张向天，到了半中间又调皮地横长出来，仿佛如大人宽厚温热的手掌呵护着二层半小楼的树，如小将军般叉着腰，雄赳赳气昂昂，又带点小淘气的树居然也有140年树龄，仔细一看，竟是黄杨木啊！

与小将军并排的是一棵比它还老十年的桂花树，仿佛正与它交头接耳，窃窃私语。两棵树浓荫深处半掩着一副对联：宝鼎茶闲烟尚绿；幽窗棋罢指犹凉。真是一副好对联！我正驻足细细赏玩这副对联之时，耳边忽然响起一句句清脆的叫声：你好！你好！你好！抬眼一看，却是树下悬挂着一个鸟笼，笼子里是一个红嘴黑氅的鹦哥，我不禁哑然失笑。

“先生要进来喝茶么？”一个长裙曳地的小娘鱼（小姑娘）听到外面鸟叫，出来唤我。跟着小娘鱼，拾步而进，却是一个不大的厅堂，上面高悬“且住为佳”四字牌匾。可不是呢，人生碌碌，无处安放的岂止脚步，大约还有旅人的心吧，既如此，那就且住为佳吧。

盛着明晃晃、光亮亮茶汤的玻璃盏端上来了，细细篾片编成的食盘也端上来了，热腾腾、香喷喷的点心：松松软软的是桂花糕，印成梅花模样的是绿豆糕，糊满芝麻、蓬蓬松松的可不是蟹壳黄，那油腻腻如凝脂般暗红色的必是枣泥糕了。满满当当一大盒，冒着热气，搛起一个，一口下去，满口满嘴满胃都是姑苏老味道。

吃着茶和点心，蓦地，叮叮琮琮响起古筝声，却是一个着旗袍的女子，十指娴熟地弹着我听了千百遍的《姑苏好风光》，小小的大厅里，瞬间被这音乐声填满了，窗下偶尔传来的鹦哥声仿佛是这音乐里的变调，倒是别有一番味道。我的心仿佛也被这音乐、这鹦哥声、这茶点填满了似的充盈而富足。我知道，只要一回到这熟悉的所在，所有因劳碌奔波而千疮百孔的心就一点点地被修复，仿佛重新被塑造出一颗平静、安适而柔软的心，忘记了愤懑、疲惫和焦虑，也许，这才是真正的“安住”吧。

就这样，不被打扰地，静静地看暮色渐渐四合。花园里、湖岸上的灯逐一亮了起来，黑瓦上落了不知是银杏还是什么树的黄叶子在灯光里透着一抹蜜色的光。鸭子也游累了，双双躲到水榭底下，静静依傍着，不再喧哗。只有风仍然在搅动着树枝，投在湖面上，一片幻影。

这一切都让我无由地安定与满足，如果可以，我愿意停在这蜜色的光里，住在荡漾的波纹里，留在这寒冬里的姑苏幻影里，不再醒来，直到春暖花开。白居易诗云：借问春风来早晚，只从前日到今朝。是啊，眼看就要春暖花开了吧？你看，那毛茸茸、一颗一颗尖着花苞的紫玉兰早已捎来春消息。

（选自 2018 年 1 月 25 日《侨报》）

布谷鸟

苇青青

这是一座四百年的村庄。村庄有一座三百年的老屋。这座老屋的久远让满院蒿草摇曳着荒芜与神秘。我是这座老屋的继承人，又是不被乡里认可的正宗传承人。按村俗，我是不应见到家堂的外人，称异姓人。虽然我实实在在流淌着老屋先辈的血脉。

我是他们的亲骨肉，但我的确不是被族人认可的那种继承人。可先辈不知为何，就那么一念之间，将老屋传给了我。

当我独自拥有一座三百年老屋的深夜，拥有一座寂静得连虫鸣都是从幽远的祖先深处传来的院子时，我真正走近了老屋——此时，从少年门槛迈出，至满载沧桑归来，已是几十年的光阴。

打开院门，一院荒草。挤挤的，满满的，密不透风，高过头顶。这是一个傍晚时分，草的颜色已黑黢黢的了。我就打算在这荒凉中住下来。这时，从院落一角传来“布——谷，布——谷”的叫声。那叫声短而哑。我想了想，秋天该不是布谷鸟活跃的季节，打哪儿飞来这样一只喑哑的布谷？我没有细想下去，只是目光掠过满院荒凉。

住下来的第一夜，我安睡了一夜。第二天早上，那只布谷鸟又在院子里叫起来，声音仍是短而哑，哑得心里发紧。这声音送到耳鼓，明明是在求救哀鸣一般，让人觉得真是一只病了的或失落家园已久的鸟。细想一下，三十年前儿时的院子里没有这种鸟，屋后的树棵子里也没有这种鸟，以至于我到了某个城市一座动物园第一次听到这种鸟鸣，兴奋地拦住同行的旅人，问那是什么鸟在叫。后来想想，这小庄人家的孩子，真是见识短浅，从人家大城市人眼光中和牙缝里挤出的“布谷鸟还不知道吗？”我已感到了自己的羞愧。我从此记住了布谷鸟的叫声，并且与这种鸟产生了特殊的感情。每到一处林子，若听到这种鸟鸣，我会追到树下或追赶鸟的飞翔，尽管布谷鸟常常留给我一条尾巴，但我还是见到了它的身影，听到了它别致的叫声。我总是欣喜地蹦出一段路。又总是遗憾着我的老家为何没有这样一种鸟。

我家院子的这只布谷鸟，它的叫声低低的，哑哑的，不像是从西墙下那棵上百年树龄而今正枯着的梧桐树上传出。倒像是从草丛深处，或从老墙一角，幽幽地发出，凄凄凉凉，不忍听和想象。布谷鸟就这样低低地叫了一阵子，沉寂了。等到第三天早上推开木窗，那只布谷鸟又叫开了，“布——谷，布——谷”，一声声低哑，徐缓，叫几声，又沉寂了。傍晚杀黑时分，没有掌灯，当一天的沉思让我顿然想起用手摸向一只茶杯时，那只沉寂了一天的布谷又掀动起我的思绪。“布——谷”“布——谷”“布——谷”，声音如旧，只是，这声音越来越拨动人的恻隐之弦。只要屏息侧耳听上几声，断然听懂这叫声不是布谷欢快的鸣唱。可是，它为何一直沉寂？带着这个疑问，我与夜空下一院荒草和空寂一同睡去。

第四天早上，刚刚醒来，推开木格窗，几乎与窗子打开的同时，我又听到了布谷的叫声，声音仍旧如前，低婉凄凉，细数，整整叫了七声。这七声间隔长而缓，占用的时间超过了正常七声的时长，如果耐下心来听完，会觉得陪它走过很长一段路。这段路，总是拉向我长长的沉思。就在这样每天的同一时段里，叫声重复着。当过了三天之后，我明白了这只鸟的心思。我已确信，这只鸟是为我而鸣——是早晨迎接我，或是夜晚伴我入眠，抑或有难言的苦衷向我倾诉。我说不准。但我确信，它一定与我有关。我确信这是一只灵鸟，就住在这座院子里。而且，它有什么话想向我说。

不知是我分担了这只布谷鸟的孤独，还是我的孤独里增添了同伴的一两声低语，在这无边无际的孤独长夜中，我们达成了默契。我知道，这座古老的院落，有一只布谷与我相伴，它就在树上或草里，或墙落。它到底生存在哪个更具体的位置，我已不急于知道。但我知道在我身旁，有一只布谷的存在，这足够让我安慰。假如每天的早晨和夜晚，那只布谷是从很远的远方而来，为我而鸣，不管它身在何方，身处哪里，难道不是我的幸事吗？这样想着，就打消了想在某一天拨开茂密的蒿草去寻找那只布谷的想法了。

我与布谷，一直保持着至今未能见面的声音传递。尽管这声音只有我能听懂它钻心的凄凉。时间一久，在早晨醒来或晚上入眠之时，最盼望的事，自然是想听到几声布谷的叫声，尽管那是朝向我的凄凄低语。再后来，我已更加确信，这只布谷鸟清晨叫七声，晚上叫三声。那三声之后，再侧耳，它已沉默，不会有多一声的发音。在一段时间，我曾扶窗久未挪动，我多么希望它的语言能多一些，再添一句，哪管一字。可是，布谷鸟的语言十分吝啬。终于有一天，在我居住的第七个傍晚关窗欲寝之时，那只布谷鸟在低低地用同一音色“布——谷”“布——谷”“布——谷”三声之后，我竟忍不住和着布谷同样的分贝，朝窗外“布——谷谷”“布——谷谷”“布——谷谷”连叫了三声。三声之后，我听到了一片刹那间的空寂，几乎在空寂沉过之后，又从老墙深处传来了“布——谷谷”“布——谷谷”“布——谷谷”三声鸣叫，那声音几乎是我的复制，仿佛是我重播了一遍。显然，这三声已不再喑哑，完全模仿了我的声音。我全身颤抖，热泪盈眶，几乎想从木格窗跳出去，奔向草丛，奔向那只灵性的布谷鸟。可是，我止住了鲁莽的举动，我的两手紧紧地攥住了窗棂。我生怕惊吓了这只孤独的生灵。

往后的日子里，那只布谷鸟依然是在早上推开窗子之时，还是往常的七声鸣叫，声音喑哑，低低的，幽幽的。到了关窗之时，仍是三声“布——谷”“布——谷”“布——谷”，它依然保持着自己惯常的一切。只是在这关窗的三声之后，我对着荒草的东南方向，和着它的叫声，再发出“布——谷谷”“布——谷谷”“布——谷谷”这样的三声，那只布谷鸟一定会很乖地发出同样的声音“布——谷谷”“布——谷谷”“布——谷谷”。它如我一样，那“布”与“谷”之间间隔长，“谷”与“谷”之间间隔短。它开始了与我的对话。从上次开始有了第一次对话，我就在心里给它起名“大神鸟”。它不是一只普通意义上的布谷鸟，就如同人类中的智多星、天才、高人一样奇异。

当我决定离开这座老屋，返回远在小城的家，这个念头是在薄暮时分起意的，可就在傍晚关窗之时，却意外地没有听到布谷的叫声。我对着窗外发出“布——谷谷”三声，布谷鸟一声未回。我又发出三声，依然是一片空寂。夜里，我望着黑漆漆的院子，心中涌起无限伤悲。是“大神鸟”知道了我的心思？知道了我将要离开这座小院？也许它真的知道了。因为我夜里爬起，对着窗外，无论怎样叫它，一直没有听到它的回音。空荡荡的夜里，只留下我的“布——谷谷”“布——谷谷”“布——谷谷”在草丛间荡着……

（选自2018年9月第18期《青海湖》）

放天灯

孙亚玲

儿时过年，只要过了正月初七，就又开始盼望过正月十五了，这天也是我们家乡放天灯的时节。

放天灯，我不知道是不是我们家乡特有的风俗，每年我们都乐在其中，自从我记事儿以来，就有这种习俗，想来应是由来已久吧。

天灯，实则是一种用纸糊的灯笼，上下各有一个用竹条编成圆形的竹圈，中间用四道竹条在四周支撑起四根柱子，上面用三根竹条编成一个顶，顶部不管你从那个角度看都是一个等腰三角形。外面再用大白纸把周围糊起来，只露着底部，通常底部不糊，是天灯的口。还有一道要紧的工序，最后在天灯的口部，用两根细铁丝互相交叉缠绕绑在一起，两根交叉处再绑一个碗口大小的圆圈，叫油托架。油托架，顾名思义，托油片的地方，那油托又是什么呢？就是用白纸剪成圆形，大概要 30 多层，一层层叠起来，然后用细铁丝在中间穿扎一个孔，为的是把这 30 多层纸串在一起，再用煤油浸透，放在天灯口的油托架上，天灯就算做成了。有时也有用漆油做油托的，不过代价太高了。

如果是正月十五以前放天灯，一般都在下午四五点左右，几个大人各拎一边，把天灯抬到打麦场中间，再点起一堆麦草火，这时，有人负责提顶，有人负责托天灯，有人负责点火点燃油托，当油托燃烧到一定的程度，像热气球一样，天灯便会一点一点把热气聚集起来，慢慢地升向天空，这时不能立刻放手，得托着天灯跟着它慢慢跑，直到它徐徐向上，最后再用力一推，便快速地顺着风力和人的推力向空中升腾。

天灯放走了，还得撵回来，放天灯的大多是 20 岁左右的小伙子，像我们这些八九岁到十四五岁的孩子，也会围着起哄，小伙子有的是力气，跟着天灯能撵差不多十里地，甚至二十里地。那时，我大概只有八九岁的样子，我的二哥非常淘气，每次在撵天灯的行列中都有他的身影，我跟二哥很亲，自然也就跟着他跑前跑后，去撵天灯。

撵天灯是个辛苦活儿，天灯在空中飞，我们在地下跟着它跑，它飞到哪儿我们就跟到哪儿。往往是只顾抬头看空中的天灯，不管脚底是河是沟的，踩到河里，掉到沟里，被石头绊倒那是常有的事。

天灯飞往哪里，是没有事先规定好路线的，如果这时风向是向东，它便飞向东，一会儿风又吹向西，它又飞向西，常常整得撵天灯的人跟着它翻过一道梁，蹚过一条河，而它却立刻拧身一转，向来时的方向又飞回去。你好不容易脚手并用爬上一面坡才跟上它，它倒好，又慢慢悠悠地飞向另一个方向，它好像故意逗你一样，忽东忽西地来回折腾你好几次，直到你精疲力竭时，它也耗尽了自身的能量——那就是它带的油托，便会不慌不忙慢慢地落下来。

提着撵回来的天灯，每个人都像土猴儿。这几天中，孩子们犯了错大人们不会责怪，看着一个个泥人，母亲大多一边替孩子擦脸，一边拍打着孩子们身上的土：“下次不要再撵天灯了。”

那个时候，新衣裳只是在过年时才会有，大人们对新衣服看得重，那是他们在过去的一年中省吃俭用，辛辛苦苦攒下来的。我是女子，母亲当然数落得要比二哥多一些，但数落归数落，下次我还是会跟着二哥一起去撵天灯。

正月十五的这天晚上放天灯，最是隆重，村里所有的天灯都集中在打麦场，村中的大人孩子站在大场上观看放天灯。小伙子们放完一个天灯再放一个天灯，这天的天灯放出去是不再撵回来的，任由它飞到什么地方。等天完全黑下来，天空中的每一个红点儿就是我们放出去的一盏盏天灯。一盏天灯，仿佛写着心愿，写着风调雨顺，写着五谷丰登，写着幸福，那是一份份期盼。

（选自西安出版社《太白烟雾》）

落花在案

林渊液

暮春去汕头大学参加文学活动，正是木棉花盛极时节。所谓的盛极，就是落花无数。在教工宿舍院外拾得一把大竹扫，把木棉花扫拢起来。木棉花颜色红艳，更兼花如碗盏，几十朵堆积竟是强烈的视觉侵略。

花落之时，其实尚未是其终结之时。

我不喜欢插花，连带地，对城市流行的插花艺术也抱持保留态度。事实上，那种以观赏花为花材的插花艺术，大都表现得呆板、公式化，有如油腻中年的人生，既光鲜，又妥协。以前也有朋友或学生送来鲜花，从花枝剪下之时，衰败已经如影随形。令人难受的是，以美感为预期的整个观赏期，其背后所潜藏的衰颓，乃至死亡干预，是人为的。但日本的花道文化，“立花”所探索的象征性和空间深度、“投入花”所彰显的自发性、简单性，以及对材质自然特性的尊重，“自由花”受当代艺术思潮影响重在传递个人意念和思想，以艺术立场来衡量，都是非常值得敬重的。故而，虽然我自己不插花，但可以给予理解。

亲花性却是一直不减的。我们居住的小区不大，我喜欢在人少之时，闲荡巡村。对的，我一直把它当成一个村子。我常在午后巡村，整个村子里，只有我一个闲人。正是鸡冠刺桐花开时，几天后，落花便成群散落在树下青青的台阶草上。看着落花鲜艳簇新，竟生起惜花之心，带回家去养。找出一只小小的红色琉璃烟灰缸，把刺桐斜插在缸嘴上，实色与透明色相互辉映，倒也颇为雅致。夜来读书，顾盼之间，很有些生气和温婉之情。此后，村子里的花此开彼落，我很快知道了村子里的各种秘密，什么花树分布在哪些角落。某一种花开了，从什么路径可以穿花拂柳去捡拾。

火焰木的花硕大厚实，近十朵插在木耳边白磁盅中，几乎成了一个花球。读拓片时，取一朵出来当作文镇。黄花决明花开时满枝满树，落花却是瓣瓣片片，东风一阵，如雨。细瞧了，成朵的花甚少，大多是花萼与花瓣分离的，花萼虽小，五个小青瓣也成一朵，取出十字花科的黑陶碗，注满了水，花萼与花朵齐齐养上，黄花决明花似蝴蝶，多与寡、大与小、黄与青便在水面上错落翻飞。后来龙船花开了。顺手捡回来，养在白色直角碟里，夜间灯下光影恍惚，竟有些小惊喜。神造万物，原是欠缺不断，等待我们来再造。更让我吃惊的是，落花刚来时边缘已失水起了皱褶，养了几天，花瓣竟丰润鲜丽起来。这大概是落花道的最高境界了，从衰老中重焕生机。之后我出门数日，她端雅耐心地等到我归来。

自此，我对花材舍弃了分别心。

单位在长平路，行道树是麻楝树，每天清晨上班，总是看到树下小汽车的挡风玻璃前落满了细碎的麻楝花。忍不住去门房伯那里讨要了一张报纸，盛落花去。因陋就简，搜到一个工夫茶盖瓯底托，当成花器。案头突然有了花，坚硬的办公生涯活色生香起来。隔壁办公室的陈皮妹妹受了诱惑加入落花派，自那以后，每天上班前捡扫落花成为我们的必修课。如果运气好，还能捡到麻楝树蒴果干枝，这些干枝在树梢已经挂了半年有余，每一个木质蒴果都开裂为数瓣，朴拙而有古意。花果同上案桌，颇有时光交错的命运感。花道一开始源于佛教供花，莲花之所以成为主要花材，正是因其果实、花、蓓蕾可以同时体现过去、现在和未来。

恰逢村子里的鸡蛋花开了，香气比麻楝花香浓醇厚。花事最炽之时，一朵朵旋花在树下或仰或俯或斜躺着，各种姿态皆可人。用透明盒子装了一盒落花送给陈皮妹妹，揭开盒子时，整个办公室都香了。很快，我们村的大花紫薇也开了，刚好买了一个金属架黑色半球形的水培花器，搁上三两朵，风从落地窗外拂来，她们便在如镜的水面上跳起芭蕾，倒影宛在。我在案上写小说，心里养着一个现实世界、一个小说世界，还养着一个花的世界。

（选自 2018 年 7 月 12 日《文学报》）

梨花满［外一篇］

玄　武

梨花一枝春带雨。这是女性化的梨花极致之美，同时又是男性作家玩味的女子柔弱、幽怨、啼泣之美。

但梨花也可以是刚性的。一树雪白繁花，奢侈、热烈、满不在乎，更有肆意挥霍青春的雄野气度。李长吉歌：

丰蒙梨花满，

春昏弄长啸。

幼年常在姑家戏耍。姑家院中植一梨树，树下拴一大黄狗。梨子初结，是绝不许摘的，我记得我偷望过多次，每次去姑家，都瞅一瞅树上的梨子是否长大一点。大我一点的表哥懂事多，他悄悄告诉我，尽量不要看，自然也就不想了。

在我快忘记的时候，秋天的一个雨夜，姑父突然说，想吃梨吗？你俩去摘。

我清晰记得当时的兴奋。姑父拿马灯晃着我们，我们上树去摘。梨在湿漉漉黑黝黝的枝间错置、晃动，湿叶擦过脖颈，雨水滴入衣后领，冰凉冰凉。树并不大，我和表哥都是爬树高手，但这株小梨树我们爬了好几次，每人都至少滑跌过一次。

一共只摘了两颗。小小的梨子，握在我们被湿树枝弄得黑乎乎的小手中，在灯下发着诱人的光泽。我甚至能感觉到自己的心跳。梨子的味道，已经全忘了。但多年以后，我仍然不时沉浸在那个摘梨子的过程中。

一棵梨树，下面拴一大狗。那时候我并不知道，这样一个场景，会成为我小小的，却是重要的生活理想之一。

人何其卑微。这个所谓的理想，我用三十年才达到。我终于种了两株梨树，狗窝留在斜斜相对着两树的角落。而姑父，已经过世二十年了。

树粗于胳膊，高过楼房一层，据说是最新品种。帮我搞来如此好树的阿柯及其老公，不能理解我的开心。我只是连声说，好，好，好树。阿柯说梨分雌雄，难以辨识，必须有雌雄两株授粉方可结果。我答无妨，它们只要开花就好。不，只要它们先肯成活就很好啊。

帮忙拉树的司机师傅阿武，临走时车刚起步又停下，从车窗伸出脑袋来，喊，树开花了，记着发个短信给我啊。

吾儿温暖最喜欢梨花。昨日上午，一起去为树们培土、浇水，见梨枝上已有骨朵绽现，未知是花还是叶。

树花碎

望见一棵好树，忍不住驻车去细看。

我潜意识里，这才该是花的样子，高举一树繁花，满不在乎地开着。边开边落，它即便落花，也像神灵一般，抓了大把大把的花瓣自高空抛下，飞飞扬扬，洋洋洒洒。像那些低矮的植株，开几朵娇嫩的花，风一吹就陷在泥里的，我所不屑，包括牡丹。

这大树的花还能吃。

友人葛水平说，她幼年生活的山里有很多高高低低的大院深宅，但没有人告诉她那是美的。她也和别的孩子一样，去破坏那些院落，打烂东西，还有快感。她说活了这么多年，到今天，才明白些美，尝试着重新来过。

我们的教育，从不告诉人们什么是美。法国作家西尔万·泰松则说："七十年的唯物主义教育，彻底毁掉了俄罗斯人的审美。"他曾只身前往西伯利亚森林，在那里独居半年。

这大树之美，也恰是我幼年印象中极深的美。只是多少年，我不敢认为它便是美，大美，令人战栗的大美。它那么简陋，无须照料，随随便便开那么多花，又长那么快那么高大——它算花吗？多少年里，我的确有点羞愧地，不敢肯定。

而今日我知，它便是素朴的，强大的，坚忍的，是大美之花。

昨日我便路见一树这样的花，它正盛开，在正午与明晃晃的阳光夺辉。它满树披离的雪白花串，的确使阳光为之黯然。它在车窗外一闪而过。我心中起了惊悸。而时间静默中止，仿佛很久。

不是我开车，手机也没电。若是已高饮大酒，我唯愿上前，抱住它苍黑的，满是裂纹的树干，大哭一场。它凭什么，如此打动我。

然而它就站在一片臭水沟旁。周围破烂狼藉。

今天我遇到的树亦然，没有臭水沟，是路边。到处拆房，修路，灰尘恣意放荡于其上，花朵已是暗白，像被侮辱了的良家女子脸上的绝望和木然。

树下，已有很多被拉断的花枝。显然，折它的人只取大的花串，小串不要了，上面花依然多，却已蔫软，想必躺在地上已有些时间。

不远处，有妇女仍在折枝。我没有说什么，开车离开。下次我来，树未必还在。也许它们只剩一个个仅露出地面的树桩，被截断的平面惨白如骨。什么都没了，连被锯断时它们发出的尖细的嘶叫，也消失在空中。更可能，它所在的村子也荡然无存。推土机呼啸，上面很快楼市林立。我所在的时代，这场景司空见惯，多到令人麻木，无奈到让人不愿去想，让人拼命在心里骗自己，这种事不存在。

我只是见证者和记录者。在此时既受到美的打击，又受到美被毁坏的打击，在这双重的打击之下沉默前行，而眼前恍惚。

它们是槐花。

（选自人民文学出版社 2018 年 4 月《种花去——自然观察笔记》）

迎　春

刘学刚

曹雪芹的《红楼梦》里有一个场景特别耐人寻味。黛玉拿着钓竿钓鱼，宝钗俯在窗槛上掐了桂蕊掷向水面，湘云招呼山坡下众人放开肚子吃喝，探春惜春李纨立在垂柳荫中看鸥鹭。迎春呢？“迎春又独在花荫下拿着花针穿茉莉花。”在熙熙攘攘的大观园，在大观园寂静的一隅，贾迎春像一个虔诚的教徒，一针一针地穿着洁白素雅的花苞，安宁而冷静地沉浸在一枚花草首饰的制作之中。

这是一位悲情少女短暂一生中最具生命尊严的美丽瞬间。犹如花苞，娇嫩柔弱的贾迎春寂静安然地绽放着她生命的芬芳。

洪沟河南岸如同桃羞杏让的大观园，也活跃着许多洁净而芬芳的生命，譬如水蓼，譬如萱草，譬如寒冬独自绽放的木樨科植物迎春。

洪沟河流域的冬天嘎巴嘎巴地冷。风是从北岸枯黄的草滩上吹过来的，裹了蒺藜藏着葛针，吹得人脸刺啦啦地疼。木叶尽脱，风更像一个搂干草的孩子，它在寒冷的冬天攀折枯枝，卷走残叶，撕扯草茎，在灰苍苍土呛呛的季节显示它强烈的在场感。风居无定所，土坑桥洞沟底甚至篱笆墙灌木丛成了枯枝残叶的集聚地，也成了我们这些搂草的孩子的自在欢喜之处。洪沟河南岸高树绿荫如盖，酷夏无暑，严冬背风向阳，尤其是冬天的灌木丛，藏匿着许多的小惊喜。一两枚圆溜溜的山鸡蛋，秋天竹竿儿打落的大红枣，枯枝残叶遮掩着的几瓣鲜嫩的花苞，都是灌木丛里的奇遇。

那年冬天，我们一群衣衫单薄的孩子搂着灌木丛里的干草。先把筢子伸到灌木下面用力一抓，身子朝前一拱，往外扒拉的时候，胳膊肘使劲儿向后拐，手臂往下压向外拉，拉出满筢子的杂草落叶。然后，拿一根木棍儿，轻轻敲打筢子齿，那些杂草呀树叶呀就会扑簌扑簌落下来，落到张着大嘴的蜡条筐里。每扒拉一下，身子就一紧一热，好像又穿了一件御寒衣。没了遮掩的灌木丛，不是光秃秃孤零零的，低处的枝条上挑着几朵鹅黄色的小花。细看，每朵小花有六裂小瓣，裂片长圆形，均匀排列，看上去就像许多小风车，在寒风中呼啦啦旋转，有着小孩子的可爱和任性。枝条长达三四尺，下垂，呈纷披状，如柳枝一般纤细，折取黄花点缀的一枝，编成花环，戴在少女的头上，真有豆蔻梢头二月初的娇嫩清纯之美。

娇嫩鹅黄的小花，开在寒冬的风里，像小学课本上穿一身破旧衣裤的小姑娘点燃的那盏小橘灯，镇定勇敢乐观，而又闪烁着天真清澈的光芒。小时候，我们村挂的年画以迎春图为最多。画面多为似火般燃烧的红梅，红得像新娘，像理想。有一幅迎春图是踏实的，笃定的，人间烟火味徐徐弥散。两个村姑蹲着，笑意盈盈地说话。一群大红冠公鸡在快活地啄米，啄一下米，就扬起它们的大红冠，很豪迈的样子。一丛丛迎春花盛开，犹如阳光金灿灿地披洒。这是我熟悉的乡村生活。迎春花儿开，开在寒冬里，开出热气腾腾的人间美景。

迎春开花了，不几日就是立春，就是春节，按照节令习俗，农村的家庭就该准备年货了。男人忙着赶大山，大山是集市的豪华版，箅子盖垫炊帚笤帚都要买，盘碗筷子家里有，也要买新的，一把筷子进了门，那叫喜气福气盈门，添筷子添碗添人口，捂紧一年的钱袋子彼时松垮垮的。女人摊煎饼蒸饽饽煮猪头做大豆腐，孩子们搂的干草就像前赴后继的士兵，伴随着风箱“呱嗒呱嗒”的声响，灶膛一片火红，大锅热气蒸腾，小麦的香气大豆的香气猪肉的香气花朵一般绽放，长长的花枝探出低低的屋檐，覆盖了长街短巷，整个村庄成了一座香气馥郁的花园。

一双刷锅洗碗烧火做饭的手还要穿针引线，赶制新鞋新袜新裤新褂，就连踩在脚底的鞋垫也用干净的碎布片拼贴缝制而成。平日做针线活剩下的大小不一颜色各异的碎布片，一层一层地用糨子黏合成褙子，晒干后裁剪成尺码不一的几块鞋垫坯，再以洁若白雪的布料包裹，压边儿。针飞线走，针脚细密匀称，纳鞋垫讲究手工，讲究平针回针绣出的美丽图案。图案通常是叶子与花朵的组合。记得，母亲戴着顶针儿坐在蒲团上纳鞋垫，童年的我用木棍在地上勾勾画画。母亲看见了，搁下针锥，右手比画着，教我画一个三角形，又在其下画一个矩形，她说这是我们的家。母亲在家的旁边画了一个椭圆形，让我依样又画了五个，呈辐射状排列，她说这是迎春花。真的，我童年会画的第一种花是迎春，很多人童年的笔端都会盛开这样的花朵，它简单易画，而且有很多很多的迎春就灿烂在童年的河畔墙隅坡地林缘。

母亲决计把我画的迎春绣在鞋垫上。我画了两三朵匀称饱满的迎春，每朵花的花心处抽出细长如丝的花柱，缀上一个咕嘟着小嘴的花蕾，一根稍稍扭曲的枝条托举着怒放或欲放的芬芳。对面邻居的后墙根生长着一丛迎春，远远看去，鼓胀着的花蕾洇染成一团黄色的小雾。过了几天，那团小雾散开，散成一群嫩黄嫩黄的小鸡，啄食着金灿灿的阳光。一个拿铅笔的小男孩，兴冲冲地跑过来，又跑回去，母亲从老花镜的镜框上面笑眯眯地看着他的忙碌。那幅迎春我画得认真，母亲绣得细心，那密密麻麻的针脚宛若迎春细细碎碎的脚步，从星星点点的花蕾走出朵朵明媚的金黄，走出繁花似锦的春光。

迎春和蜡梅一样，花色金黄，先花后叶。迎春的枝四棱状，对节生小枝，一枝吐三叶，椭圆形，慢慢打开色彩和调子的广阔宇宙。这，很像一个人的成长。在他的童年时期，如果拥有快乐单纯的思想，就会不断地生长新鲜的绿叶，成就生命之树的丰盛繁茂。

迎春。那些丛生在墙隅的迎春，在母亲的针脚里缓慢绽放的迎春。在童年的那个冬天，我与迎春的相识注定刻骨铭心。“幸与松筠相近栽，不随桃李一时开。”它像一个清爽的邻家女孩，以它的娇影素馨唤醒了我对美的热爱和追逐，对卓尔不群的生命姿态的尊崇和效仿。我尤其喜爱迎春的这份寂静安然。哪怕寒风凛冽，哪怕四野荒凉，它也果敢地开放，由一个小小的青涩的花苞儿开放成太阳的形状，光芒照耀它的领域，持久不散。

迎春花儿开，开出了一个盛大的花季。“覆阑纤弱绿条长，带雪冲寒折嫩黄。迎得春来非自足，百花千卉共芬芳。”读宋人韩琦的《中书东厅迎春》，尽可领略波澜壮阔的人生。那么纤弱的绿条，偏又遭遇寒风冰雪的压制，却依然像一条执拗的小溪，歌声清澈，经年不歇，所经之处，百禽鸣啭，千卉斑斓。

生活在农耕时代的人们懂得迎春的千般好，他们把立春的习俗命名为迎春，一路鼓乐喧天，迎句芒于东郊。句芒为春神，俟抬运回城，远近之人肩摩鳞集，群聚而观，争掷五谷。杂沓的脚步，滚烫的呼吸，热情的喊叫，暖烘烘地炙烤着植物的枝条，空气的温度陡然升高，迎春花开得格外娇艳，梅花茶花杏花们纷纷吐蕾舒瓣。

迎春是春天的草木神生命神。迎春是大地之上生命盛开的仪式。

（选自2017年第10期《山东文学》）

十二时雨

彭子力

我没有什么太多的爱好，不过午时晒太阳，雨天尝雨，在这座或许并不典型的南方小镇，每年的每个月，都会有着不同的太阳和不同的雨。和太阳不同，我没有能力去直视他，但雨不同，沐浴之，吞食之，默赏之，颇好。雨，乃我喜爱之物，雨时，不可或缺之时。十二时雨，十二般雨，虽不如繁花那般绚烂，但也目不暇接。不过，我或许是喜爱着雨的表面，而非本质吧，因为我有喜爱的时雨，也有厌恶的时雨。

一月雨，带着年前的寒气，渐渐地，席卷了，这时便是一年中最冷之时。此时的雨，水冰为一，化而为雪，在我的理解中，雪，本就是雨的异态。落入身上，也是寒气逼人。幼时的我们，依旧不愿闲置在家，即使手早已通红而僵硬，但也乐此不疲地戏着。那时老屋后有片竹林，其中也有我早已忘却的树木和杂草，雪下时，打在叶上，化作一片片的白皙的冰片，小心翼翼地把它剥离，一口吞下，始终不觉寒冷与否，亦不觉其粘了过多人间气息。不过，也毕竟是曾经，现在早无了兴致，也没了那绿，即使还有，也不愿再去食了。

初二月，万物复苏，细细的雨也不曾离去，一如既往地回到大地。让大地破冰，也温养了人的心，丝丝细雨，落入衣袖，也给了热闹的人间，画上了暂时休止的符号，慢慢地，也要没入这烦琐的俗世中，丝毫不见踪影。

轻轻三月，春的至极，也是这江南最为空灵之时，不论其他，这时的我，也是最为清爽的，或许是一年中最为品高格尚的时候。寻常人不知，而雨却默默地看在眼里。看着这雨，默默想到“君子世界无双，陌上人如玉”。在下非君子，而如玉之雨，翩然起舞，扣人心弦，这般伊人，百观不厌。

四月，我认知最少的一个月，此刻我在想，四月有雨否，答案是有的，但并不是我的关注点，也只能靠在他人的文字中，写出一段独属于我的四月：四月是多雨的，也就意味着多愁，而又善感，但是我，却少有愁时，何也，用朋友的一句话——“盖一气，心思文章。”别人愁时，我在思索，也许，四月的雨，是和我最合拍的。但我却也不曾这样想过与做过。

绿色的，是五月的雨，之所以会这么认为，是缘于一首我喜欢的歌而已，有些时候的雨，我记忆中也并没有太大印象，即使有，大致与旁人不同，这也是我想写雨的理由之一。五月，会有个植树有关的活动，所以树，是五月雨的见证，即使我们不曾知晓雨的到来，但树却了然于心，千年的雨，也见证了树的千年轮回。

六月，雨，只留得不可逃离之烦。正值芒种时节，夏之归来，但是，比起之后的酷热，这时，更会让人觉得心烦意乱。不休的细雨，不知他人如何想去，反正我在六月的雨天，并不愿意出门。即使这般，我也会默默地，看着这雨，做洗澡状。此刻，不像他时，或大或小，总会出乎意料。六月，或许是我一年中最没有精神的时候，一切，都会被这未完结的雨，打落，霉去。

七月的雨，我的降生之雨，虽说我的生日接近八月，但依旧是属于七月的。我在这里活了很久，也去过他处逗留，只是不长。我很熟悉这里的雨，下雨天，我总不愿打伞，当然，七、八月份除外，这时的雨是恢宏的。我明晓这里雨的气息与他处不同，这里算不上干净，雨水中有着不属于它本身的味道。即使如此，我也只是习惯这味道而已，别处纯净极致的，我倒并不喜欢。这时的天，说起热来，还未至极，所以，雨，在此刻，只算得点缀这小镇。稀稀落落的几点小雨，配上些许阳光，也是难得之景。在我的这快二十年的记忆中，这里的雨，大，也很短暂，很细微，也漫长。曾经见过旧时的照片，这小镇中央的河，水漫金山，广阔中，仅得一亭，一湖吧，欲作“湖心亭观雨”。但不知为何，现在，这样的雨，少了很多。天空虽然灰蒙，不过淅淅沥沥几点而已，再不复曾经的凶猛了。

到了八月，正好来到了最热之时，此时，不光是这个边缘的小镇，炎热统治了所有。而唯一有着叛乱情结的，就是八月的雨，虽然总被镇压，但却又是锲而不舍的，在这一个月中，不间断地反抗着。不似七月，雨，不再是用来欣赏，而是用来膜拜的。他在这闷热的监所中，带来了一丝凉意。但，不论来势多大，离去，也是必然的。约莫是十年之前，那一年，是我自出生来，看到的最大的雨，也是最为凉爽的八月，或许是我长大了，也或许是，温度，一直上升。寻常间，不过几大股水流下岩壁，那时却犹如猛兽，还未至前，老远处便早已听见它的咆声，这是我见过最早的瀑布了。虽然它似乎算不上，不过，在我的记忆中，却是没有与之媲美的了。

九月初，小雨细微，没入前月的余温，昼时还不觉，夜始方晓，渐渐催人衣，虽早有言“春眠不觉晓”，此时却是秋来不觉凉。未见雨落，仅见白露未晞，光且芒而不殆，辰巳两时也尚存未亡。白黑交替，却又是引人入疾。小过几日，秋则做半，虽为秋时，细雨上身，仍似夏，粘粘不休。

十月至，南方小镇似乎更小之又小，虽小，又四季分明。然而到了今日，乱作麻团。寅卯时分，或似大寒，添衣终究不够，而到巳午时，慾阳或高于常时。此刻早没了雨，只有寒风大作，唯有这般，是从古至今的。没有变过。此时气温也不会觉得低，若无风吹，尚觉清爽，像个秋天的境界。雨化作了冷风，潇潇此时，若冻劝游子思家。

某些时候，总是会觉得因为时间的不同，雨产生的两极分化，十一月开始，雨不再是我的喜爱。即使她曾经是过，原来每个月几天的坏心情，到了如今，早已然变着了见雨时就会懊恼的，但却是无可奈何。每每好的心情，也因为雨，而变得异常难受。出了门，孤身漫步于街上，毫无目的地漫步，也会因为突如其来的雨而获得目标。此时，再没有感知雨水气息的心情，唯有的，只有逃离，却也是难事。不只是这小镇，几乎南方此刻的雨，我都是抗拒的，因为是真的厌烦。

昔日寒江钓雪，也不过落寞孤寂罢，也非坏事，默默地，独享这天地一色之景，也是少数人的特权。至少，我不曾去看过，但凭着前人的语录诗句，也是能够明了这幸事，不过总归是处在臆想中，没有半点真实可言。这本是十二月，最美好的片段了。我也曾想过，趁闲时暇，也去看看这山中湖景。不过总有异心，而坚定地取消这海市蜃楼。只希望昔日的同僚，也能这般看雨，以解自己心中不快，“恰如灯下，故人万里，归来对影”。

雨做十二，或喜或忧，其中者，各个有异，不过一人之所语，雨雨不同，人亦不为同路，唯得道同人，随君共观雨，此之人间幸事。

（选自 2018 年第 3 期《南明河》）

乡野上的花朵

刘江滨

小时候，跟着母亲赶年根儿的集，总能听到卖年货的人吆喝：“闺女爱花，小子爱炮，老汉稀罕新毡帽。”人的天性就是如此，所以，农村长大的男孩子对花总是淡漠的，何况花在农村的地位远不如草。花对于农人来说，主要不是作为审美对象，而是果实它妈而存在的。乡野上的花朵，是自然的，朴素的，有用的，美不是它的第一选项。因此，我这个曾经的乡村男孩，对花的记忆需要刻意从底片上漂洗。

在北方农村常见的花，是果树的花，杏花，桃花，梨花，等等，开在村庄或田野，在春天一树芬芳，姹紫嫣红，装点得寂寞的乡村分外妖娆，热闹无比。多数村庄都种植着果园，杏园、桃园、梨园等，成行成排，花团锦簇。这些果园可是了不起，衍生了文化的渊薮——孔子在杏园设坛讲学，刘关张在桃园结义，唐明皇李隆基在梨园创造了戏曲。这些花虽然生在乡野，并不名贵，却足可登大雅之堂。可谓乡野上最璀璨的花，最文化的花，点燃了一代一代诗人的奇思妙想，留下不可胜数的名句雅词。我的村庄最多的果树是枣树，村北有一大片枣树林，挂果之后生产队还专门安排过我母亲看护挣工分。我家也有许多棵枣树，到了春天，枣树开出了黄色的小花，星星点点的，跟米兰稍大一点。枣花虽然不起眼，不像杏花桃花梨花那么热烈奔放，但味道香郁，很远就能闻到，故十分招蜂引蝶，整日嗡嗡嘤嘤的。我们那一带遍植枣树，所以，养蜂人特别多，酿的蜜就叫枣花蜜。我的一个叔伯大哥养过蜂，送给过我们家两罐枣花蜜，齁甜特好吃。

还有一种花，开在树上，却不是果树，可以当食材，就是槐花（洋槐）。槐花开在盛夏，洁白如雪，香气逼人。槐花可以直接嚼着吃，还可以与面掺搅在一起，做成“苦累”，蒸熟了，拌着蒜汁吃，是一道开胃的美味。老家有许多槐树，摘槐花、吃槐花是小时候常干的事。拿着竹竿，顶端绑一根铁丝，弯成钩，够着槐花，一拧就下来了。如今离开老家几十年了，所幸我所生活的城市依然遍植槐树，使我对槐花的喜欢得以延续。几条街道都以“槐”命名，如槐北路、槐中路、槐安路，每到夏天槐花开到绚烂，空气中都弥漫着甜丝丝的味道，及至槐花纷纷飘落，路面上撒了一层，仿佛夏天下了雪。其实，这片地方原来叫槐底村，三十多年前我上大学时，校园外即为村庄和田野，如此说来，这槐树的根还在乡野，这槐花依然开在乡野之上啊。

除了果树的花，还有瓜蔬的花，更是纯粹为结果而开。如黄瓜、茄子、花生、西红柿、南瓜、山药，等等，这些花毫无美艳之处，像朴素的村姑，淡淡的，素素的，蔫蔫的，一点都不招人。谁会注意茄子的花是什么样子？红色的？黄色的？紫色的？这些瓜蔬的开花就像是分娩，更注重的是落花后的果实。现代作家许地山写过著名散文《落花生》，文中有句话至今我清楚记得：“落花生，落花生，落花果就生。”如果说瓜蔬的花毫不起眼，那么庄稼的花就湮没不闻了。我问过一个农村出来的职员，你知道小麦、玉米、高粱、谷子开花吗？花是啥样的？一下子把他问住了，吭哧半天答不上来。其实不能怪他，这些庄稼给人类贡献的就是活命的粮食，它们从来不以花朵来招摇，默默无闻奉献着人类最需要的东西。庄稼当然是开花的，小麦开花也叫扬花，抽穗之后开出朵朵小白花，似雪似奶酪。玉米的花，开在顶端的穗上，乳白色，是雄花，开在棒子顶端的紫黄色絮絮，是雌花。高粱的花也开在顶端的穗上，有人鄙薄农民称之满脑袋高粱花子，自然不足为训。谷子开花是在夜里，时间很短，只有约两个小时，所以很多人认为谷子不开花。乡野上的花，以庄稼的花为最，最不起眼，也最珍贵。

还有一种花，不得不说，就是棉花。花朵和果实同叫一个名字，且果实不是吃的，这恐怕是植物中独一无二的吧。棉花盛开在深秋，真是苍天悯人，天凉了，人们需要棉衣服了，棉花就开了，就收了。冀南平原是产棉区，待到深秋时节，朵朵棉花像天上的白云，在田野盛放。棉花给予人们的不是美丽，而是温暖，是实实在在的有用。清人马苏臣诗云：“五月棉花秀，八月棉花干；花开天下暖，花落天下寒。”（《棉花》）棉花和粮食一样是农民不可或缺的东西，棉布、棉衣、棉被、棉絮，等等，人们穿的用的，铺的盖的，纺花织布，都是拜棉花所赐。农村长大的孩子，哪一个不是在母亲或奶奶黑夜中嗡嗡嗡的纺车声里入眠的呢？

乡野上有两种可做油料的花开得忒好，一是油菜花，金灿灿，黄澄澄，像一片燃烧的火焰，绚丽，浓烈，壮观，它以群体列阵的方式宣示着它独特的美丽。如果到了婺源，油菜花简直就是兵团级的大阅兵了，美艳不可方物，叫人惊心动魄。再是向日葵，也叫葵花，长相很是奇特，花盘奇大，周遭花瓣环绕，颜色也是温暖的黄色，且朵朵葵花向太阳，它的脸永远对着太阳笑，太阳在哪里它就转向哪里，故人们又叫它太阳花。

当然，乡村也有供观赏的“没用”的花，常见的一种是喇叭花，学名叫蜀葵。这种花特别好活，撒一把籽儿在院落潮湿的泥土里，很快就长出了幼苗，到了夏天，齐刷刷地花就开了。因形状像喇叭，所以我们都称之喇叭花，多年之后才知道它原来叫蜀葵，太高大上了，像丑小鸭一下子变成白天鹅似的感觉。蜀葵虽然普通，平常，但它很会长，变着法儿开出不同颜色的花朵，像一个乖巧的女儿会讨大人的欢心。讲究一点的家庭，在院子窗前种上蜀葵，红的，白的，粉的，黄的，各种颜色的花儿一开，满园芬芳，煞是好看，给庸常的日子平添了几抹色彩，几多亮色。

大地上有许多名贵的花，如牡丹、菊花、兰花、海棠、梅花，等等，它们被称作国色天香，更多生长在宫廷、园林、植物园里，日常专门有园丁侍奉、养护，供人观赏，被文人骚客赋予许多精神的含义，成为美的化身。而乡野上的花朵，土生野长，风吹雨浇，自然舒卷，更多的是羞怯、小巧，几近于无，没有多少美感可言。但是，乡野之上的果树、瓜蔬、庄稼等实实在在奉献出累累果实，成为人类赖以生存的最基本的物质，从而瓜瓞绵绵，繁衍生息。所以，我们实在应该把欣赏赞叹的诗情画意更多地给予乡野上的花朵!

（选自 2017 年 10 月 23 日《天津日报》）

放蜂人［外一篇］

孙继泉

枣花使整个四月充满芬芳和甜蜜。

枣花飘香的时候，正是麦收季节。田野里晃动着一些戴着草帽收麦的人。还有一些戴着草帽以另一种方式忙碌的人，他们就是放蜂人。

从邹城东部直到沂蒙山余脉的城前镇，这条浩浩百里枣林带上活跃着多少放蜂人啊？几十米一个，上百米一个，谁也没数过到底有多少个。

……我不知道他的名字，我也不曾与他攀谈。我见到他的时候，他正拾掇着装车。蜂箱、帆布帐篷、拆开的床、蜂窝煤炉、钢精锅、洗脸盆、塑料桶、暖壶、马扎、杌子、舀子、旧被子、破自行车……正当枣花流蜜的时候，他为什么回家？枣花过后，还有景芝花，更有丘陵地带数不尽的杂花。而且，出来一趟又是多么的不容易。一定是一件突发的事情让他回返，而且必须回返。家中老人死了？孩子病了？还是他遭了当地人的欺负？我不知道，也没有问。

旁边的一棵枣树上，挂着他的两件衣服，衣服大概是早晨洗出来的，这会儿还没干。也许临上车的时候他才把它们收起，这会儿他把它们忘记了。我手扶自行车看他把一件件东西往车上装。我想他会很快把车装完，我想目送他离开。如果他忘了收他的衣服，我就提醒他一下。但是他半天也没有把车装好。他有意磨蹭？还是一边装车一边琢磨什么事情？或许他在等着一个人从附近过来，了结一件与他有关的事情。我走的时候，他还没有装完车。

我没问他为什么走。我想十有八九是件不愉快的事情使他离开，而这类令人伤心的事情是不希望别人触碰的。

一只喜鹊

我是在一个被污染的河湾处遇上那只喜鹊的。当时我顺着堤路向前走，一边看着苦菜和地黄开出的黄的、白的、红的花朵，它在小河的那边，从一棵杨树飞到另一棵杨树，跟着我往前走。后来我走进了麦地里。让我惊讶的是它还在跟着我。我走的是麦地中间的一条小路，麦地的左边是一溜水泥杆擎着的电线，右边是一排杨树长在拐过来的河堤上，那只喜鹊就忽儿从东边的电线上斜着飞到西边的杨树上，接着又从西边的杨树上斜着飞到东边的电线上。大概它单飞的距离总有一个限，所以它飞一阵儿总得找个歇脚的地方。在每次经过我头顶的时候，它都嘎嘎地叫上几声，我不知道它是向我说出一个预言还是向我祈福。这样直到它陪着我穿越了一块几百亩之广的麦地。

我是穿着一件蜡染的 T 恤走到地里去的，最初大约是我身上的这个图案吸引了它。不过我想能够吸引它的原因也许是这么两条：它把我当作同类，引起了它的兴趣；它把我当成异类，感到了惊惧和威胁。

（选自 2018 年第 11 期《厦门文学》）

一座山管不了的闲事

雍 措

秋收过后，我想到隔壁村子去转一转。

两个村子隔不了多远，为了把两个村子隔得更清楚些，中间有座光秃秃的山挡着。光秃秃的山从来不长植被，山尖生得锋利，远看像把长长的弯刀仰放着，刀刃对着天，仿佛它要切割一切从它身上跨过去的东西。

很多东西都想从一座横跨在两个村子的山过。有些东西总是管不住自己。

比如风。

一股风老是在自家村子里转悠，不免枯燥。和人一样，风也有玩累的时候。一股风从春到冬地重复着刮，有时大点，有时小点，有时暖点，有时刺骨点，不过变来变去，也再变不出几个花样。村子里的人厌倦了一股老风总是在村子里毫无生气地从春刮到冬，再从冬刮到春。大家都熟悉了一股风的花招。有时人们不用看风，就知道今天要刮什么风。人和风也玩累了，他们对一股一点都没有新鲜感的风失去了兴趣。风开始想着办法地去往其他村子。其他村子有另外一股自己和自己玩累的风。

凹村的风想窜到隔壁的村子，它们要想办法躲过凹村人的眼。

它们知道凹村人不喜欢一股风在其他村子蹿来蹿去，像转窝子一样损坏了凹村的形象。更重要的是，凹村人相信，一股风里藏着很多凹村人的秘密，一旦一股风跑到其他村子，凹村的秘密也会破在其他村子。

风要躲过凹村人的眼，它们首先在自己的村子里像往常一样顺其自然地刮一遍。凹村很多人都在顺其自然地等一股风刮过。平时他们满不在乎一股风，但是只要那股风没有顺其自然地刮过，很容易就会被发现。他们站在自家门口骂骂咧咧，以为今天的风偷懒了，或者是藏在其他地方了。他们会发动一群娃去漫山遍野地找风。找不着就漫山遍野地喊。再懒的一股风都会被漫山遍野的凹村娃吵得不得安宁。喊回来的风，慵懒地在凹村刮一遍，眯着眼又去偷懒了。一股老风在一个村子刮了几十年，甚至上百年，风也倦了。

一股风在凹村刮完一遍，它们让一些枝枝叶叶的风先慢慢往那座光秃秃的山上爬。剩下的再在凹村殷勤地走一遍。这一遍，它们慢慢地走，落到人多的地方故意停一停，刮落几片树叶，摇晃一下竹林，在人多的地方中间盘旋，抓起地上的土往人身上撒。凹村人习惯张着嘴开骂，他们开骂的时候，凹村的风笑着离开。它们知道今天凹村人已经记住了一场风的刮过。它们转身往光秃秃的山去追先走的那些枝枝叶叶的风。汇合后，它们一起一股脑儿地去跨那像刀刃一样的山尖。在跨的过程中，风会受伤。刀刃一样的山尖就是为一些东西受伤准备的。不过，风很快能治愈自己。只要跨过去和另一股风会合了，所有的伤都好了。

一个村子，很容易发现另外一股风窜进自己的村子。人的嗅觉和畜牲的听觉都很灵敏。

当一股陌生的风从人们身边走过，他们马上就能把一股野风的味道闻出来。他们停下手中的活，看着刚刚刮过的风骂骂咧咧真是没教养，也没人管管。他们骂这句话时，像在骂谁家调皮捣蛋的娃。

畜牲听到一股野风刮过，抬着头冲天叫。牛叫出牛的叫声，马叫出马的叫声，狗叫出狗的叫声，很多畜牲的声音混合在村子上空，乱糟糟的，它们想这样的叫声可以吓住一股外来的风。

畜牲不会知道，风是吓不住的。一股外来的风，只会把它们的声音带回自己的村子，让自己村子的畜牲听它们是怎样叫给自己看。

凹村的风和隔壁村的风经常串门。两个村子的秘密早就被两股老风传来传去。

比如长在天上的东西。

有些东西是天生为天空生长的。天是一片沃土。天不需要像凹村人一样一到冬天就担心打土饼子，一到深春就操心耕地播种。有些东西自然而然地可以在天上生长起来。天有种让人不劳而获的感觉。

天上的东西是一座锋利的山管不住的。一朵云可以随处飘，一些星星可以在两个村子之间相互走动，一道彩虹可以一只脚跨到凹村，另外一只脚跨到其他村子。有些雨，可以一会儿跑到这个村子待待，一会儿跑到那个村子玩玩。还有些鸟，整天在刀刃一样的山顶上飞来飞去，飞过的时候落下几声清脆的叫声或拉几个粪便便送给一座山。

隔在两个村子之间的山终究是管不住很多东西在两座村子之间相互走动的。

比如我。

我可以绕过一座山到达山后面的村子。

山后面的村子，隔几年我才去一次。有些骨子里的东西，不允许我经常在另一个村子里去走动。我管不了我的一张嘴。

去一个陌生的村子，不说话不行，总会在路上遇见一些需要你说话的事情。

一只蜜蜂故意蜇你，让你痛得“哇哇”叫；一条蛇突然从草丛里跑出来，横在你面前，吓得你“妈呀妈呀”地跑；村子里的一群野狗，看见你出现在自己的村子，围着你“汪汪”地打转，你不得不说一些求饶的话，让这群狗放过你。

一个陌生的村子，总会有办法让你向它说些什么出来。

只要我躲过那群守在村子口上的野狗，就很容易进这个村子了。我知道，有些人故意在那里藏着看我给一群野狗求饶，也不出来帮我。他们喜欢看见我给他们村子里的野狗求饶的样子，既胆战心惊，又唯唯诺诺。这让他们满足。就像我在给一个村子求饶一样让他们满足。

我尽量在一个陌生的村子里少说些话。但是我知道，我的话再少，那个村子里的人也会在我的话里得到些什么。哪怕是我说的凹村口音也值得他们模仿。他们想知道凹村人近几年的变化，他们研究一个我，就像研究过了整个凹村的人。他们从上到下地看我，看完之后，翻来覆去地摸我的手。他们从我的一双手上的老茧看出凹村人近几年有没有在拼命地耕种。他们知道，问我凹村近几年又开了多少荒地，种多少树，收割了多少青稞，这样的话我都不会如实地告诉他们。他们干脆就在我的手上去了解他们想知道的一切。

他们看我的手时，我微微地笑着给他们看。只有这个笑我可以伪装自己。我把一些心里苦的东西笑给他们看，把一切愤怒的东西也笑给他们看。当然，真正该笑的东西，我也笑给他们看了。他们摸不透我的笑里藏着什么。摸不透我，就摸不透凹村真正快乐的东西是什么。我必须在另外一个村子藏好凹村的快乐。知道别人的快乐，破坏别人的快乐就再容易不过了。我要提防一群外人。

我想到这个村子转一转。这个村子的人不好意思拒绝我。他们知道，每隔几年，我都会来转一转。不带走他们的任何东西，只是看看他们村子的变化。

几年之后，一家人的兴旺，可能再不如从前了。几年之后，有的人再看都不像几年之前我认识的那个人了。还有一些横在路中间的老树，故意长破了，叫我从它的身体里过，它们想让我经历一场它们经历过的破碎。

穿过老树，我径直向一条熟悉的小路走。我正走在那条越来越窄的路上，有人在后面喊我。我回过头，看见一个从来没有见过的人。他跑得满脸通红，上气不接下气。他问我是不是去找上面的那家人。我点点头。我说过我要尽量在一个陌生的村子少说话。他让我别去了，那家人住在那里了。我顺着他手指的方向看过去，那里是一座座荒在草丛中的坟茔。

我不想往前走了。再往前走又有什么意义呢？

大中午的，这个村子里的很多人都下地干活去了。他们是不是每天都这样在地里顶着太阳干活呢？难道他们就这样放心一个凹村的人在他们村里自由走动了吗？是我手上的老茧让他们着急起来吗？乱七八糟的想法在我脑子里转来转去。

“过几年，你再来，可能就看不见我了。不过，过几年，也有可能是你让我再看不见了。”一个放牛的老人说。这时候我才发现，我也和这个老人一样，年近花白。这个村子完全放心一个活不了几年的人在自己的村子转悠了。

我走出那个陌生的村子，没有人来送我。狗呀、知了呀的叫声都停止了。我的身后空荡荡的。只有一条土路绕山绕水地可以把我送回凹村。

这次，我有个想法，我想像凹村的风一样，翻越那座锋利刀刃一样的山尖回到我的凹村。

（选自 2018 年第 4 期《十月》）

阳光落到地上

海　津

早晨，我听到阳光落到地上的声音，像猫的脚步一样轻盈。那些跳跃着的阳光，悄悄落下，在地上踩出许多暖暖的脚印。可是那些脚印被寒冷的风轻轻一吹，就不知去向了。风中摇曳着那丝丝缕缕的阳光，是从很远的地方飘来的。漫长的冬天，是阳光，从天外带给这个世界无尽的温暖。

阳光是这个世界整体的依赖，所有的生命都依靠阳光的存在而生生不息。我的记忆里，鸡是心里最惦念阳光的生命，每天未及五更，鸡那高亢的叫声就穿透鸡笼，冲破迷蒙的夜空。先是一声，两声，三声，之后此起彼伏。从一家的鸡叫开始，到全村的鸡们争先恐后。未及日出，鸡的叫声就漫溢了整个村庄，像晨雾一样弥漫在乡村的上空。那是鸡们对阳光执着的呼唤，直到一轮红日登临山顶，阳光洒向整个村庄，一缕缕炊烟以窈窕的身姿，在阳光的温暖中袅袅而起，乡村的鸡们才渐渐安静下来。

阳光的到来，让这个早上忽然明亮起来，温暖起来。纸糊的窗子镀上了一层亮色，窗格子在纸上映出宽宽的影子。这是我出生后见到的第一缕阳光，那时候或许我就像草叶上一滴小小的露珠，娇小、晶莹、脆弱。可是，那是一个没有露珠的早晨，虽然是正月，依然在冬天的寒冷里。

我嘹亮的哭声在那个寂静的小院里，也像阳光一样让一个家庭明亮起来，温暖起来。那个早上，我不是阳光，其实我也没有见到窗外的阳光，可是，也许就在我出生后的第一个早上，我在心里记住了那一缕阳光，直到多年以后，它一直在我的心里，温暖着我的生命。

我出生那一年是龙年。我是伴随着鸡的叫声来到这个世界的，彼时的乡村没有钟表，人们只以鸡叫几遍、日出日落来计算时间。鸡叫是对太阳的呼唤，所以，太阳是整个村庄计算时间的绝对标志，没有太阳的雨雪天，人们只能靠经验凭感觉来估计时间。

我曾经很认真地问过母亲我是几点出生的，母亲说哪知道是几点啊？连鸡叫几遍都没注意，只记得都收拾完了之后天才蒙蒙亮。都收拾完了意味着我的出生过程结束了，我作为一个独立的人，在这个家里，在这个世界上，正式存在了。我的出生，也许对这个世界毫无意义，但是对这个家庭甚至整个家族，却意味着又一代人诞生了，一个家族在延续，就像一条河流在流淌，就像一缕新的阳光在飘落。在母亲的记忆里，我判断自己在那个早上出生的时间应该是五点以前，因此我断定我的出生时间是寅时。我生命里的生辰八字就这样确定了，我一生的命运也就在这个生辰八字里确定了下来。

我曾不相信命运，但是偶然被某些异人按着我的生辰八字推算一生命运之后，大半生的人生历程被准确印证，又觉得无法逃离命运的轨迹。也许，一切，在你出生以前，或者出生的那一刻，都有了冥冥中的安排。

那是一个贫寒的年代，只有天上的太阳才带给人们心里和身上的温暖。所以，太阳升起后，吃过简单的饭食，村里许多干不动活的老人会聚集在村头，袖着手，裹紧空荡荡的棉衣，或站或蹲地靠在避风的墙根儿，有一搭没一搭地说些闲话，半睁半闭着眼睛，似睡非睡、似梦非梦地晒着太阳，极其简单地享受着满地阳光的温暖。人们像植物一样，在山村里吸足了一天的阳光，才恋恋不舍地在日落之前回到家里，回到黑暗的夜晚，回到被冻得发抖的土炕上。等待鸡叫，等待日出。

人们在阳光下过日子。阳光每天早上照在已经发黄的窗户纸上，于是屋里即刻亮堂起来，人也跟着精神起来。窗户纸上的黄，正是阳光留下的踪迹。太阳一点点升起，窗格子映在窗户纸上的阴影也由宽变窄，从一指宽到一马莲叶宽，再到完全消失，被窗格分割成一个个方框的窗户完全亮起来，那就是正午了。之后，那道暗影在窗格的另一面显现出来，渐渐变宽，直到完全暗下来，太阳就落山了。

白天，阳光从门缝儿或窗洞漏进屋里，常常会在幽暗中照射出明亮的光柱，在那刺眼的光柱里，你能看到许多细小的颗粒，在阳光中漂浮着，飞舞着，喧闹着。这是一种让人惊奇的发现，没有阳光在幽暗中的照射，平时你是看不到那些细小的漂浮物的，在阳光的明亮和温暖中，那是另一个世界，那些小的颗粒，是一些无忧无虑的精灵，在它们自己的天地里兀自快乐着，无人干预，无人打扰，那是一个安静的世界。可是，没有阳光的照射，我们看不到它们的存在。我们看不到的世界里，会有许多神秘。

阳光，你也照亮每一颗幽暗的心灵吧，让那些快乐的精灵，也在心灵的世界里显现出来，充盈起来，喧闹起来。让这个世界，充满温暖。

（选自 2017 年第 2 期《当代人》）

五月榴花照眼明

钱红莉

孩子爷爷在我们房前屋后栽了四棵石榴树。去年，被人拔掉两棵，剩下两棵。我家阳台外面带有一个十几平方的露台，种了蜡梅、柑橘、龟背竹、气死天……以及一棵石榴树。算起来，我们家一共有五棵石榴树，至今，只剩下三棵了。每年春来，都是石榴树先萌芽，细细密密的叶子，于寒风里瑟瑟的，像极了耳语，绛红、浅青色系，犹如被冻紫的唇，伶俜可爱。

小区里绿化树最常见的，除了香樟、红叶李、榉树、鸡爪槭，其次就是石榴树了，每到五月，当蔷薇凋谢，便是石榴花盛开之时，火一般热烈，没有哪种果木像石榴树这样毫无保留地把花事搞得这么丰繁热烈，除了南方的凤凰木。

某日，去露台晾衣裳，不经意一瞥，石榴树已然冒出花苞，红团团的，紧紧裹在一块儿，像攥着的小拳头。仔细研究，那花苞形状酷似一种水果——莲雾，五个瓣深深闭合，就是莲雾嘛。太好看了，金钟一样倒挂，隐在叶丛中……五月的风微微地吹，温润而潮湿，万物都在生长，错过一夜，就是错过了一生，拼了命地不管不顾着，每日披拂着热烈的阳光，即便置身暗夜，也不曾有过一刻的阴影。

前几年，孩子经常流鼻血。听一位老人传一个方子：白石榴花炖白毛老鸭。访遍 H 城所有中药房，都未找到白石榴花，白毛鸭子倒常见……这道药膳，因为白石榴花的缺失，最终不了了之。孩子一年年长大，慢慢地，流鼻血的毛病不治而愈。每想起那年夏天，遍访白石榴花而不得的苦恼，仍旧心有余悸。

过日子，最怕这些琐屑性烦恼。倘若天天有花赏，就是最好的了。

到底等来了五月，姹紫嫣红开遍了杜鹃，姚黄魏紫看尽了牡丹，终于迎来石榴花季。她的花季长，可一直开到盛夏，蝉鸣声声，日子被拉得悠长。黄昏，下班回来，小区有一段缓坡，车子忽然没了电，下来推行。走在缓坡两侧石榴树的阴影里，繁盛茂密的花，火把一样隐在绿叶丛中，令人为之心动。

午后，乍醒，一味迷糊状态，一些难以言明的惆怅拂之难去，意兴阑珊上班去，依然经过石榴林。榴花正艳，仿佛着了火似的让人一激灵，整个精神为之一振，恍如清风明月相与，顿时，觉出，跟榴花在一起，一定要热爱生活啊，认真勤勉地活，才对得起这初绿转为浓翠的五月。

石榴开花，也奇怪。往往是，一个枝头共坠三朵，小姐妹一样拥在一起——真正的，只有中间那朵才结石榴，另两朵是来串门谈心的，怕她寂寞吧，暂时地陪一陪。然后，开够了一个月的样子，另两朵随风离枝——到底姐妹一场，让人唏嘘。忽然想起《诗经》里的“燕燕如飞”篇，任何时候读起来，都是有情有义——这世间，还有什么比相互陪伴，更情深义厚的？那颗小石榴，经过漫长的花期以后，一点点地见风长，起先，是雪青的皮，慢慢地，历经长夏酷热，再历经秋风秋雨的捶打，渐渐变红，坠下来，坠下来，沉甸甸地，把树枝都拽弯了。有些石榴树正好在南窗下，主人心疼，找来几根木棍，几截绳子，把树枝扶正，棍子插进地里，相互绑好，即便再大的风，也吹不折了。仿佛是野树，也不见人照管，怎么一年年里可以结成那么多的石榴？自然的法力无边，一定有它的堂奥。风雨四季里，花木植物们，爱怎么长，就怎么长，你管得着吗？

有一年，出差云南，在昆明机场偶遇蒙自石榴——真是天外有天呵，一个石榴简直有婴儿头颅那么大，白皮，微微的红，托一只在手，铅一般沉，好家伙。不得不佩服云南那广袤而神奇的土地，简直是生命的沃土啊，石榴都长得比内地大。皖地有怀远石榴，两个品种，白皮，红皮，小得很。气候导致的，永远长不大。

不比云南，什么物种都可以达到神奇的境地，是仙境了。那年，昆明机场出售的蒙自石榴，三十八元一斤。我颇下了一番决心，买了两只。我与孩子都爱石榴，轻薄的皮不费力地撕开一道口子，顺着裂痕一掰，粒粒晶莹的宝珠绽出，悉数倾入碗中。一只石榴可剥出满满一蓝边碗的籽实。坐在小凳上，拿勺子挖着吃，几十粒籽实在口腔里，被上颚与舌头挤压着，无处躲藏，瞬间汁水迸裂四溅，甜，真甜，在舌上流连婉转。孩子年幼，不晓得立即吞咽下去，黏稠的汁液淌了一身，把月白色围兜也染红了，是浅红，一团团的，像豁了边的明月，照在胸前……

吃石榴，是细活，急不得，吃着吃着，一颗心静下来。吃石榴，如同修行，一点一滴的，是珍惜，也是恋慕。每次吃，将一大碗全部吃完才罢休，胃里被甜满满当当地霸占着，有俗世的满足与踏实。

吃石榴，是特别温馨的日常，没有哪一种水果可以给人带来这种丰腴的满足感，简直是禅修。

一直热爱石榴，几乎每年都邮购，偏爱云南的。有一年冬天，实在馋得很，又去下单。哪曾想，一箱子全部坏了，商家诚信，另寄一箱，算是求得了一个圆满。我把石榴一个个码进冰箱，雪藏之，一直吃到春节。

汪曾祺先生也写过云南石榴，还写过云南的水萝卜，说那些联大的女学生，没事时，就上街买水萝卜吃，一小串一小串的，挂在一起，放在嘴里嚼，咔嚓有声。他没写女生怎么吃石榴。吃石榴是个细活，在街头也不便剥了就吃。吃石榴，要坐下来，慢慢剥来吃——汪曾祺先生在西南联大那会儿，肯定也恋爱，大约尚未处到跟姑娘一起吃石榴的分上便分手了的。不然，他肯定要好好写写怎么吃石榴的。

朋友发来她们那儿的石榴林图片。第一次看见如此壮观的石榴林，那么大个的树，我们这里的跟她们那儿的比，差得太远啦。我把这些石榴树看了又看，仿佛身临其境。浓荫匝地，遮天蔽日，就是这样的五月，假若我去了石榴林，该是何等的心悸？碗口粗的果木，被风霜捶打了几十年，仿佛一个个遐龄延寿之人，令人起敬。

原来，石榴花可食，真是孤陋寡闻了。那些红花坠在枝头，远望之，有森森细细的美。美是无言的，但，又分明有言——并非说出的话语，而是流淌出的音乐，西方的古典音乐，是大提琴。大提琴是幽咽的，幽咽得无比热烈，总是催人泪落，是贝多芬的第二大提琴曲。一声声，柔肠百结，拉得平常的日子都起了意，一点点地往纵深处流淌——这满目的石榴花啊，逼瞎了人的双眼。

韩愈诗云：

五月榴花照眼明，枝间时见子初成。

可怜此地无车马，颠倒苍苔落绛英。

古人喜欢将石榴花摘下，捣汁染衣，于是有了耀眼的石榴裙——“红裙妒杀石榴花”，这样的裙子收尽春光，染红多少古诗词？

石榴来自西域，发祥于连绵的高山。希伯来语中，石榴的本意，就是“从高山上来的”，玛瑙红色的石榴汁也曾出没于《圣经》。石榴花，是西班牙的国花，堪比我国牡丹的位尊。

面对这一树树的火红丽艳，总叫人想起郑板桥——当他得悉袁枚去世，“顿首痛哭不已”，写一首《赠袁枚》，其中有两句：

心有高朋身自富，君有奇才我不贫。

文人之间，惺惺相惜相知，何等难得。

这两句，借我赠给石榴花君，也是值当的。纵然你如此的美丽不可方物，你美你的，我也有我的——君有奇才我不贫。

（选自 2017 年第 5 期《星火》）

拾　柴

付春生

冬天是拾柴的最佳时节。天地空蒙，遍野稀疏，满眼空荡荡的，让人感到轻松而愉悦。就像读书，最好选择在夜间，当所有的喧嚣都归于沉寂，浓稠的汁液就会沿着专注的通道饱满而热情地流淌出来。

脱了一层叶衣，山里的柴到了冬季才完全暴露出来。我说的主要是干柴，是干枝子。湿枝子是树的臂膀，还要伸手够阳光呢。干枝子，是跌在路上的遇难者，浑身干瘪苍白，不像湿枝子那样光鲜水嫩，一眼就能辨识出来。

我和同伴们走进山林，就像走进了一片自由的天地。没有父母管教，没有作业压迫，一切都显得那样轻松而自在，好像每一个毛孔都顺顺畅畅，每一寸血液都从泉眼里流出，跌落在温软的心房里。

天空晴朗朗的，没有一丝污染。丛林里，一泉泉流水，一阵阵鸟叫，一丝丝风。树的苍劲和挺拔在寒风中渲染得更加浓重和愈烈。树、石、草在这偌大的空间里交相辉映，给人以无限的遐思。就像倪瓒笔下的画，清悠而淡远。有人说，好的画，无论画哪儿，总让人感到面熟，像见过一样。倪瓒的画就是，好像在我的家乡。我们一群孩子就沉浸在倪瓒的画里——只是天性活泼，打破了它的沉寂。

一遍一遍地被人拾捡，地上的干柴早已不多了。核桃树，柿子树，花椒树，哪一棵树上顶着干枝子，我们在下面就能看得见。最惊险的，要属爬细高细高的杨树和槐树了。踩上去，感到有些头晕目眩，六神无主。脱离了地面的安抚，空中轻飘飘的，感到风一吹，树要倒下一样。恐惧，惊吓，占据了我的内心，淹没了所有的冷静。这时你别无选择，唯一能做的就是紧紧地抱住树，听从命运安排。人在越危险时候，越是放大这种危险。其实并没有什么，只是被当时的环境放大了。像一面镜子，是幻影。我后来站在大树下，看别的同伴爬树，爬到同样的高度，摇摆的幅度并没有那么大。即使有些风，也是轻微地晃动。但那时感到摇摆幅度已经很大了，像做梦一样。我感到自己已经出了一身冷汗，呼吸也慌乱急促，快要崩裂了。这时，情形急转。在你最无助的时候，危险又瞬时化为乌有，树又轻轻折了回来。一切都像有意安排，那样顺其自然，那样理所当然，感到以前的恐惧都是多余的，甚至有些另类，有些自嘲，有些滑稽可笑。

童年的记忆是最深刻的，像錾上了一道沟槽。我现在总能记得当时的感觉，甚至在没事的时候，还想找回那种感觉——但谁又想找那种危险呢！抑或找的是生命中的一种警惕和暗示。

比这更奇妙的，还有一种飞翔的感觉。当万物归于沉寂的时候，农人们扶着犁，赶着牛，迎着风，把田地梳理得平平整整，暄暄和和，像无风的海面上。那时，我们孩子们拾完柴后，就坐在石头上，胡思乱想。目光在天地间游移，青春在激情中飞扬。飞，飞，飞到哪里去？我们的心拴在一个支点上。那时梯田像一本本书，错落有致地摞在一起。一块田离一块田足足有一丈余。那时什么都不怕，软组织支撑着我们的自信和威武。一个小伙伴吸口气，弯弯腰，嗖地跳下去。另一个小伙伴也跟在后面步其后尘。我们的欲望在燃烧，像天上的太阳，越烧越旺，越烧越激烈，整个山间都是一团火。我开始还有些胆怯，但看到同伴们都在往下跳，也绝不落怂，一闭眼，一屏气，嗖地跳了下去。在空中，那是一种瞬间的窒息，无挂无碍，无阻无拦，像进入了一个神秘的世界——这是地面上绝无法体会到的享受。

享受来自高度，来自风，来自土壤，来自一个小小的追逐。一个行走在狭小空间里的昆虫，是很难体验到蓝天的壮阔的。

我们拾柴，最好拾的是地面上的。但地面上的太少了（人们早拾光了），就拾树上的。渐渐地，树上的也越来越少，就把目光投到了地下。粗笨的榾柮，就藏在地下。这是人们锯掉树后留下的遗存。深深的，扎根在黑暗中。人们根本不知道下面的情况到底如何。幸运的是，若遇上避风和暖的地方，土质疏松，刨起来得心应手，一上午能刨好几个。若遇上冻结的，到处硬邦邦的，加上沙砾坚硬，一上午也刨不了一个。幸运和不幸就这样相互掺杂，相互交织，谁也不知接下来将要发生什么。我曾遇到过一个这样的榾柮，地面上看起来很好刨，可越往下刨，情况越复杂——根竟伸进了石头缝里，且不止一根，盘根错节，相互扭抱，根本无法刨出来，后来只好作罢了。

我们无法向大人交代，如果战利品太少了。就又把目光投到了树上。但这次不是拾树上的干枝子，而是谋一个见不得人的计划：偷人家的战利品——鸟巢。这可是鸟用全部心血和精力堆砌起来的家园啊！不计其数的材料层层叠叠。是从哪儿来，用了多长时间，根本无人知晓。但鸟儿们似乎不在乎这个，它们默默地付出，只想为儿女们搭建一个遮风避雨的场所，编织一个安安稳稳过冬的家园。那时，我们太幼稚了，良知在冰冷中冻结，冲动在积热中燃烧——只想让父母夸耀一番，让自己像鸟儿一样快活。那时一拾不到柴，一看到鸟巢，就毫不犹豫地爬到树上，将木棍一根根往下扔——凌乱不堪的在空中起舞，甚至还夹杂着一些鸟蛋和幼崽，发出吱吱的叫……

我们的行为如此残暴，很快被鸟儿们发现了。它们迅速从远处飞来，一下子惊呆了：扑棱着翅膀，上下翻飞，尖厉地鸣叫着。它们像怒兽一样，试图驱赶我们，把我们撵走。空气中充斥着战栗，惊魂四处游走，所有的虫子都躲了起来。但我们始终没有被它们的悲鸣打动，只想让自己有更多的收获——鸟儿们悲痛欲绝，直到它们的家园被彻底摧毁……

我们渐渐长大了，但鸟儿们的惊恐像幽灵一样钉在我的脑海里——一个影子紧紧地跟随着我，很难将它驱走。

我们拾完了近处的柴，就拾远处的。几十里外的大山上，人们的行迹很少。那里不但树上有很多干枝子，地上也有很多。杏树枝，杨树枝，槐树枝，各种长年无人拾捡的枝子堆得七零八落，满地都是。很多已经干枯，轻轻一折就断了。甚至还有一些干枯的小树，横七竖八得搭在山坡上。皮肤已经龟裂，尤显生命的脆弱。梦醒着，天上的星星和月亮眨着眼，匆匆的流水，倾听着人们的脚步，无声的细雨在天地间流淌，直到越来越轻，越来越远。

我们那次翻越几座山，来到这里，一下子被眼前的一切惊呆了。尝惯了寻寻觅觅冷冷清清的境遇，我们拿拿这个，放下那个，拣最大的干柴往篓子里装，拾最好烧的往篓子里塞。犹入欲望旋涡，左扑右腾，无论如何也难以出来。有一次，我看到大孩子们弄了一篓子，也装了满满一篓子。可走到半路，天已经暗下来，所有人开始紧张。大孩子们开始背着篓子快走，我也气喘吁吁地跟在后面。但走着走着，篓子更重了，只好让三舅从我篓里拿出了一点。俗话说，远路无轻载。我走着走着，又走不动了，一个无形的手在篓子里暗压。鸟儿们吵闹着，不知道是讥讽我，还是奉劝我。总不能瘫在这里啊！我深深地叹了一口气，只好又非常不舍地拿出一些，扔在山上。这是适合我的重量，我又背起干柴终于出发了。

从此，我知道了自己的能量。每次到远处拾柴，再不贪恋那么多，即使有太多的干柴等着你，也背只属于自己的那一点。

时光远去，我怀恋拾柴的日子。虽然短暂，但我拾了很多柴，还带着浓浓的油性和润性，不但够我家那时烧了，也够我一辈子烧了。

（选自2018年第9期《雪莲》）

年选系列封面绘图画家介绍

乔晓光 1957 年生于河北邢台， 中央美术学院人文学院教授、非物质文化遗产研究中心原主任、博士生导师。代表著作有《活态文化》《沿着河走》《本土精神》等，主编教育部艺教委高等师范院校教材《中国民间美术》，主持中国民间剪纸申遗及教育传承项目多个。

中宣部全国文化名家暨“四个一批”人才，2006 年获“民间文化守望者”提名奖，2007 年被国家人事部、文化部授予“全国非物质文化遗产保护先进工作者”称号。

长期从事中国非物质文化遗产与民间美术的研究、教学，从事剪纸、油画、现代水墨等多媒材艺术创作，多次参加国内外展览并获奖。近十年与芬兰、挪威、瑞士、美国等国家合作完成不同国家文化遗产主题的现代剪纸艺术创作，所举办的展览产生了比较广泛的艺术影响。同时，在海外积极推介中国民间剪纸，多次赴北欧及美国、日本等地讲学。

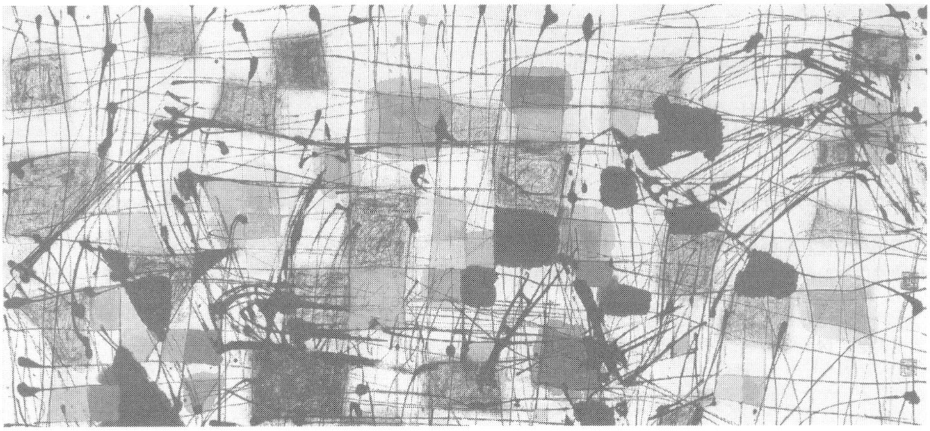

哥特时代　Gothic Age　乔晓光　125cm×125cm　纸本水墨　2015 年

乔晓光的艺术

乔晓光从原始艺术中的图像出发，建立自己的当代艺术空间。与大多数传统型和学院型的水墨画家不同，乔晓光在艺术媒介的运用方面相当自由。他将中国明清以来的文人水墨画文脉与中国远古艺术的血脉接通，同时又将明清以来日渐狭窄的文人画解放出来，通过与原始艺术和民间艺术的结合，使水墨画获得了更为宽阔的发展空间。在这一过程中，乔晓光突出了现代艺术中表现主义的个性抒情，同时在形式上又与 20 世纪欧洲的现代主义艺术相通，这很像高更、卢梭等原始派艺术家的所作所为——将最现代的与最远古的艺术沟通。

——般双喜《从原始到现代——乔晓光的艺术密码》